REBEKKA MAND

Ein Song für Helen

Qindie steht für qualitativ hochwertige Indie-Publikationen. Achten Sie also künftig auf das Qindie-Siegel! Für weitere Informationen, News und Veranstaltungen besuchen Sie unsere Website www.qindie.de

Q indie

Lektorat/Korrektorat: Silke Lemberger (www.textelfe.at)
Cover: Tom Jay (www.tomjay.de)

Herstellung und Verlag:
BoD-Books on Demand,
In de Tarpen 42
22848 Norderstedt

ISBN 978-3-74942-241-8

Inhalt

1. Kapitel

Gibt es wirklich Menschen, die ihr Kind Hieronymus nennen? Ich meine ... Hieronymus!

Ein irres, völlig unpassendes Lachen prickelt in meiner Kehle und kräuselt meine Lippen. Es ist albern, es ist falsch und es ist mir furchtbar peinlich. Um es zu verbergen, senke ich den Kopf und presse die Lippen fest zusammen. Ein leises Schnauben entweicht mir dennoch durch die Nase. Die Mediatorin, Frau Bauer, lächelt in meine Richtung. »Was amüsiert Sie, Frau Hartmann?«

»Nichts, gar nichts.« Ich zwinge mich, sie anzusehen, und spüre Lachtränen in meinen Augen. Meine Hände schwitzen, ich bekomme Kopfschmerzen.

»Finden Sie das etwa lustig?«

Schnell schüttle ich den Kopf. »Natürlich nicht. Tut mir leid, dass ich gelacht habe.«

Frau Bauer runzelt die Stirn. »*Das* tut Ihnen leid? Und die Tat? Ich meine, Sie wirken auf mich nicht gewalttätig, haben auch keine Vorstrafen. Was war da los, Frau Hartmann?«

Bevor ich antworten kann, prustet Hieronymus Bäumer, der mir gegenüber am Tisch sitzt und bisher kein Wort gesagt hat, auf einmal los. »Nicht gewalttätig? Die Frau ist eine Furie!«

»Was fällt Ihnen ein? Sie arrogantes, widerliches ...!«

»Ruhe jetzt! Alle beide!«

Wie zwei gemaßregelte Kinder verstummen wir, funkeln uns jedoch weiter an. Bäumer hat die Hände auf dem Tisch zu Fäusten geballt, seine Knöchel treten weiß hervor.

»So kommen wir nicht weiter. Herr Bäumer, Frau Hartmann, die Staatsanwaltschaft wird Anklage gegen Sie erheben, wenn Sie sich nicht einigen, das ist Ihnen doch hoffentlich klar?«

Widerstrebend nicke ich und schlucke gegen den Kloß an, der sich in meiner Kehle zu bilden droht.

»Was Sie sich gegenseitig angetan haben, ist kein Kavaliersdelikt, aber wenn Sie dem Staatsanwalt *glaubhaft* versichern können, dass Sie Ihre Streitigkeiten beilegen, wird keine Anklage erhoben werden. Sie sind beide unbescholtene Bürger, wollen Sie eine Vorstrafe riskieren?«

Ich schließe kurz die Augen. Frau Bauer hat recht, mit jedem Wort. »Also schön, was müssen wir tun, um ihn davon zu überzeugen?«

Mein Blick streift Bäumer, aber nur kurz. Auch er scheint den Ernst der Lage begriffen zu haben.

»Da genau liegt das Problem. Mit einer einfachen Entschuldigung wird es nicht getan sein.«

»Wofür sollte *ich* mich entschuldigen?«, blafft Bäumer los. »Sie hat mich angegriffen!«

»Sie armes, armes Kind«, entgegne ich bissig.

»Sehen Sie«, schaltet Frau Bauer sich wieder ein. »Genau das meine ich. Ich würde meinen Job schlecht machen, wenn ich Sie sich einfach die Hände schütteln und hier rausmarschieren ließe. Und nächste Woche liegt die nächste Anzeige auf dem Tisch. Lassen Sie mich mal sehen, was haben wir denn hier alles?« Sie raschelt mit ihren Unterlagen und schiebt sich die Lesebrille von der Stirn auf die

Nase zurück. »Ah ja, eine Anzeige wegen Ruhestörung, das waren Sie, Frau Hartmann, vor drei Monaten, und wegen Drogenmissbrauchs ... wieder von Frau Hartmann.«

»Man hat es im ganzen Hausflur gerochen«, ergänze ich. Bäumer verschränkt die Arme vor der Brust, schüttelt den Kopf und zieht die Brauen zusammen, während er mich hasserfüllt anstarrt.

»Und dann ist hier noch was von Ihnen, Herr Bäumer ... wegen Verletzung des Briefgeheimnisses?«

Ich räuspere mich peinlich berührt. »Ich ... ich habe möglicherweise aus Versehen einen seiner Briefe geöffnet.«

»Aus Versehen«, schnaubt mein Nachbar.

»Was geht mich denn Ihre Post an?!«, fahre ich ihn an.

Frau Bauer hebt mahnend den Stapel Papiere in ihrer Hand. »Frau Hartmann, *bitte*.«

»Tut mir leid«, stammle ich.

Tränen schießen mir in die Augen. Bloß nicht weinen! Nicht hier und schon gar nicht vor ihm. Doch er hat das verdächtige Glitzern schon bemerkt. Ein boshaftes Lächeln umspielt seine Mundwinkel.

Frau Bauer schweigt eine Weile ratlos, dann legt sie die Papiere zurück auf den Stapel. »Wissen Sie was? Ich sehe nur einen Weg, das Gericht davon zu überzeugen, dass Sie beide willens und fähig sind, sich zusammenzureißen und künftig in friedlicher Koexistenz zu leben.«

Erwartungsvoll blicke ich sie an. Ich wünsche mir so sehr, dass dieser Albtraum bald endet.

Wenn ich erst hier raus bin, werde ich nie wieder ein Wort mit diesem Arschloch Bäumer sprechen, ja, ihn nicht einmal mehr ansehen.

Nie wieder werde ich mich von ihm provozieren lassen. Nie mehr auch nur seine Anwesenheit wahrnehmen. Er wird Luft für mich sein. Koexistenz? Pah!

»Ich werde Sie beide zu gemeinsamen Sozialstunden verpflichten.«

Mir sinkt das Herz in den Magen.

»Gemeinsame ... *was*?«, fragt Bäumer.

»Sie werden in einer Einrichtung Ihrer Wahl gemeinnützige Arbeit verrichten. Das wird Ihnen hoffentlich dabei helfen, Ihren Groll aufeinander zu begraben und Ihren Blick wieder für die Dinge zu schärfen, die wirklich wichtig sind. Belasten Sie nicht unnütz unsere Polizei und das Justizsystem und benehmen Sie sich wie *Erwachsene*!«

»Das meinen Sie doch wohl nicht ernst?« Wieder Bäumer. »Ich habe mein Studium, meinen Job. Wann soll ich denn ...?«

»Wollen Sie lieber Ihre Zeit im Gefängnis absitzen?«, unterbricht Frau Bauer ihn scharf. »Denn Freiheitsberaubung kann Sie dorthin bringen!«

Er verschränkt wieder die Arme. »Lächerlich.«

»Oder vielleicht eine saftige Geldstrafe? Und natürlich einen Eintrag in Ihr polizeiliches Führungszeugnis!«, tritt Frau Bauer weiter nach. Sie ist wirklich gut in ihrem Job.

Bäumers stechender Blick findet mich. Ich lege all meine Verachtung in seine Erwiderung. Schon klar, dass er mir die Schuld an alldem gibt.

»Ich denke, wir sind uns einig. Oder soll ich den Fall doch lieber wieder an das Gericht zurückgeben?«

Bäumer und ich sehen uns kurz an. Er nickt kaum merklich, dann räuspert er sich. »Nein, das geht schon klar. Irgendwie.« Seufzend reibt er sich das Gesicht.

»Frau Hartmann?«

Mir ist zum Heulen zumute. »Nein. Ich meine, ja. Ich bin einverstanden.«

Frau Bauer lächelt. »Sehr schön! Ich werde alles Weitere veranlassen und Sie teilen mir bis nächste Woche mit, wo

Sie Ihren Dienst verrichten wollen. Ich kann Ihnen auch eine Liste der zur Verfügung stehenden Einrichtungen mitgeben.«

»Das wäre nett«, flüstere ich, während das Blut in meinen Ohren rauscht. Sozialstunden mit Hieronymus Bäumer. Wie konnte es nur so weit kommen?

◄●►

Nach einem Abstecher zur Toilette ziehe ich mir Jacke und Strickmütze an und gehe nach unten. Frau Bauers Mediationsbüro liegt im zweiten Stock eines düsteren Komplexes, in dem mehrere Kanzleien, Berufsbetreuer und die Bewährungshilfe untergebracht sind. Es ist später Nachmittag, das Treppenhaus ist dunkel und still.

Als ich im Erdgeschoss angelangt bin und die Eingangstür öffne, stoße ich fast mit Bäumer zusammen. Er steht mit dem Rücken zu mir und zündet sich gerade eine Zigarette an.

»Müssen Sie hier so im Weg herumstehen?«

Grinsend dreht er sich zu mir um. »Wollen wir nicht ›Du‹ sagen? Ich meine, nach allem, was wir erlebt haben?«

Ich würdige ihn keines weiteren Blickes und stolziere an ihm vorbei. Leider entkomme ich ihm nicht so schnell wie gehofft, denn die Stufen sind überfroren. Mit Einbruch der Dunkelheit ist die Temperatur in den Keller gerutscht. Gerade habe ich den Bürgersteig erreicht, da rauscht mein Bus an mir vorbei. Die Haltestelle liegt nur etwa hundertfünfzig Meter vom Büro entfernt. Ich sprinte los, trotzdem schaffe ich es nicht rechtzeitig.

»Verdammter Mist!«, rufe ich dem Bus hinterher.

Ich wickle mich enger in meinen Mantel und vergrabe das Gesicht im Schal. Ich bin gerade erst fünf Minuten im Freien und schon völlig durchgefroren. Für Anfang Dezember ist es wirklich höllisch kalt. Nicht einmal die

9

warmweißen Lichter der weihnachtlichen Straßendekoration können diesen Eindruck schmälern. Am Straßenrand neben mir hält ein Auto. Die Scheibe wird heruntergekurbelt. Sofort weiche ich tiefer in das Häuschen zurück.

Hieronymus Bäumer grinst schadenfroh, trotz Zigarette im Mundwinkel. »Soll ich dich mitnehmen?«

»Nein, danke.« Ich richte meine volle Konzentration auf meine Füße.

Doch er lässt sich nicht abwimmeln. »Wir müssen uns Gedanken darüber machen, wo wir diese verfickten Sozialstunden ableisten wollen.«

Genervt mustere ich ihn. »*Verfickt*, ernsthaft? Wie alt sind Sie eigentlich?«

Seine Augen verengen sich. Er saugt an der Zigarette. »Fünfundzwanzig«, entgegnet er.

Das bringt mich aus dem Konzept. Ich hätte ihn älter eingeschätzt. »Na, das erklärt einiges.«

Er wirft die Zigarette aus dem Fenster. »Also was ist jetzt? Fährst du mit?«

Zögernd sehe ich auf die Uhr. Der nächste Bus fährt in fünfzig Minuten. Ich könnte die Wartezeit frierend an der Bushaltestelle oder in einem nahegelegenen Café verbringen und einen Kaffee trinken, den ich mir nicht leisten kann, weil das Monatsende naht. Oder über meinen Schatten springen und mich von Hieronymus – *verfickt* – Bäumer nach Hause fahren lassen. Uns bleibt ohnehin keine Wahl, als uns zusammenzuraufen. Also nicke ich widerwillig. »In Ordnung. Danke.«

Er strahlt. »Dann spring mal rein!«

Ich leiste seiner Aufforderung schweigend Folge, fest entschlossen, mich nicht einwickeln zu lassen. Er hat Charme, der Mann, ohne Frage. Aber mit charmanten Männern kenne ich mich aus, war sogar mit einem verheiratet. Zehn *verfickte* Jahre lang. Das Wort fängt an, mir zu gefallen.

Bäumer fährt einen Opel Astra in verblichenem Rot. Im Inneren des Autos riecht es nach kaltem Rauch und Wunderbäumchen. Es ist unaufgeräumt und staubig. Ich wette, in seiner Wohnung sieht es genauso aus. Ich quetsche mich auf den Beifahrersitz und stecke die Hände in die Taschen, den Blick stoisch aus dem Fenster gerichtet, während er den Motor startet.

»Hör mal«, beginnt er und ich seufze innerlich. War klar, dass er mich nicht in Ruhe lassen würde. »Es tut mir leid, dass ich dich wegen der Sache mit dem Brief angezeigt habe. Das war so eine Art ... Reflex.« Gleichmütig zuckt er mit den Schultern.

Jetzt sehe ich ihn doch von der Seite an. Seine dunklen Haare sind etwas zu lang, seine Rasur etwas zu lang her und seine Augen die eines Unschuldslamms. »Ein Reflex?«

Er nickt und blickt zurück auf die Straße. »Ja, genau! So wie du aus Reflex den Eimer nach mir geworfen hast.«

»Das war kein Reflex«, entgegne ich prompt. »Das war Absicht.«

Aber alles, was danach kam ... ich schließe die Augen, will nicht daran denken.

Er schnaubt und ich weiß nicht, ob er sich über mich ärgert oder lustig macht. Jedenfalls schweigt er den Rest der Fahrt und das ist immerhin etwas.

Das Mehrfamilienhaus, das wir beide bewohnen, hat eine gutbürgerliche Fassade, einen gepflegten Vorgarten, eine weitgehend vernünftige Bewohnerschaft und einen Putzplan. Hieronymus Bäumer hat vor dem Unglückstag offenbar noch nie von diesem Plan gehört, aber seither übernimmt er seine Dienste zuverlässig.

Nachdem er das Auto auf den Parkplatz gelenkt hat, steigen wir aus und gehen zur Tür. Er spielt mit dem Schlüssel in seiner Hand. Kurz, bevor ich die Geduld verliere und meinen eigenen Schlüssel hervorhole, schließt er die Haustür auf und trottet hinter mir die Stufen in den ersten Stock hoch. Pro Stockwerk gibt es zwei Wohnungen. Vor seiner Tür, die meiner gegenüberliegt, bleibt er stehen und dreht sich zu mir um. »Heute Abend muss ich arbeiten, könnte spät werden.«

Ich suche nach meinem Schlüssel. »Ja und?«

»Ich weiß, dass ich morgen Putzdienst habe. Also reg dich nicht gleich auf, wenn man nicht schon um acht vom Boden essen kann.«

Ich erstarre mit dem Schlüssel in der Hand. Einen schwachen Moment lang wünsche ich mir einen Eimer, den ich nach ihm werfen kann. »Machen Sie sich über mich lustig, Herr Bäumer?«

Er lächelt. »Würde ich niemals. Ich bin übrigens Ron. Herr Bäumer heißt mein Vater.« Mit diesen Worten verschwindet er hinter seiner Wohnungstür.

2. Kapitel

Der Tag, der diese unglückliche Wende brachte, unterschied sich zunächst nur unwesentlich von allen anderen Tagen. Er begann grau und trüb um sieben Uhr mit dem Klingeln meines Weckers, den ich nur aus purer Gewohnheit am Abend gestellt hatte. Während ich mit offenen Augen im Bett lag und an die Decke starrte, kroch der Tag voran, verwandelte sich der Morgen in den Vormittag und dann in den Mittag, und ich dachte an nichts, lag einfach da. Ich ignorierte das Knurren meines Magens, meine volle Blase und die Stimme in meinem Kopf, die meinte, es sei allmählich Zeit, aufzustehen.

Wozu?, fragte ich zurück und die Stimme schwieg. Ratlos wie ich.

Zu viele Morgen begannen so, erschreckend viele in letzter Zeit.

Irgendwann konnte ich das Stechen in meiner Blase nicht mehr ignorieren. Also hievte ich mich aus dem Bett, schlurfte ins Badezimmer und mied geflissentlich den Blick in den Spiegel. Ich schämte mich der Frau, die mir entgegenblicken würde. Ich mochte diese Frau nicht, die aussah wie ich und doch nur ein jämmerlicher Abklatsch war. Andererseits – wer war ich überhaupt? Ich spülte die unwillkommene Frage mit meinem Urin die Toilette hinunter. Es galt, den Alltag zu meistern. Damit hatte ich genug zu tun.

Mein Frühstück bestand aus Kaffee und Zigaretten, während ich aus dem Küchenfenster auf den kleinen Balkon blickte, auf dem meine Küchenkräuter vor sich hin trockneten.

Früher einmal war dieser Balkon mein Refugium gewesen, das vor üppigem Grün und bunten Blüten barst. Ich liebte den Geruch von Lavendel und Rosmarin, das Brummen der Bienen, die Sonne auf meiner Haut, während ich, in ein Buch vertieft, in meinem Korbstuhl saß, das einzige Möbelstück, das noch Platz zwischen Kübeln und Pflanzkästen fand. Die Füße legte ich auf die Balkonbrüstung und las, bis die Sonne hinter dem Nachbarhaus verschwand.

Aber heute gab es keine Blüten und auch keine Bienen auf meinem Balkon. Und neue Bücher gab es in meinem Regal auch keine mehr. Meine Kräuter vertrockneten, weil ich sie nicht goss und auch nicht nutzte, um damit zu kochen. Zum Lesen fehlte mir die Konzentration.

Ich drückte die Zigarette aus und stellte fest, dass es bereits die dritte war. Während ich in den Ascher starrte, dachte ich darüber nach, wie ich diesen Tag bewältigen sollte. Das Schrillen des Telefons erlöste mich von der schier unüberwindbaren Aufgabe.

»Ja? Hartmann, hier.«

»Ich bin's, Schwesterherz.«

»Ist was mit Mama?« Ich war sofort alarmiert. Frieda rief eigentlich nur an, wenn etwas nicht stimmte.

»Nein, nein, alles in Ordnung«, beruhigte sie mich. Ich sank in mich zusammen und griff nach der Zigarettenschachtel. »Es ist nur ... ich schaff's heute nicht zu ihr. Kannst du für mich übernehmen?«

Während ich eine Zigarette herausfischte und zwischen meine Lippen klemmte, dachte ich darüber nach, wie ich mich am besten herausreden könnte. »Geht nicht«, sagte ich und bediente das Feuerzeug. »Ich habe heute was vor. Wir hatten abgesprochen, dass du ...«

»Ich weiß, aber es ist was dazwischengekommen.«

»Und das wäre?« Ich inhalierte tief und rieb meine Stirn, hinter der es zu klopfen begann.

»Kannst du mir nicht einfach mal den Gefallen tun?«

»Mal?«, blaffte ich sie an. »Ich bin ständig bei ihr, kaufe ein, wasche Wäsche! Herrgott, du musst bloß zweimal in der Woche hin, Frieda! Zweimal!«

Ich hörte, wie sie tief ein- und ausatmete. »Ich gehe ja auch arbeiten. Und ich stehe kurz vor den Abschlussprüfungen.«

»Und ich habe etwa nichts zu tun?«

»Nein!«, schrie sie durch den Hörer. Ich zuckte zusammen. »Du hast absolut nichts zu tun! Du hast keinen Job und keine Freunde, hockst nur in deiner Bude und steckst den Kopf in deine Bücher. Mensch, Helen! Wann hört das endlich auf?«

Ich wusste nicht, was ich sagen sollte.

»Tut mir leid, Helen. Es tut mir so leid. Ich wollte nicht ...«

»Schon gut. Ich mach's«, unterbrach ich sie und legte auf. Früher hätte ich nach einer solchen Szene geweint. Aber über Tränen war ich längst hinaus.

Ich drückte die Zigarette aus und ging duschen.

◆◆◆

Meine Mutter lebt noch in dem Einfamilienhaus, das wir als Familie bewohnt hatten. Schon vor dem Tod meines Vaters im letzten Jahr war es schwierig für die beiden gewesen, sich um das große Haus zu kümmern. Jetzt, für meine Mutter allein, ist es unmöglich. Der Garten verwildert und die Fassade braucht dringend einen Anstrich. Einmal im Monat mäht der Nachbar den Rasen mit seinem Aufsitzmäher und einmal in der Woche kommt eine Haushaltshilfe, die aufräumt und putzt. Dazu die Studentin, die ab und zu einkauft, kocht und meiner Mutter Gesellschaft leistet. Den Rest erledigen Frieda und ich.

Ich klingelte kurz, bevor ich meinen Schlüssel benutzte, damit meine Mutter sich nicht erschreckte, wenn ich auf einmal in ihrem Wohnzimmer stand. Wie üblich kam sie mir auf halbem Weg auf dem Flur entgegen. Sie trug noch ein Nachthemd. Der Geruch von Urin und Kot umwehte sie. Völlig aufgelöst und zittrig stützte sie sich am Telefontisch ab.

»Mama!«, rief ich entsetzt und ließ meine Handtasche von der Schulter rutschen, um ihr entgegenzueilen. »Was ist denn mit dir passiert?«

»Wo warst du denn? Wo warst du? Ach Helen, ich warte seit Stunden auf dich!«

»Was? Es ist gerade mal Mittag!« Ich führte sie in die Küche, entschied mich jedoch um, als ich den Kot zwischen ihren nackten Unterschenkeln sah und dirigierte sie sanft Richtung Bad. »Jetzt bin ich ja hier. Komm, wir gehen dich erstmal waschen.«

Routiniert entkleidete ich sie und sprach beruhigend auf sie ein, während ich ein Bad für sie einließ und sie auf den Badewannensitz bugsierte. Die Routine schien sie etwas zu beruhigen, jedenfalls hörte sie auf, zu weinen und zu brabbeln. Danach half ich ihr beim Anziehen und führte sie zu ihrem Fernsehsessel. Während sie eine Daily Soap ansah, kümmerte ich mich ums Mittagessen. Die Lebensmittel, die ich vorgestern für sie gekauft hatte, standen noch unberührt im Kühlschrank.

»War Susi gestern etwa nicht da?«, rief ich ins Wohnzimmer, aus dem der Fernseher so laut dröhnte, dass sie mich natürlich nicht verstand. Zähneknirschend holte ich Hackfleisch, Kohlrabi und die vorgekochten Kartoffeln heraus und machte mich an die Zubereitung der Frikadellen, die Susi hätte kochen sollen. Dabei wuchs mein Ärger immer mehr. Wenn mich nicht alles täuschte, war meine Mutter gestern den ganzen Tag allein gewesen. Hatte weder gegessen noch sich gewaschen oder umgezogen. Ihre Tabletten lagen unberührt in dem Pillendöschen auf der Anrichte. Kein Wunder, dass sie völlig fertig war!

Nach dem Essen machte meine Mutter ein Nickerchen, während ich etwas aufräumte, das vollgeschissene Bett abzog und die Wäsche in die Maschine verfrachtete. Dann erst griff ich zum Telefon.

»Susi? Ja, hi, hier ist Helen Hartmann.«

»Hi, Helen. Was gibt's?«

»Was es gibt? Das würde ich wirklich gern wissen, Susi. Warst du gestern etwa nicht hier?«

»Nein, natürlich nicht. Das hatte ich Margo aber auch gesagt.«

»Du hast es ihr gesagt?«

»Ja, klar. Ich bot ihr an, dich anzurufen, aber sie meinte, sie würde das gleich selbst erledigen, weil sie sowieso noch mit dir telefonieren wollte. Hat sie etwa nichts gesagt?«

»Nein!«, presste ich hervor und umklammerte das Telefon. Jetzt war ich doch den Tränen nah. »Nein, das hat sie nicht. Du weißt, wie vergesslich sie geworden ist. Wie kannst du dich auf etwas verlassen, das sie sagt? Du hättest mich anrufen müssen!«

»Aber sie war so gut drauf, so fit letzte Woche! Ich dachte, oh mein Gott ... sie war allein, den ganzen Tag?«

Ich nickte, bis ich mich darauf besann, dass sie es nicht sehen konnte. »Sie war allein und hilflos, vollgeschissen, hungrig und total aufgelöst. Du bist gefeuert, Susi.«

»Was? Helen, bitte ...!«

Ich legte auf und stützte den Kopf in die Hände. Ich musste dringend eine rauchen, aber ich wollte meine Mutter nicht allein lassen. Nicht nach diesem Tag. Was, wenn sie aufwachte und ich war nicht da?

Als Nächstes rief ich Frieda an. Über unseren Streit verlor ich keinen Ton, schilderte ihr nur in knappen Worten, was geschehen war. Sie war ebenso fassungslos wie ich und versprach, sofort zur Krisensitzung zu kommen.

Also saß ich am Küchentisch und wartete, während die Spülmaschine rauschte und eine Fliege um einen liegengebliebenen Frikadellenkrümel brummte. Als das Haustürschloss klackte und Friedas Kommen verkündete, sah ich nicht einmal auf.

»Hey.« Sie stand in der Küchentür, ihr Parfum wehte in den Raum. Jil Sander, ihr Lieblingsduft. Ich schenke ihn ihr jedes Jahr zum Geburtstag.

»Hey. Willst du einen Kaffee?«

»Ja, gern.«

Während sie ihre Jacke auszog, häufte ich Pulver in die Kaffeemaschine und stellte sie an. Frieda nahm mir gegenüber am Tisch Platz. »Schläft sie?«

»Ja. Das alles hat sie sehr angestrengt. Frieda, so geht es nicht weiter.«

Sie nickte und wandte das Gesicht ab, damit ich ihre Tränen nicht sah. »Ich weiß. Aber was sollen wir machen?«

»Ich habe mit dem Arzt telefoniert, er wird später nach ihr sehen. Aber ich fürchte, sie muss in ein Pflegeheim. Wenn wir das Haus verkaufen oder vermieten ...«

»Was? Nein!«

Ich schloss die Augen. Damit hatte ich gerechnet. Frieda ist Mitte zwanzig, zehn Jahre jünger als ich. Sie ist erst vor vier Jahren von zu Hause ausgezogen. Viele schöne Erinnerungen verbinden sie mit diesem Haus.

Meine Mutter war bei meiner Geburt Ende dreißig, mein Vater bereits in den Fünfzigern. Ich sollte ein Einzelkind bleiben. Damit, dass Margo mit Ende vierzig noch einmal schwanger werden würde, hatte niemand gerechnet. Aber Frieda war immer ihr Sonnenschein.

»Frieda«, versuchte ich es in vernünftigem Ton, aber sie schüttelte nur heftig den Kopf.

»Hat sie nicht alles für uns getan? Sie und Papa? Wir sind es ihr schuldig, für sie da zu sein.«

Einen Scheiß bin ich ihr schuldig, dachte ich.

»Und wie stellst du dir das vor?« Ich schob den Stuhl heftig zurück, um aufzustehen und zwei Tassen aus dem Schrank zu holen. »Es wird immer schlimmer mit ihr werden. Noch reicht es vielleicht, zwei Stunden am Tag nach ihr zu sehen, aber so etwas wie gestern wird bestimmt noch öfter vorkommen. Sie braucht eine Rund-um-die-Uhr-Betreuung!«

»Sie braucht *uns*! Nicht irgendeine lieblose, unterbezahlte Pflegerin!«

Ich knallte die Tassen auf den Tisch. »Fein. Dann sag mir, wie. Wie sollen wir uns um sie kümmern?«

»Indem jemand bei ihr einzieht«, erwiderte Frieda.

Ich lachte. »Jemand?«

Frieda bedachte mich mit einem trotzigen Blick. »Ich mach's zur Not, aber du weißt genau, dass Mama nicht so gut mit Tom klarkommt.«

»Ach so?« Ich verschränkte die Arme. »Und da dachtest du, weil ich keinen Freund habe – und natürlich auch kein eigenes Leben – würde ich super gern hier einziehen und die Pflege unserer Mutter übernehmen?«

»Jetzt werd nicht gleich sarkastisch.« Nachdem ich keine Anstalten machte, den Kaffee zu holen, stand sie auf und drückte sich an mir vorbei zur Kaffeemaschine.

»Aber so ist es doch!«, beharrte ich. »Glaubst du, ich sitze den ganzen Tag rum und tue nichts? Ich bin auf Arbeitssuche!«

Frieda blieb mit der Kanne in der Hand stehen. »Genau das ist die Lösung. Ich habe gelesen, die Pflege der kranken Eltern kann man sich auf die Rente anrechnen lassen. Die Krankenkasse bezahlt dich sogar dafür, Helen! Dann hättest du einen Job und Mama eine vernünftige Betreuung. Und die Miete für deine Wohnung kannst du dir dann auch sparen.«

»Das hast du dir ja fein ausgedacht. Und das soll dann mein Leben sein? Wer weiß, wie lange das so geht? Wie schlimm es noch wird? Mama ist fünfundsiebzig! Sie hat vielleicht noch zehn Jahre vor sich!«

»Ach, jetzt wünscht du ihr schon den Tod?« Frieda knallte die Kanne so heftig auf den Tisch, dass sie überschwappte.

»Das ist unfair!«, rief ich, doch ich wusste, dass Frieda keinen Argumenten mehr zugänglich war. Ich fühlte mich hilflos, wütend und schuldig. Hatte sie nicht sogar recht? Wenn einer in der Lage war, unsere Mutter zu betreuen, dann ich. Konnte ich sie wirklich in ein Heim abschieben, nur um mein einsames, nutzloses Leben wie bisher weiterzuleben?

»Ich muss an die Luft«, murmelte ich, rannte in den Flur und kramte meine Zigaretten aus der Handtasche.

Im Garten lehnte ich mich gegen die für den Winter abgedeckten Gartenmöbel. Alles war trostlos und kahl um diese Jahreszeit. Und kalt. Ich hatte meine Jacke drinnen vergessen. Als hätte sie meine Gedanken gelesen, kam Frieda durch die Gartentür, meine Jacke über dem Arm, zwei Tassen Kaffee in den Händen und ein versöhnliches Lächeln im Gesicht. Dankbar nahm ich die Jacke entgegen und zog sie an, bevor ich nach der Tasse griff.

»Darf ich auch eine?« Frieda wies mit dem Kinn auf die Zigaretten.

»Ich wusste nicht, dass du rauchst.«

»Und ich wusste nicht, dass du wieder rauchst.«

Ich reichte ihr die Packung und wir rauchten und tranken Kaffee, ohne zu sprechen.

Frieda legte ihren Kopf auf meine Schulter. »Wir finden eine Lösung, richtig? Irgendwie geht es immer weiter.«

Ich nickte, während ich in den Abgrund zu meinen Füßen blickte.

»Wir warten erstmal ab, was Dr. Höxner sagt«, fuhr Frieda fort. »In Ordnung?«

Sie hob den Kopf von meiner Schulter, um mich anzusehen. Ihre Augen sind grün, wie meine, aber ihre Haare blonder und etwas lockig, während meine glatt und langweilig in einem stumpfen Dunkelblond bis auf meine Schultern reichen.

»In Ordnung«, sagte ich. »Ich rufe Susi an und entschuldige mich. Ich habe vielleicht etwas überreagiert, sie gleich zu feuern. Wir brauchen sie.«

»Es tut mir leid, was ich zu dir gesagt habe.« Frieda zupfte an meinem Haar. »Ich mach mir Sorgen um dich.«

»Brauchst du nicht«, wiegelte ich ab. »Ich bin doch die große Schwester. Es ist mein Job, mir Sorgen zu machen.« Mit diesen Worten trat ich die Zigarette auf den Platten aus und hob die Kippe auf, um sie mit reinzunehmen. »Komm, lass uns wieder reingehen, bevor sie aufwacht.«

—◆◆◆—

Erst am späten Nachmittag machte ich mich mit dem Bus auf den Heimweg. Frieda hatte sich dazu entschlossen, bei unserer Mutter auf den Arzt zu warten, und ich war froh darüber. Müde und deprimiert schleppte ich mich die Treppe in mein Stockwerk hoch.

An meiner Wohnungstür hing ein Zettel, unterschrieben von der Hausverwaltung. Ich nahm ihn ab und überflog ihn mit gerunzelter Stirn. Es war eine Ermahnung wegen Nichterledigung des Putzdienstes. Mein Blick schnellte zur Tür des Nachbarn. Dort hing der gleiche Zettel. Hinter der Tür jaulte eine E-Gitarre.

»Na warte«, knurrte ich und drückte auf den Klingelknopf mit der Aufschrift *Bäumer*. Die Gitarre spielte unbeirrt weiter. Ein albernes Frauenkichern mischte sich unter das Geräusch. Ich klingelte erneut, ließ den Finger auf dem Knopf, bis selbst ein Tauber das Schrillen nicht mehr hätte überhören können. Das Gitarrenspiel brach ab, es rumpelte hinter der Tür und sie öffnete sich einen Spaltbreit.

Ron Bäumer funkelte mich an. Sein zu langes Haar fiel ihm wirr in die Stirn. Er trug Boxershorts und sonst nichts. Ich bemühte mich redlich, ihn nicht anzustarren, aber ich konnte nicht verhindern, dass ich bei dem Anblick des halbnackten Mannes errötete. Meinen Ärger schmälerte das jedoch nicht, im Gegenteil. Wütend hielt ich ihm den Zettel unter die Nase. »Wissen Sie, was das ist?«

Er verzog das Gesicht zu einem genervten Grinsen. »Keine Ahnung. Aber Sie werden es mir bestimmt gleich sagen.«

»Rooohooon?«, flötete die alberne Stimme aus dem Inneren. Er sah kurz über die Schulter, bevor er seine Aufmerksamkeit wieder mir zuwandte.

»Es ist ein Brief von der Hausverwaltung«, fuhr ich unbeirrt fort. »Wir werden aufgefordert, unserem Putzdienst nachzukommen. *Wir*!«

Sein Schulterzucken brachte mich zur Weißglut. »Ja und?«

»Ich erledige meinen Putzdienst alle vierzehn Tage, in den geraden Wochen. Es ist eine ungerade Woche. Ich sehe nicht ein, warum ich eine Verwarnung bekomme, nur weil Sie nicht putzen!«, giftete ich und mit jedem Wort wurde sein Lächeln nur breiter. Er machte sich über mich lustig.

»Eine Verwarnung? Wie im Knast?«, witzelte er. »Machen Sie sich mal locker. Dieser Buhmann ...«

»Blumann«, korrigierte ich ihn, aber er winkte bloß ab.

»... der hat doch 'nen Knall. Will sich nur wichtigmachen. Was soll schon passieren? Will er uns rausschmeißen?«

»*Uns* bestimmt nicht! Denn *ich* putze ja!«

Ein kleiner Schatten der Verärgerung legte sich über sein unverschämtes Grinsen. Zwischen seinen Brauen bildete sich eine Falte. »Hören Sie mal, Sie unerträgliche Schnepfe, kümmern Sie sich um Ihren Kram und lassen Sie mich gefälligst in Ruhe. Herrgott, als gäbe es nichts Wichtigeres!«

»Roooon, wann kommst du?«

»Gleich!«, zischte er nach hinten.

Ich spürte, wie mir Tränen in die Augen stiegen. Seit Jahren hatte niemand mehr so mit mir geredet. Seit ... seit ... Ich schüttelte ärgerlich den Kopf, wollte nicht an die Jahre der Demütigung denken, die ich an meinen Ex verschenkt hatte. Nicht mit mir! Nie mehr! »Wie können Sie es wagen, mich zu beleidigen, Sie aufgeblasener Möchtegern-Musiker? Das wird Konsequenzen haben!«

»Ach ja? Wieder mal 'ne Anzeige? Nur zu!« Er trat einen Schritt aus seiner Deckung heraus. Er war groß, ich reichte ihm gerade bis zur Brust, hatte breite Schultern und eine schmale Taille, wie ein Schwimmer. Ich hatte meinen unverschämten, musizierenden, Frauen abschleppenden

Nachbarn nie als Bedrohung empfunden, aber jetzt machte ich einen Schritt rückwärts.

»Ich werde mich bei der Hausverwaltung über Sie beschweren, Gründe finde ich genug. Ich werde Sie hier rausklagen, verlassen Sie sich drauf!«

Er prustete und trat ganz in den Flur hinaus, wobei er die Tür hinter sich zuzog, bis sie nur noch angelehnt war. Dann neigte er sich flüsternd zu mir vor. »Tu's doch, wenn du die Kohle für einen Anwalt zusammenkratzen kannst. Du bist Harzerin, nicht wahr? Frag mich sowieso schon die ganze Zeit, wie du dir die Bude hier leisten kannst. Ist die nicht zu groß für dich? Vielleicht sollte ich dem Amt mal einen Hinweis geben.«

»Bedrohen Sie mich etwa?« Der Zorn schwappte wie eine rote Welle über mich hinweg.

In gespielter Abwehr hob er die Arme. »Ich sag ja nur. Natürlich können wir das hier auch friedlich lösen, hm? Was meinst du? Du putzt und ich geh noch 'ne Runde vögeln? Einverstanden?«

Dann drehte er sich in aller Ruhe um und ging hinein. Als er die Tür schloss, zwinkerte er mir zu. Ich ballte die Hände zu Fäusten und atmete tief ein und aus. Es half nicht. Mein ganzer Körper zitterte vor Wut. Was war das nur für ein Mensch? Wie konnte er mich so demütigen?

Ich machte auf dem Absatz kehrt, kramte in der Handtasche nach meinem Schlüssel und rammte ihn ins Schloss. Der ganze Tag war einfach zu viel. Und jetzt geriet ich ins Visier der Hausverwaltung, weil Ron Bäumer ein arrogantes, faules Arschloch war?

Ich biss mir von innen in die Wange, genoss den Schmerz und schmeckte Blut. Ich wollte mich unter meiner Decke verkriechen und die Nacht durchheulen. Aber ich war mir nicht sicher, ob ich dann nochmal aufstehen würde. Auf eigenartige Weise belebte mich die Wut sogar. Seit Wochen hatte ich mich nicht mehr so intensiv gespürt. Ich wollte mir das Gefühl bewahren, es konservieren, ein kostbares, lebenswichtiges Elixier, von dem ich zehren konnte, wenn alles wieder in Taubheit versank.

Also öffnete ich die Besenkammer und holte Putzeimer und Wischer hervor. Ich würde tun, was die Hausordnung verlangte, aber ich würde den Teufel tun, vor Bäumers Wohnungstür zu wischen. Sollte er doch in seinem Dreck ersticken.

Während ich meine Fußmatte ausschüttelte, die Wollmäuse aus den Ecken fegte und mit leidenschaftlichem Hass meinem Nachbarn grollte, schien dieser sich großartig zu amüsieren, dem Lachen und Kreischen der Schnepfe zufolge, die er abgeschleppt hatte. Jedes Wochenende war es eine andere. Er schien sie zu wechseln wie seine Wäsche. Sie begegneten mir manchmal im Hausflur, sonntagmorgens, wenn ich von meiner Laufrunde durch den Park heimkam. Mit ihren knappen Partyoutfits und ihrer verschmierten Schminke konnten sie einem fast leidtun. Offenbar durften sie nicht einmal duschen, bevor sie hinauskomplimentiert wurden.

Ich tauchte gerade den Mopp in das Wischwasser und fing an, präzise bis zur Mitte des Stockwerks den Boden zu wischen, als es hinter seiner Tür rumpelte. Kurz darauf drehte sich ein Schlüssel und die Tür ging auf. Ich erstarrte, weil ich nicht erwartet hatte, ihn noch einmal zu sehen. Sofort schoss das Blut in mein Gesicht. Ich dachte darüber nach, mich in Luft aufzulösen. Da das leider nicht ging, umklammerte ich den Griff des Wischers, streckte die Schultern nach hinten und starrte mit größtmöglicher Verachtung in Richtung der Tür. Als Erstes schob sich das Partyluder hindurch. Wie erwartet war sie blond, groß und schlank. Ihre Oberweite sah aus, als hätte sie nachgeholfen, und ihr Outfit war das einer Nutte. Diese Frau war selbst für Bäumers Maßstäbe niveaulos. Mit einem geringschätzigen Blick tangierte sie mich, den ich mit gleicher Münze heimzahlte. Hinter ihr schob sich Bäumer durch die Tür, eine Hand am Hintern der Blondine. Als er mich sah, hob er überrascht die Augenbraue, dann zog, wie erwartet, ein breites Grinsen über sein Gesicht. Er war ja so berechenbar. Ich lächelte zurück, aber es fühlte sich falsch und verkrampft an.

»Na, wer sagt's denn? Geht doch!«, kommentierte er fröhlich, dann zeigte er auf den Dreck vor seiner Tür. »Aber du hast da was übersehen, fürchte ich.«

Ich weiß nicht mehr, warum ich es tat. Kann mich nicht einmal mehr erinnern, mich bewusst dazu entschieden zu haben. Auf einmal hatte ich den Putzeimer in der Hand und warf ihn Bäumer gegen den Kopf. Das Wasser schwappte heraus und verteilte sich über den Flur. Die Blondine kreischte und duckte sich weg. Bäumer stand für Sekunden einfach nur da und starrte mich an, die Hand gegen seine Nase gepresst. Wasser tropfte aus seinem Haar.

»Du Miststück!«, presste er hervor.

Als er seine Hand sinken ließ, sah ich, dass seine Nase blutete. Mein Hals wurde trocken. Was hatte ich getan? Er machte einen Schritt auf mich zu. Instinktiv riss ich den Wischmopp hoch und hielt ihn auf Bäumer gerichtet.

»Keinen Schritt weiter!«, schrie ich.

Im Stockwerk unter uns öffnete sich eine Tür. Bäumer griff nach dem Wischmopp und zog ihn mir mit einem Ruck aus den Fingern. Dann war er bei mir, riss mich am Oberarm zu sich heran. Ich wehrte mich nach Kräften, boxte mit der freien Hand gegen seine Brust. Sein Griff verstärkte sich und ich wimmerte auf. »Sie tun mir weh!«, rief ich.

»Gut!«, brüllte er zurück. Meine rechte Hand war immer noch frei. Ich knallte sie ihm auf die Wange. Das Klatschen schallte durch das Treppenhaus. Sein Griff lockerte sich, dann flog seine flache Hand auf mich zu, traf auf meine Wange. Die Demütigung brannte stärker als der Schmerz, aber der Schmerz war auch nicht übel. Keuchend wich ich vor ihm zurück, als er mich abrupt losließ, doch er kam mir hinterher. Mir blieb nur die Flucht. Ich rannte in meine Wohnung und knallte ihm die Tür vor der blutenden Nase zu.

Mein Herz hämmerte wie verrückt, meine Wange fühlte sich taub an und ein bleischweres Gefühl senkte sich in meine Magengrube. Dann hörte ich das Klicken und die Erkenntnis fuhr mir eiskalt durch die Glieder. Mein Schlüssel! Ich hatte meinen Schlüssel außen im Schloss stecken gelassen!

Mit allem, was ich hatte, warf ich mich gegen die Tür, aber dahinter blieb es ruhig. Zu ruhig. Ich lauschte, ein Ohr gegen das Holz gepresst, aber es war kein Laut zu hören. Irgendwann fasste ich mir ein Herz und drückte die Klinke herunter. Die Tür ließ sich nicht öffnen. Er hatte mich eingeschlossen!

Ich probierte es erneut ohne Erfolg. Meine Gedanken rasten. Meinen Zweitschlüssel hatte ich Frieda gegeben, für den Fall, dass ich mich aussperre. Ich prustete, als ich mir der Ironie meiner Situation bewusst wurde.

Zaghaft klopfte ich. »Hallo? Ist da jemand? Hallo!«

»Frau Hartmann? Geht es Ihnen gut?«

Das war Frau Müller, die alte Dame aus dem Stockwerk unter mir. »Frau Müller! Ich bin eingesperrt. Steckt der Schlüssel noch?«

»Nein, Kindchen, tut mir leid. Dieser Teufel hat ihn mitgenommen.« Sie senkte verschwörerisch die Stimme, sodass ich sie kaum noch verstand. »Keine Sorge, die Polizei wird gleich hier sein.«

Polizei? »Was? Nein!«, rief ich. »Das ist nicht nötig. Ich ... ich rufe meine Schwester an, sie hat einen Ersatzschlüssel.«

Aber sie war bei unserer Mutter und die konnte sie heute keinesfalls allein lassen. Ich ließ mich gegen die Tür sinken und verbarg das Gesicht in den Armen, bis ein Klopfen von draußen mich aufschreckte.

»Frau Hartmann? Hier ist die Polizei!«

Ich sprang auf die Füße, mein Magen verkrampfte sich vor Angst.

»Geht es Ihnen gut? Ihre Nachbarin hat uns verständigt.«

»Dieser Teufel hat sie geschlagen!«, rief Frau Müller.

»Alles ok. Ich kann bloß nicht raus. Er hat mich eingesperrt und den Schlüssel mitgenommen.«

»Mein Kollege holt gerade den Ersatzschlüssel von der Hausverwaltung. Nur noch ein paar Minuten, Frau Hartmann.«

Ich verschränkte die Arme und wartete, bis das Klirren eines Schlüssels ertönte und die Tür sich vorsichtig öffnete. »So, das hätten wir.« Ein schnauzbärtiger, freundlich dreinblickender Polizist steckt den Kopf zur Tür herein. »Alles in Ordnung? Sind Sie verletzt?«

Ich schüttelte den Kopf. »Mir geht's gut. Es war nur ein kleiner Streit unter Nachbarn.«

Der Beamte lächelte sanft. »Lassen Sie mich mal sehen.«

»W-was?«

»Ihre Wange ist gerötet.«

Unwillkürlich fuhr meine Hand dorthin, wo Bäumer mich geschlagen hatte. Frische Tränen stiegen in mir auf.

»Das ist Körperverletzung und Freiheitsberaubung!«, rief Frau Müller. »Sie müssen ihn anzeigen!«

Sie stand mit einem zweiten Polizisten im Flur. Er hielt einen Notizblock in der Hand und notierte offenbar ihre Aussage.

Ich schob mich an dem Beamten vorbei. »Nein! Keine Anzeige!«, rief ich entsetzt. »Hören Sie, es ist doch eigentlich nichts passiert. Nichts, was sich nicht regeln lässt.«

Der mit dem Notizblock seufzte und schüttelte den Kopf. Diese Worte hatte er bestimmt schon tausendmal gehört. Von misshandelten Ehefrauen, die ihre Männer in Schutz nahmen.

Es ist nichts passiert ... ich hatte selbst Schuld ... habe ihn provoziert ...

Nur, dass es in meinem Fall stimmte.

»Sind Sie sicher, Frau Hartmann? Keine Anzeige?«, fragte der mit dem Schnäuzer und berührte fürsorglich meinen Arm.

Ich nickte kräftig, als ein Geräusch mich ablenkte. Bäumer riss seine Wohnungstür auf. Er hielt ein Taschentuch an seine blutende Nase gepresst. Das Haar stand wirr von seinem Kopf ab, ein Frotteehandtuch lag um seine Schultern. Blutstropfen leuchteten auf dem weißen T-Shirt. Sein Blick war auf mich gerichtet. Bösartig, auf Rache sinnend. Ich schluckte hart, als er lächelte und sich den Beamten zuwandte. »*Ich* erstatte Anzeige. Diese Frau ist gemeingefährlich. Sie sollten sie gleich festnehmen.«

Meine Kehle war wie zugeschnürt. Frau Müllers entsetzter Blick fand den meinen. Auch die Beamten wirkten überfordert. Nur Ron Bäumer lächelte. Frau Müller hatte recht. Er war der Teufel.

3. Kapitel

Das Schrillen meines Weckers reißt mich aus dem Schlaf. Ich blinzle. 5:30 Uhr. Stöhnend wälze ich mich auf die andere Seite, dämmere zurück in den Schlaf, als es wieder klingelt. 5:40 Uhr. Gähnend reibe ich mir das Gesicht. Mein Blick wandert durch das dunkle Zimmer zum Fenster. Gestern Abend hat es zum ersten Mal geschneit. Dicke Flocken tanzten vor meinem Schlafzimmerfenster und so habe ich die Rollläden oben gelassen, um sie anzusehen, während ich auf den Schlaf wartete. Jetzt tanzt da nichts mehr. Der Himmel ist schwarz und bleiern, weit davon entfernt, hell zu werden. Langsam schiebe ich die Beine aus dem Bett und zucke zusammen, als meine Füße den kalten Laminatboden berühren. Alles in mir sträubt sich dagegen, diesem Tag ins Gesicht zu blicken. Dem ersten Tag meiner Sozialstunden. Zweimal in der Woche, immer dienstags von sieben bis zwölf und donnerstags von dreizehn bis achtzehn Uhr werden Ron Bäumer und ich gemeinsam unseren Dienst im Seniorenstift »Morgenröte« ableisten. Und das für die nächsten drei Monate.

Die heiße Dusche dauert länger, als ich mir leisten kann, aber danach ist mir immerhin warm. Ich trinke meinen Kaffee im Stehen, rauche eine Zigarette dazu und genieße die mich umgebende Stille.

Bis sie von der zuschlagenden Tür der Wohnung gegenüber durchbrochen wird. Ich zucke zusammen, dann pocht es lautstark. Resigniert schließe ich die Augen, drücke die Zigarette aus, stelle die Tasse in die Spüle und gehe in die Diele, um meinen Mantel anzuziehen. Ron Bäumer stiert mir grimmig entgegen, als ich die Tür öffne. Er trägt eine Strickmütze und hat sein Gesicht tief in einem dicken Schal vergraben. Die Hände stecken in den Taschen eines teuer aussehenden Mantels.

»Fertig?«, knurrt er.

»Ihnen auch einen guten Morgen«, sage ich und schließe die Wohnung hinter mir ab.

»Wüsste nicht, was daran gut sein soll.«

»Nicht gerade ein Morgenmensch, hm?«

Er brummt etwas Unverständliches in seinen Schal und poltert mir voran die Treppe hinunter. Normalerweise wäre ich mit dem Bus gefahren, aber dummerweise fährt morgens um diese Zeit keine Linie zu dem am Stadtrand liegenden Seniorenheim. Deshalb musste ich zähneknirschend Bäumers Angebot, mich in seiner Rostlaube mitzunehmen, annehmen. Kommt bestimmt gut in Frau Bauers Bericht.

Wir schweigen, während er das Auto über die verschneiten Straßen lenkt und die Heizung mir mit Volldampf warme Luft auf die Füße bläst. Die Reifen bocken, hin und wieder geraten wir ins Schlittern.

»Sie fahren wohl noch auf Sommerreifen?« Ich kralle meine Finger ineinander und halte den Atem an, als wir elegant durch einen Kreisverkehr rutschen.

»Jep.« Mehr hat er nicht zu sagen und den Rest der Fahrt verbringen wir weiter in angespannter Stille.

Immerhin haben wir es seit unserem Mediationstermin geschafft, uns aus dem Weg zu gehen, uns nicht gegenseitig anzuzeigen und – oh Wunder! – nicht zu prügeln. Mein

Nachbar ist, im Gegenteil, ganz handzahm geworden, putzt das Treppenhaus und hält sich an die Nachtruhe. Nur das mit dem Cannabis kriegt er irgendwie nicht in den Griff, aber ich sehe gnädig darüber hinweg. Wenn er's halt braucht ...

»Da wären wir«, verkündet er nach zwanzig Minuten Fahrt und lenkt den Wagen in eine freie Parklücke.

»Danke fürs Mitnehmen«, sage ich, bevor wir aussteigen. Er zuckt mit den Schultern, holt seinen Rucksack aus dem Kofferraum und schließt ab.

Meine Stiefel sind viel zu dünn für diesen Schneematsch, schon nach ein paar Metern sind meine Socken nass und ich spüre meine Zehen nicht mehr. Das fängt ja wirklich gut an. Wenigstens ist es in dem weihnachtlich dekorierten Foyer des Stifts schön warm. Überall im Raum verteilt sind Sitzgruppen, an den Wänden stehen Regale mit Büchern und Gesellschaftsspielen, in der Ecke befindet sich ein Kaffeeautomat und es gibt sogar eine Vogelvoliere, aus der bunte Kanarienvögel uns tschilpend begrüßen. Der Duft von Frühstückseiern, Brötchen und Kaffee zieht durch das Haus, durchmischt mit den Gerüchen von Desinfektionsmitteln und Alter.

Ron Bäumer wendet sich an den Mann an der Pforte. »Hi. Ron Bäumer und Helen Hartmann. Wir beginnen heute mit unseren Sozialstunden.«

Der Mann betrachtet uns von Kopf bis Fuß, dann erhebt er sich schwerfällig von seinem Stuhl. Er trägt einen grauen Overall und ist vermutlich der Hausmeister.

»Na dann kommt mal mit«, brummt er und schlurft uns voraus zum Treppenhaus. »Erster Stock, den Flur runter, zweite rechts. Dienstzimmer. Fragt nach Frau Stelzer.«

Ich bedanke mich lächelnd, während mein Nachbar schon die Stufen erklimmt. Mit seinen langen Beinen nimmt er immer zwei Stufen auf einmal und ist deshalb lange vor mir am Ziel. Während ich noch pruste und nach Luft schnappe, lehnt er im Türrahmen und plaudert mit einer Pflegerin. Sie ist sehr jung und sehr blond und strahlt ihn an wie die Morgenröte selbst. Eher beiläufig werde auch ich wahrgenommen. »Kommen Sie rein, setzen Sie sich. Frau Stelzer macht gerade die Übergabe, aber sie wird gleich hier sein, um Ihnen alles zu erklären. Jacken und Taschen können Sie hier in den Schrank schließen.« Sie deutet auf einen freien Spind. Wir legen ab und setzen uns dann an den runden Resopaltisch, so weit weg voneinander wie möglich.

Die Pflegerin – eine Pflegeschülerin, wie sie uns gleich mitteilt – stellt sich als Hanni vor. »Haben Sie schon mal in einem Pflegeheim gearbeitet?«

Synchron schütteln wir den Kopf.

»Aber ich pflege meine Mutter. Sie ist dement«, ergänze ich nach kurzem Schweigen. »Zum Glück braucht sie noch keine Rund-um-die-Uhr-Betreuung.«

Hanni nickt mitfühlend. »Sie sollten dennoch darüber nachdenken, was Sie tun wollen, wenn es so weit ist. Die meisten Angehörigen werden davon überrumpelt, weil sie die Entscheidung zu lange aufschieben.«

»Ich bin übrigens Ron«, grätscht Bäumer dazwischen. »Falls du nichts dagegen hast, mich zu duzen.« Er zwinkert ihr zu, Hanni strahlt, ich verdrehe die Augen.

In diesem Moment betritt eine ältere Frau in Pflegekluft den Raum. Nüchtern nimmt sie uns unter ihrer halbrunden Brille ins Visier und stellt sich als Frau Stelzer vor.

»Helen Hartmann, freut mich, Sie kennenzulernen.« Ich stehe auf und strecke ihr meine Hand entgegen, doch außer einem Kräuseln ihrer Lippen tut sich nichts.

Lahm lasse ich die Hand wieder sinken.

»Eins möchte ich gleich klarstellen: Ich werde Sie nicht gemeinsam zum Dienst abstellen. Frau Bauer hat mir gesagt, dass es Ihre Auflage ist, die Stunden gemeinsam in derselben Einrichtung zu leisten, aber sie sagte nicht, dass Sie auch tatsächlich zusammenarbeiten müssen. Wir haben 80 Betten auf vier Wohnbereichen, es wird sich schon eine Lösung finden. Ich will keinen Aufruhr riskieren, weil Sie sich gegenseitig an die Gurgel gehen.«

Ich unterdrücke ein erleichtertes Seufzen und nicke stattdessen ernst. »Das verstehe ich voll und ganz. Sie brauchen sich deswegen keine Sorgen zu machen, Frau Stelzer.«

Nun verdreht Bäumer die Augen.

»Hanni wird Ihnen jetzt das Haus zeigen. Anschließend bringst du Herrn Bäumer bitte zur Haustechnik. Frau Hartmann kommt hierher auf die Station zurück.«

Innerlich jubelnd stehe ich auf und folge Hanni hinaus in den Flur.

Das Seniorenstift »Morgenröte« ist eindeutig jüngeren Baujahrs. Hell, modern und schick, mit Einzelzimmern für die Bewohner und einem Aufenthaltsraum mit Küche auf jeder Station. In den Frühstücksräumen herrscht gerade Hochbetrieb und auch mein Magen beginnt zu knurren. Hanni führt uns plappernd von Raum zu Raum und lässt auch die Großküche, das Solebad und den Physiotherapieraum nicht aus. Dabei flirtet sie schamlos mit meinem Nachbarn, der ebenso schamlos zurückflirtet. Es ist also nur eine Frage der Zeit, bis sie mir sonntagmorgens mit verschmiertem Kajal im Treppenhaus begegnen wird. In dem Versuch, nicht auf das würdelose Geplänkel zu achten, konzentriere ich mich auf meine Umgebung. Ich versuche, mir vorzustellen, dass meine Mutter eines Tages hier leben könnte. Obwohl ich diejenige war, die sich dafür ausgesprochen hatte, fällt es mir nun schwer, mich auf dieses Gedankenexperiment einzulassen. Aber ich habe mir fest vorgenommen, die nächsten Monate dafür zu nutzen, einen Einblick in die Heimstrukturen zu bekommen und Frieda von meinem Vorhaben zu überzeugen. Denn unserer Mutter geht es von Tag zu Tag schlechter. Mit einem immer mieseren Gefühl lasse ich sie am Nachmittag alleine in dem großen Haus zurück, auch wenn ich weiß, dass seit dem Vorfall im Herbst abends und auch morgens der Pflegedienst vorbeikommt und sie außerdem einen Notfallknopf hat, den sie jederzeit benutzen kann. Auf Dauer ist es einfach keine Lösung und ich weigere mich nach wie vor, zurück nach Hause zu ziehen, um Tag und Nacht für sie da sein zu können. Frieda glaubt, sie könne über mein Leben verfügen. Und ich *möchte* zumindest daran glauben, dass ich selbst darüber verfüge. So streiten wir uns Tag für Tag und Woche für Woche. Es fühlt sich an wie eine Schlinge, die sich immer enger um meinen Hals legt. Das hier könnte die Lösung sein. Wenn ich es schaffe, Frieda davon zu überzeugen. Und mich selbst.

»Helen? Helen!«, reißt Hannis Stimme mich aus meinen Gedanken. Ich blinzle und stelle fest, dass ich noch immer verträumt auf das Solebecken starre, während Bäumer und Hanni schon in der Tür zum Treppenaufgang stehen.

Peinlich berührt eile ich ihnen nach.

»Wir nehmen den Aufzug zu Wohneinheit drei«, erläutert sie, während wir einsteigen. »Eine gemischte Station. Du wirst dem sozialen Dienst zugeteilt.«

»Was bedeutet das?«

»In erster Line wirst du den Pflegekräften zur Hand gehen. Kaffee kochen, Bettwäsche wechseln, beim Frühstück helfen. An den Nachmittagen wirst du den Bewohnern Gesellschaft leisten, vorlesen, Spiele spielen und so was.«

Ich nicke erfreut. Genau so habe ich es mir vorgestellt. Vielleicht wird mein Sozialdienst gar nicht so übel.

»Und ich?« Bäumer lehnt sich gegen die Aufzugtür, als ein leises ›Pling‹ unsere Ankunft im Erdgeschoss ankündigt und die Tür sich öffnet. Er rudert mit den Armen und stürzt beinahe ins Foyer. Hanni kichert albern und auch ich muss ein Schmunzeln unterdrücken.

»Haustechnikdienst mit dem ollen Rosnowski.« Sie deutet auf den grimmigen Mann an der Pforte. »Müll ausleeren, Böden wischen, Lampen wechseln. Viel Spaß!«, flötet sie und winkt ihm nach, während die Aufzugtür sich schließt.

Bäumers Lächeln gerät etwas zu säuerlich und sein Blick sprüht Funken in meine Richtung. Dann ist er weg und der Aufzug zockelt nach oben.

»Hach, er ist süß, oder?«, seufzt Hanni.

»Ich würde mich lieber vor ihm in Acht nehmen.«

Hanni zuckt mit den Schultern. »Ich steh auf böse Jungs. Was habt ihr zwei eigentlich angestellt?«

Ich spüre, wie ich erröte. Das Ganze ist mir immer noch furchtbar peinlich. Die entgeisterten Gesichter meiner Mutter und Schwester werde ich nie vergessen, als ich ihnen verkündete, dass ich wegen Körperverletzung zu drei Monaten Sozialstunden verdonnert worden bin.

»Es gab einen Streit. Und es wurde ... etwas handgreiflich«, erkläre ich, ohne sie anzusehen.

»Handgreiflich?« Hannis neugieriger Blick durchbohrt mich geradezu. »Würd ich auch gern mal mit ihm werden.«

»Nicht so, glaub mir.«

Zum Glück öffnet sich die Tür und ich werde von diesem peinlichen Gespräch erlöst. Frau Stelzer erwartet uns bereits in ihrem Büro gleich neben dem Dienstzimmer. »Sie kommen mit mir. Ich mache nach dem Frühstück immer eine Runde durch die Station. Hanni, Frau Hülster hat am

Wochenende schon wieder ihr Fentanylpflaster verloren. Weißt du was darüber?«

Hanni schüttelt den Kopf. »Da musst du Mike fragen. Hat denn keiner den Verlust gegengezeichnet?«

»Doch, aber ich dachte, du hättest vielleicht was mitbekommen. Ist schon das zweite Mal diese Woche.«

»Na, du kennst doch Frau Hülster. Würd mich nicht wundern, wenn sie sich die Dinger selbst abknibbelt und sich dann an nichts mehr erinnert.«

Frau Stelzer kneift die Augen zusammen. »Wir sollten ihr Pflaster zusätzlich fixieren, ich mache einen Vermerk in der Akte.«

»Gute Idee. Ich werde auf der Zwei gebraucht. Wenn also sonst nichts mehr ist?«

»Geh ruhig. Und richte Theo aus, ich habe die Wette gewonnen.«

Hanni bekommt große Augen. »Schon wieder der Scheuer? Der lernt es nie, oder?«

Lachend verschwindet sie in den Flur. Frau Stelzer schnappt sich ein Klemmbrett und bedeutet mir, ihr zu folgen. »Herr Scheuer ist einer unserer Bewohner. Notorischer Raucher. Mindestens einmal pro Woche löst er den Feueralarm aus. Sie werden ihn noch kennenlernen. Aber Vorsicht, er ist ein alter Gangster. Und das meine ich wörtlich.«

Von ihrer Verschlossenheit von heute früh ist nichts mehr übrig, anscheinend richtet sich ihr Misstrauen eher gegen meinen Nachbarn. Erleichtert lausche ich ihren Ausführungen zu den Bewohnern. Den ganzen Vormittag bin ich mit ihr unterwegs, von Zimmer zu Zimmer. Sie stellt mich den Bewohnern vor und ich gehe ihr zur Hand. Es macht mir nichts aus, die Laken zu wechseln, Kissen aufzuschütteln und Haare zu kämmen. Es ist etwas, das ich jeden Tag für meine Mutter tue. Frau Stelzer beobachtet mich aufmerksam.

»Kommen Sie aus der Pflege, Frau Hartmann?«, fragt sie auf dem Weg zwischen zwei Zimmern.

»Nein, ich bin Bibliothekarin, aber zurzeit leider arbeitslos. Ich pflege meine Mutter.«

»Ah ja. Man merkt, dass Sie Erfahrung haben. Sie machen das sehr gut.«

»Danke«, murmle ich und streiche mir verlegen eine Haarsträhne hinter das Ohr. Wann hat mich das letzte Mal jemand gelobt? Ich hatte vergessen, wie gut es tut.

Das nächste Zimmer, das wir betreten, ist leer. Frau Stelzer seufzt und überblickt das Chaos aus Kleidern, zerknüllten Laken und Fast-Food-Kartons. »Mir scheint, Herr Scheuer hatte mal wieder Besuch von seinem Bruder. Sammeln Sie bitte den Müll ein, Frau Hartmann, ich kümmere mich um die Wäsche.«

Gemeinsam machen wir uns an die Arbeit. Ich bücke mich gerade nach einer zerknüllten Burgerverpackung, als plötzlich eine Hand auf meinem Hintern landet und eine rauchige Stimme murmelt: »Mädchenbesuch hab ich immer gern. Feiner Arsch. Wirklich fein.«

Mich überläuft es heiß und kalt, Blut rauscht in meinen Ohren und rötet meine Wangen. Ich richte mich auf und weiche zurück, während ich mich umdrehe. Ein alter Kerl mit getönter Brille, halb geöffnetem Hemd und Goldkettchen auf grauem Brusthaar grinst mir aus einem Rollstuhl heraus entgegen.

»Herr Scheuer, ich bitte Sie!«, tadelt Frau Stelzer scharf.

»Für dich immer noch Didi, Mädchen. Für dich übrigens auch«, richtet er sich wieder an mich. Sein Gebiss besteht aus mehreren Goldzähnen, die beim Lächeln aufblitzen.

Ich habe den kurzen Wortwechsel genutzt, um mich wieder zu fangen, aber eine schlagfertige Erwiderung will mir einfach nicht einfallen. »Herr Scheuer, ich habe schon von Ihnen gehört«, sage ich steif.

»Nix Gutes, vermutlich.« Er zwinkert mir zu und verliert dann zum Glück das Interesse.

»Können Sie Ihren Bruder nicht wenigstens bitten, seinen Müll mitzunehmen, wenn er abends geht? Und warum waren die Reinigungskräfte heute früh nicht bei Ihnen? Wie es hier wieder aussieht!«

»Hab sie vielleicht ein wenig … erschreckt.« Er zuckt mit den Schultern und fährt seinen Rollstuhl zum Fenster, um eine Gardine zur Seite zu schieben. »Ich hasse Schnee. Wenn's schneit, laufen die Geschäfte schlecht. Selbst die Junkies bleiben lieber daheim.«

Ich werfe Frau Stelzer einen fragenden Blick zu. Sie verdreht die Augen und tippt sich unauffällig gegen die Stirn. »Ja, ja, Didi. Wie gut, dass die Junkies heutzutage ihre Ruhe vor Ihnen haben, hm?«

Er lächelt hintergründig und antwortet nicht. Schweigend erledigen wir unsere Arbeit. Frau Stelzer kontrolliert das Pillendöschen und füllt Tabletten nach.

»Die Bedarfsmedis auch!«, ruft Detlev dazwischen. »Mein Bein macht wieder Probleme.«

Erst jetzt fällt mir auf, warum er im Rollstuhl sitzt. Sein rechtes Bein wurde über dem Knie amputiert.

»Phantomschmerz, weißte? Kann einen verrückt machen. Ist noch nicht lange her, dass sie es abgenommen haben.«

»Und trotzdem kann er das Rauchen nicht lassen.« Frau Stelzer schüttelt den Kopf und zählt zwei Tabletten in die freie Kammer des Tablettendöschens.

Wir verabschieden uns von Herrn Scheuer und verlassen das Zimmer. Erleichtert atme ich auf. »Dann war das mit dem Gangster ernst gemeint?«, erkundige ich mich flüsternd.

»Aber ja. Detlev – *Didi* – Scheuer war mal ganz groß im Drogengeschäft. Hat sogar einen umgebracht«, antwortet sie ebenfalls flüsternd.

»Was?« Entsetzt starre ich sie an. Und der Kerl hat eben seine Hand an meinem Arsch gehabt?

Sie nickt. »Er war im Gefängnis, bis sie ihm das Bein abnehmen mussten. Nach der Reha war klar, dass er nicht dorthin zurückkonnte. Und nun ist er hier und macht uns das Leben schwer.«

»Und sein Bruder? Ist der auch so einer?«

»Ah nein, der ist ganz anders. Ein netter Mann, aber tanzt nach Didis Pfeife. Die beiden haben sonst niemanden mehr, obwohl Didi noch eine Tochter haben soll. Zumindest behauptet er das. Aber sie will wohl nichts von ihm wissen.«

Ich denke noch über Detlev Scheuer nach, als wir das Dienstzimmer betreten.

Ein Pfleger steht an der Kaffeemaschine und füllt gerade Pulver nach.

»Hallo, Michael, bist ja früh dran heute«, begrüßt Frau Stelzer ihn. »Das ist Frau Hartmann, sie leistet ihre Sozialstunden bei uns. Frau Hartmann, Herr Lösske, Pflegefachkraft hier auf der Station.«

Er muss etwa in meinem Alter sein, hat einen zurückweichenden Haaransatz und freundliche braune Augen mit einem feinen Netz aus Lachfältchen. »Hi, nenn mich ruhig Mike. Freut mich«, begrüßt er mich und streckt mir die Hand entgegen. Ich ergreife sie und erwidere sein Lächeln.

»Helen, freut mich auch.«

»Erster Tag, hm? Und, wie gefällt es dir?«

Ich werfe einen schnellen Blick zu Frau Stelzer. »Es macht mir Spaß, hier zu sein. Auch wenn das vielleicht seltsam klingt.«

Frau Stelzer lächelt. »Wer weiß? Vielleicht satteln Sie noch mal um? Pflegekräfte werden immer gebraucht.« Dann wendet sie sich an Mike. »Was machst du schon hier? Hab dich erst zum Spätdienst erwartet.«

Sie setzt sich an den Tisch und ich folge ihrem Beispiel. Mike holt drei Tassen aus dem Schrank und stellt sie zwischen uns ab. »Die Jungs von der SAPV kommen doch gleich. Ich wollte mit denen über Frau Lambert sprechen. Sie war letzte Nacht total unruhig. Ich denke, die Morphinmenge reicht nicht mehr aus.«

Frau Stelzer schüttelt den Kopf. »Die Ärmste, dabei bekommt sie schon so viel. Ich schätze, es wird nicht mehr allzu lange dauern.«

»Abwarten, sie ist zäh.« Mike stellt die Maschine an und setzt sich zu uns an den Tisch.

»SAPV? Was heißt das?«, frage ich.

»Spezialisierte ambulante Palliativversorgung«, erklärt Mike. »Sie kommen jeden Tag und sehen nach unseren Palliativpatienten. Das sind die, die es nicht mehr lange machen«, ergänzt er.

»Wir haben derzeit zwei Palliativpatienten hier auf der Station«, sagte Frau Stelzer. »Sie bedürfen einer besonderen Pflege. Du solltest den Arzt dazu rufen, Michael.«

»Hab ich schon, er wird gleich hier sein. Kaffee?«

Er schenkt uns allen eine Tasse ein und verschwindet dann, als die Klingel zur Stationstür läutet.

»Er scheint sich sehr zu engagieren, wenn er extra früher kommt.« Ich puste in meinen Kaffee und nippe dann vorsichtig daran. Er ist zu stark für meinen Geschmack. Vergeblich sehe ich mich nach der Milch um.

»Michael ist wirklich ein Guter, aber er muss aufpassen, dass er sich nicht an den Job verheizt. Na ja, wenn er erstmal eine Freundin hat, werden sich seine Prioritäten sicher verlagern.« Sie trinkt ebenfalls von ihrer Tasse.

»Warum waren wir heute nicht bei den Palliativpatienten? Übernimmt dieses Spezialteam die komplette Pflege?«

Frau Stelzer schüttelt den Kopf. »Ich bin schon früher bei ihnen gewesen, ohne Sie. Wusste ja nicht, wen mir das Gericht da schickt.« Sie lächelt wohlwollend. »Nächstes Mal kommen Sie mit.«

Ich lächle zurück.

»Irgendwann erzählen Sie mir, wie Sie mit diesem Streithammel aneinandergeraten sind, ja? Schwer vorstellbar, bei einer Frau wie Ihnen.«

»Eine Frau wie ich?« Ich lächle immer noch, aber es fühlt sich unbehaglich an. »Wie bin ich denn?«

»Na ruhig, freundlich, aufmerksam. Zumindest habe ich Sie so erlebt. Irre ich mich?«

Schnell schüttle ich den Kopf. »Nein, ganz und gar nicht. Ich schätze, Herr Bäumer hat bei mir einen Schalter gefunden. Ich weiß selbst nicht, wie das passieren konnte.«

Forschend betrachtet sie mich, dann leuchtet ein rotes Lämpchen über der Tür auf und ein wenig dezenter Alarmton begleitet das Licht. Seufzend steht Frau Stelzer auf. Als ich mich ebenfalls erheben will, winkt sie ab. »Trinken Sie ruhig Ihren Kaffee zu Ende, das mach ich allein. Und Frau Hartmann? Sehen Sie zu, dass er diesen ›Schalter‹ nicht nochmal erwischt.« Sie zwinkert freundlich, dann ist sie fort.

Nach dem Kaffee schickt Mike mich in die Küche, wo ich die Tabletts für das Mittagessen auf der Station entgegennehme. Es riecht wie typisches Krankenhausessen. Ich steuere den hohen Wagen beinahe blind in den Aufzug und wäre fast mit Ron Bäumer zusammengestoßen, der einen Müllcontainer vor sich herschiebt. Gemeinsam quetschen wir uns in den Aufzug.

»Wohin?«, frage ich, weil ich den Tasten am nächsten bin.

»Auf die Drei.«

Der Aufzug fährt los, Bäumer schweigt mich von der Seite an.

»Und? Wie ist es so bei Ihnen?«, frage ich höflich.

Lange Zeit sagt er nichts. Will der mich jetzt etwa ignorieren? Dann antwortet er doch. Ohne mich anzusehen, sagt er: »Ich sammle Kackwindeln ein.«

Die Aufzugtür öffnet sich, Bäumer rollt seinen Müllwagen nach draußen und ich bin erlöst. Mit einem kleinen, schadenfrohen Lächeln auf den Lippen folge ich ihm mit meinem Wagen in den Flur der Station.

4. Kapitel

Eine Last fällt von meinen Schultern. Der erste Tag ist geschafft! Mir gefällt die Arbeit im Seniorenstift, die Mitarbeiter behandeln mich nicht wie einen Sträfling und Ron Bäumer verrichtet seinen Dienst weit, weit weg von mir im Kellergeschoss. Apropos – sein Auto parkt nicht mehr am Straßenrand, als ich das Foyer des Heims verlasse. Offenbar hält er es nicht für nötig, mich mit zurückzunehmen. Mir soll's recht sein. Die Sonne scheint, der Schnee ist weitestgehend geschmolzen und bis zur nächsten Haltestelle ist es nicht weit. Ich wollte sowieso gleich zu meiner Mutter fahren. Frieda hat versprochen, an meinen Diensttagen wenigstens vor der Arbeit nach ihr zu sehen und dafür zu sorgen, dass sie frühstückt, bevor der Pflegedienst kommt. Aber die Zeit dazwischen ist sie auf sich allein gestellt, was inzwischen alles Mögliche bedeuten kann. Meistens sitzt sie jedoch in ihrem Fernsehsessel und lässt sich berieseln. Mein Herz verkrampft sich bei der Vorstellung, wie einsam sie manchmal sein muss, obwohl wir sie jeden Tag besuchen. Immer öfter drängt sich mir der Gedanke auf, was wohl aus mir wird, wenn ich einmal alt bin. Ohne Kinder, die sich um mich kümmern. Ob Frieda für mich da sein wird? Ich fürchte eher, ich werde eine dieser alten Schachteln, die nach ihrem Tod wochenlang in ihrer Wohnung vergammeln, weil niemand sie vermisst. Es ist zu früh, um darüber nachzudenken, das ist mir schon klar, aber in Anbetracht der Situation drängt sich dieser unwillkommene Gedanke immer wieder auf.

Zum Glück muss ich nicht lange auf den Bus warten. Im Inneren ist es schön beheizt, ich ziehe Mütze, Schal und Handschuhe aus und lasse meine Gedanken wandern, bis ich mein Ziel erreiche.

Meine Mutter ist vor dem Fernseher eingeschlafen. Bestimmt war sie wieder die halbe Nacht wach. Auf leisen Sohlen mache ich mich an die Zubereitung des Mittagessens. Ich bin keine besonders gute Köchin und meine Mutter ist keine besonders gute Esserin. Wir ergänzen uns perfekt.

Ich stelle mir vor, wie wir noch in zehn Jahren zusammen Mittagessen und danach irgendeine dämliche TV-Show ansehen, bis wir beide mit unseren Wolldecken auf den Knien einschlafen. Dieses Bild bringt mich beinahe zum Schmunzeln, gleichzeitig wird mir kalt. Mein Leben sieht jetzt schon kaum anders aus.

Soll es das etwa gewesen sein? Ich bin fünfunddreißig Jahre alt, geschieden und arbeitslos. Frau Stelzers Worte gehen mir nicht aus dem Kopf. Vielleicht sollte ich wirklich umsatteln?

Während die Nudeln köcheln und der Spinat im Topf auftaut, schmiede ich schon Pläne. Ich könnte mit meiner Arbeitsvermittlerin beim Jobcenter sprechen. Die ist eigentlich ganz nett und hat immer versucht, mir Stellen zuzuschieben, die mir liegen könnten, bevor ich nach meinem Zusammenbruch krankgeschrieben wurde. Zwei Jahre ist das schon her. Höchste Zeit für eine Veränderung.

Nach der Scheidung vor sechs Jahren fand ich schnell eine Stelle an der Universität und hangelte mich von

Befristung zu Befristung. Die Arbeit tat mir gut, sie lenkte mich von meinem seelischen Schmerz ab, ich vergrub mich regelrecht darin. Ich richtete mir ein Zuhause ein, nur für mich. Meine Zuflucht, mein Refugium, wo ich tun und lassen konnte, was ich wollte. Lesen, Musik hören, ausschlafen. Ich war glücklich – dachte ich. Dann fiel meine Stelle einer Budgetkürzung zum Opfer und all meine Versuche, eine neue Arbeit als Bibliothekarin zu finden, scheiterten. Ich zog mich immer mehr in mich selbst zurück. Freunde hatte ich keine, Tobias hatte mir alle Kontakte untersagt. Nach der Scheidung schämte ich mich zu sehr, um an alte Freundschaften anzuknüpfen, und mir fehlte der Antrieb, um mir neue zu suchen. Also blieb ich daheim und verzweifelte an mir selbst und meinen Erinnerungen. Nach einem Jahr Arbeitslosigkeit bekam ich plötzlich Druck. Zeitarbeit, Umschulung, Bewerbungstraining. Mir schwirrte der Kopf von all den Forderungen. Dabei wollte ich bloß noch in Ruhe gelassen werden, mich unter meiner Decke verkriechen und heulen. Und das tat ich, tage- und wochenlang. Ich ging auf Drängen des Jobcenters zum Arzt. Es war derselbe, der mich während meiner Ehe immer wieder zusammengeflickt hatte. Sein wissender Blick, das besorgte Stirnrunzeln. Es war, als würde er genau verstehen, was in mir vorging. Er verordnete mir eine Pause und schrieb mich krank. Von da an wurde es nur noch schlimmer. Wie gelähmt verharrte ich in einem Zustand aus Angst und Traurigkeit. Ich schlief, ich aß, ich trieb manchmal sogar Sport. Ich lächelte, wo es verlangt wurde, und lag nächtelang wach, während mich die Last, zu der mir mein Leben geworden war, beinahe erstickte. Zwei Jahre sind seitdem vergangen. Zwei ganze Jahre habe ich verloren. Mit Mitte dreißig habe ich nichts vorzuweisen, mein Leben ist ein einziger Trümmerhaufen, gekrönt von meinem Wutausbruch im Treppenhaus und den Sozialstunden.

Mein Handy klingelt. Das tut es so selten, dass ich vor Schreck zusammenzucke.

»Hallo, Frieda«, begrüße ich meine Schwester und rühre mit einem Holzlöffel im Spinat.

»Hey, Schwesterherz! Wollte nur mal hören, wie es so gelaufen ist, dein erster Arbeitstag.« Sie legt bei den letzten Worten so viel Spott in ihre Stimme, dass ich genervt mit den Augen rolle.

»War ganz okay. Besser, als ich gedacht hatte.«

»Und dein heißer Nachbar? Wie hat der sich benommen?«

»Er ist nicht heiß!«

»Doch ist er. Du bist auf diesem Auge bloß blind. Ist vermutlich besser so, er ist ein Arsch.«

»Als wüsste ich das nicht selbst«, schnaube ich und stelle den Herd etwas runter, als das Nudelwasser überzukochen droht. »Wir wurden zum Glück in getrennten Bereichen eingeteilt. Er hat den Mülldienst abbekommen.«

Frieda kichert. »Klingt ja ganz vielversprechend. Und du?«

»Sozialer Dienst. Die Pfleger, die ich heute kennengelernt habe, sind wirklich total nett und kümmern sich rührend um die alten Menschen. Dort gibt es Einzelzimmer, Frieda, schicke Küchen auf den Etagen und sogar einen Therapiehund und eine Vogelvoliere. Du musst es dir mal ansehen. Wir könnten mit der Pflegeversicherung ...«

»Darum geht's also«, unterbricht Frieda mich scharf. »Denkst du überhaupt noch an was anderes?«

Meine Finger verkrampfen sich um den Holzlöffel. »Ehrlich gesagt, nein, denn ich tue ja auch kaum noch etwas anderes. Frieda, ich habe Pläne für mein Leben. Ich möchte ...«

»Pläne?«, unterbricht sie mich abermals. »Seit wann? Vorgestern? Jahrelang hast du nichts getan. Nichts! Und jetzt, da unsere Mutter dich braucht, hast du auf einmal Pläne?«

Langsam schließe ich die Augen und versuche, gelassen zu bleiben. Vergegenwärtige mir, was ich mit meiner Therapeutin in mühevollen Stunden erarbeitet habe.

Ich hatte meinen Anteil an dem, was geschehen ist. Aber ich trage keine Schuld. Es liegt an mir, etwas aus meinem Leben zu machen. Ich bin jetzt frei.

»Ich muss auflegen, Frieda. Das Essen ist fertig.« Ohne mich zu verabschieden, lasse ich meinen Worten Taten folgen.

»Helen? Bist du das?«, ruft meine Mutter aus dem Wohnzimmer. Ich verdränge die Tränen und atme tief durch.

»Ja, ich bin's! Essen ist fertig!«

<hr />

Freitagnachmittag, 12:30 Uhr. Sozialstunden. Es klopft pünktlich an meiner Tür. Ich schlüpfe in meinen Mantel und lächle Ron Bäumer entgegen. »Danke, dass Sie mich wieder mitnehmen. Ginge es heute Abend auch zurück?«

Er zuckt mit den Schultern. »Wenn du nicht wieder so trödelst wie beim letzten Mal. Hab keine Lust, mehr Zeit als nötig bei den alten Knackern zu verbringen.«

Hintereinander gehen wir die Treppe runter. »Wir alle werden eines Tages alt, das sollten Sie nicht vergessen, Herr Bäumer. Dann wünschen Sie sich bestimmt auch, dass sich jemand um Sie kümmert.«

»Ich hab nicht vor, so alt zu werden, dass ich wieder in die Windeln kacke. Das ist doch unnatürlich. Und ich sagte schon: Nenn mich Ron! Kommt bestimmt gut vor Gericht.« Er zwinkert mir über die Schulter hinweg zu und überspringt die letzten drei Stufen bis zur Haustür.

»Wie Sie meinen, *Ron*«, seufze ich.

Unsere Wege trennen sich im Foyer des Heims. Ich nehme den Aufzug nach oben, Ron die Treppe nach unten. Ich bin ein bisschen nervös, denn meine Erwartungen an den heutigen Tag sind hoch. Vielleicht zu hoch? Wer weiß, wem ich zugeteilt werde?

Ist Frau Stelzer überhaupt im Dienst? Und Mike? Nervös betrete ich den Stationsflur.

»Hallo, schönes Mädchen«, begrüßt mich Detlev Scheuer, der in einem der Sessel in der Aufenthaltslounge fläzt wie der letzte Playboy.

»Guten Tag, Herr Scheuer. Wie geht es Ihnen?«, erwidere ich artig, auch wenn sich alles in mir dagegen sträubt. Dieser Kerl ist mir zutiefst zuwider. Immerhin hat er einen Menschen getötet und Drogen verkauft. So einer wird nicht plötzlich nett, bloß weil er zu alt geworden ist, um seine Tätigkeit weiter auszuüben. Wer weiß, was der noch alles getan hat?

»Die geben einem guten Stoff hier, wirklich guten Stoff.« Er nickt anerkennend und mustert mich durch die getönte Brille.

»Damit kennen Sie sich ja aus.«

»Hallo, Helen!«, ruft Hanni mir zu. Sie lehnt in der Tür zum Dienstzimmer. »Lass dich von dem Didi ja nicht einwickeln. Ist ein schlimmer Finger.« Sie zwinkert Scheuer zu und der wirft ihr einen Kussmund entgegen.

»Hallo, Hanni.« Erleichtert gehe ich zu ihr.

»Kommst zeitig zum Schichtwechsel. Mike ist auch gerade gekommen. Er nimmt dich heute unter die Fittiche.«

Freudig folge ich ihr und verstaue Jacke und Tasche im Spind. Das sind gute Neuigkeiten. Mike scheint nett zu sein.

Die Pflegerin, die gerade mit ihm im hinteren Büro spricht, kenne ich noch nicht.

»Das ist Margot, sie hatte heute den Frühdienst«, erklärt Hanni.

Solange die beiden miteinander reden, trinken Hanni und ich einen Kaffee. Sie erzählt mir von ihrem Wochenende, von einem Typen, den sie gerade kennengelernt hat, und schwärmt mir von ihm vor. Sie ist wirklich hübsch mit ihren blonden Korkenzieherlocken, den strahlend blauen Augen und runden Wangen. Ich frage sie, wie alt sie ist.

»Dreiundzwanzig«, sie zieht verlegen die Schultern hoch. »War eine Spätzünderin. Nach der Schule hatte ich irgendwie keinen Bock auf Arbeit und bin verreist.«

»Wo bist du gewesen?« Interessiert beuge ich mich vor.

Ihre Augen leuchten. »Ein paar Monate in Südamerika und dann bin ich hoch in den Norden, quer durch die USA.«

»Wie hast du das bezahlt?«

Sie grinst schelmisch. »Hab reiche Großeltern. Meine Eltern haben's aber nicht gern gesehen. Unterwegs hab ich auch gearbeitet. War echt 'ne schöne Zeit. Bin froh, dass ich's gemacht hab. Wo bist du schon überall gewesen?«

Die Frage trifft mich unvorbereitet. Ich starre in meinen Kaffee. »Nirgends. Ich … ich habe früh geheiratet und dann … irgendwie war auch nie das Geld da für einen Urlaub.«

Hanni reißt die Augen auf. »Du warst noch nie im Urlaub? Krass!«

Zum Glück öffnet sich die Bürotür und Mike und Margot kommen heraus. Margot ist eine stämmige Mitfünfzigerin mit rauem Handschlag und gütigem Gesicht. Sie verabschiedet sich rasch in den Feierabend und auch Hanni streckt sich.

»Denk dran, Montag hab ich Schule, Mike«, sagt sie, während sie aufsteht.

»Dann ein schönes Wochenende.«

»Bis dann!« Sie winkt zum Abschied und Mike und ich bleiben allein zurück.

Ich lächle ihn unsicher an. »Bist heute nur du im Dienst?«

»Ich habe doch dich.« Bilde ich es mir ein oder flirtet er mit mir?

»Ich bin wohl kaum eine Hilfe.«

»Da hat Frau Stelzer aber was anderes erzählt. Aber nein, es ist natürlich noch jemand da. Wir arbeiten immer zu zweit, eine Fachkraft und ein Pflegehelfer. Und dann gibt es noch einen Springer, der auf allen Stationen eingesetzt wird. Ute, die Helferin, hat gerade angerufen, sie kommt etwas später, steht im Stau. Und? Was möchtest du heute machen?«

Ich blinzle ihn verständnislos an.

»Du musst nicht die Runde mit mir drehen, ist eh immer dasselbe. Wenn du willst, kannst du dich ein bisschen zu den Leutchen in den Aufenthaltsraum setzen. Frau Hülster ist heute ganz gut drauf, bestimmt lässt sie sich zu einer Partie Rommé überreden.« Wieder dieses Zwinkern, dazu das strahlende Lächeln, er ist mir wirklich sympathisch. Ich denke darüber nach und stimme schließlich zu, obwohl ich ein klein wenig enttäuscht bin. Weil ich gern mehr Zeit in der Pflege verbringen würde? Oder mehr Zeit mit Mike?

Verwirrt über den Gedanken schüttle ich ihn schnell ab. Ich tue, was man mir sagt. Und zu einer Runde Rommé mit der reizenden Frau Hülster lasse ich mich gern verdonnern.

Die alte Dame sitzt in einem der bequemen Ohrensessel, hat die Füße hochgelegt und sieht fern. Als ich mich ihr nähere, strahlt sie mich an. »Sie kenne ich doch von irgendwoher!«

»Ich bin Helen, wir kennen uns von letzten Dienstag. Ich arbeite ein paar Stunden die Woche hier. Erinnern Sie sich?«

»Aber ja! So eine nette Frau. Setzen Sie sich, setzen Sie sich. Ich würde Ihnen ja eine Tasse Tee anbieten, aber meine Arthrose.« Sie schüttelt den Kopf.

»Wissen Sie was? Wie wäre es, wenn ich uns den Tee hole und dann spielen wir eine Runde Rommé, hm?«

»Das wäre wirklich ganz reizend, meine Liebe, ganz reizend.«

Ich mache mich auf den Weg zum Teespender. Im Flur kommt mir Ron mit seinem Müllmobil entgegen. Er trägt einen grauen Overall, den er letzte Woche noch nicht anhatte.

»Schick«, kommentiere ich schadenfroh.

Doch er zuckt nur mit den Schultern. »Halt dich zurück, wenn du deinen Arsch weiterhin schön warm und bequem im Auto herumkutschieren lassen willst.«

Mir wird heiß vor ohnmächtiger Wut. Er sitzt eindeutig am längeren Hebel.

Zwei Tassen Tee balancierend kehre ich zurück zu Frau Hülster, die inzwischen wieder in das Fernsehprogramm vertieft ist. Selbst als ich mich neben sie setze und die Teetassen auf den Beistelltisch stelle, blickt sie nicht auf. »Frau Hülster?«

Mit einem Grunzen zuckt sie zusammen.

»Entschuldigung, ich wollte Sie nicht erschrecken.«

Sie schüttelt zerstreut den Kopf. »Ach, ist schon gut, Sie können nichts dafür. In letzter Zeit bin ich so tüdelig. Wollen wir spielen?«

Es stellt sich heraus, dass Frau Hülster eine gnadenlose Ausdauer in Gesellschaftsspielen hat. Mit der Zeit gesellen sich zwei weitere Damen hinzu und wir spielen zu viert weiter.

Hin und wieder kommt Mike an uns vorbei und wechselt ein paar Worte, aber ansonsten bleiben wir unbehelligt.

Der Nachmittag vergeht wie im Flug. Als ich auf die Uhr blicke, ist es kurz vor sechs.

»Mist«, murmle ich und stehe auf. »Meine Damen, es war mir ein Vergnügen, aber ich muss leider los.«

Frau Hülster winkt zum Abschied und schlurft dann mit ihren Freundinnen zum Abendbrot.

Mir ist es beinahe peinlich, dass ich den ganzen Nachmittag verzockt habe. Hätte ich nicht vielleicht in der Küche helfen sollen? Oder Frau Hülster und die anderen wenigstens pünktlich um halb sechs auf die Essenszeit aufmerksam machen? Aber das ist nicht mein Job, sondern Mikes. Doch der war vielleicht zu beschäftigt und hat die Zeit vergessen.

Ich eile zu meinem Spind und zerre meine Jacke hervor. Noch während ich sie anziehe, laufe ich zurück in den Flur, um Mike zu suchen. Ich sollte mich wenigstens verabschieden. Hoffentlich wartet Ron so lange!

Ich finde Mike auf dem Zimmer eines der Palliativpatienten am Ende der Station. Hier ist es ruhiger, das Licht ist gedämpft. Das Zimmer ist in beruhigendem Dunkelgrün gestrichen, um das Pflegebett herum blinken etliche Apparate. Hierhin hat Frau Stelzer mich letzte Woche nicht mitgenommen, aber die Zimmertür steht offen und neben dem Bett steht Mike und zieht gerade eine Spritze auf. Neben ihm auf dem Tisch liegen zwei Glasampullen.

»Mike?«, flüstere ich, um die schlafende Bewohnerin nicht zu stören.

Unerwartet heftig zuckt Mike zusammen, wirbelt zu mir herum und fegt dabei die Ampullen vom Tisch.

»Das ... das tut mir leid«, stammle ich und eile in das Zimmer, um die Ampullen für ihn aufzuheben. *Morphin* steht auf einer, *NaCl* auf der anderen. »Ich wollte dich nicht erschrecken.«

»Ist schon gut. Ich war nur in Gedanken. Ich mache das hier.«

Schnell geht er neben mir in die Hocke und beginnt seinerseits, alles aufzuheben. Unsere Finger berühren sich, ich blicke auf und finde mich Nase an Nase mit ihm wieder. Sofort weiche ich ein Stück zurück und stehe auf. So nah war ich schon lange keinem Mann mehr. Meine Hände zittern, ich stecke sie in die Manteltaschen, um es zu verbergen. Um meine Unsicherheit ebenfalls zu verbergen, blicke ich zu der schlafenden Frau. Sie verliert sich fast unter der dicken Bettdecke. Neben ihr pumpt eine Maschine, ein Schlauch führt von dort direkt in die Vene ihres rechten Arms. »Was ist mit ihr?«, flüstere ich.

»Lymphdrüsenkrebs im Endstadium. Sie stirbt«, sagt Mike ebenso leise und tritt näher an das Bett heran, um eine dünne graue Strähne aus dem Gesicht der Patientin zu streichen.

»Hat sie Schmerzen?«

Er zuckt mit den Schultern. »Vielleicht. In diesem Stadium ist es schwer zu sagen.«

Ich erinnere mich daran, dass Mike vor ein paar Tagen den Arzt gerufen hat, um die Morphinmenge für die Patientin erhöhen zu lassen. »Was ist das für eine Maschine?«

»Eine Morphinpumpe. So wird die Dosis stetig an den Organismus abgegeben. Die Jungs von der SAPV sind dafür zuständig.«

»Und weshalb die Spritze?«

»Die Morphindosis über die Pumpe reicht in ihrem Fall nicht mehr aus. Deshalb spritzen wir zwei zusätzliche Ampullen pro Schicht. Nächste Woche zeige ich dir unsere Protokolle, wo wir jedes Medikament, das verabreicht wird, dokumentieren. Dann siehst du, wie wir hier so arbeiten.«

Ich will ihn gerade fragen, wozu er die Kochsalzlösung

braucht, da sieht er auf die Uhr. »Musst du nicht los?«

Am liebsten würde ich noch bleiben und ihn weiter ausfragen. Das Schicksal dieser Frau berührt und fasziniert mich. Die Ruhe, die sie umgibt, ist beinahe friedlich. Wenn sie Schmerzen hat, merkt man es ihr jedenfalls nicht an.

»Wenn du magst, kannst du am Dienstag wieder herkommen und dich etwas zu ihr setzen, ihr vorlesen oder so. Frau Lambert hat keine Angehörigen und uns fehlt leider die Zeit«, bietet Mike mir an.

Überrascht sehe ich ihn an. »Würde das denn etwas bringen?«

»Sie hat gern gelesen, als sie es noch konnte. Es wird ihr gefallen.« Er lächelt mir aufmunternd zu.

»Das würde ich sehr gern«, flüstere ich. Es rührt mich, dass Mike so aufmerksam und liebevoll zu den Bewohnern ist. Ich beuge mich zu Frau Lambert hinunter und streichle ihre Hand. Die Haut ist ganz zart, die Knochen darunter fühlen sich zerbrechlich an. »Bis Dienstag, Frau Lambert.«

◆◆◆

Ich beeile mich, ins Foyer zu kommen. Die Uhr zeigt fünf nach sechs. Mist! Bestimmt ist Ron schon weg. Doch dann sehe ich sein Auto an der Bordsteinkante stehen und atme auf. Um nicht in die Kälte zu müssen, setze ich mich zum Warten auf einen der gepolsterten Stühle neben der Voliere und beobachte die Kanarienvögel, bis laute Stimmen und Schritte aus dem Treppenhaus Gesellschaft ankündigen.

Ich erkenne Rons Stimme sofort und auch den ärgerlichen Beiklang darin. Die zweite Stimme gehört dem Hausmeister.

»Lächerlich!«, zischt Ron auf seine typisch arrogante Art und betritt das Foyer. Seine Hausmeisterkluft hat er gegen den schicken Wollmantel getauscht.

»So watt will ich nich' nochmal erleben! Klar, Junge?«

»Ja, ja«, murmelt Ron und als er mich entdeckt, umwölkt sich sein Blick noch mehr. »Fertig?«, faucht er mich an.

Zu perplex, um entrüstet zu sein, folge ich ihm nach draußen. »Was ist denn passiert?«

»Der Typ ist ein Arschloch, das ist passiert«, erwidert Ron, schmeißt seinen Rucksack in den Kofferraum und donnert die Klappe zu.

Ich setze mich auf den Beifahrersitz und mache mich ganz klein. In so einer Stimmung will ich mich lieber nicht nochmal mit ihm anlegen.

Ron zwängt sich hinter das Lenkrad und steckt den Schlüssel ins Zündschloss. Der Wagen stottert, springt aber nicht an.

»Na, klasse«, murmelt Ron und versucht es erneut. Nichts. Er schlägt mit beiden Händen auf das Lenkrad. »Scheiße!«

»Was machen wir jetzt?«, frage ich kleinlaut.

Doch er hat schon sein Handy gezückt und eine Nummer gewählt. »Hey. Meine Karre springt nicht an. Kannst du ...« Schweigen. Jemand spricht am anderen Ende. Er schließt die Augen. Resigniert. »Ja, schon klar. Danke auch. Ich schick dir die Adresse.« Ärgerlich pfeffert er das Handy auf die Ablage und fährt sich durchs Haar.

Ich räuspere mich und zücke meine Brieftasche. »Ich bin Mitglied im Autoclub.«

Jetzt sieht Ron mich an und ein spöttisches Lächeln zieht über sein Gesicht. »Du hast nicht mal ein Auto.«

Meine kalten Finger finden die gelbe Mitgliedskarte. »Früher hatte ich eins. Mein Mann hat die Mitgliedschaft abgeschlossen und ich habe nie gekündigt. Für den Fall, dass ...«, verlegen zucke ich mit den Achseln, »... na ja, dass ich eines Tages wieder eins haben sollte.«

Ron schüttelt den Kopf. »Ich brauch bloß Starthilfe.

Mein Vater wird in etwa einer Stunde hier sein.« Er richtet seine Aufmerksamkeit auf das Handy und scrollt auf dem Display herum. Dann hält er es sich wieder ans Ohr. »Hier ist Ron. Ich hatte 'ne Panne, komme vielleicht etwas später. Ciao.«

»Wollen wir drinnen warten?«, schlage ich vor und deute auf das Seniorenheim.

Ohne mich anzusehen, erwidert er: »Hör zu, da drüben ist 'ne Bushaltestelle. Du musst nicht mit mir warten.«

Das hat gesessen. Dabei wollte ich lediglich nett sein. Keine Ahnung, warum mich sein Verhalten kränkt. Schnell wende ich mich ab und fummle am Türgriff herum. »Tja. Dann noch einen schönen Abend.«

»Helen, warte«, sagt er etwas sanfter und ich spüre eine Berührung an der Schulter. Es ist das erste Mal, dass er meinen Namen sagt. Wie elektrisiert erstarre ich in der Bewegung, um mich dann mit dem Rücken tief in den Sitz zu pressen. Mein Herz pocht wie verrückt, als Ron sich zu mir vorbeugt. Er riecht nach Aftershave, ein dezenter, herber Duft, ganz bestimmt teuer.

»Was ...?«, stottere ich, doch da greift er an mir vorbei und öffnet die Tür für mich.

»Der Griff klemmt manchmal«, erklärt er. Ich flüchte ins Freie und schlage die Tür hinter mir zu. Ohne zurückzublicken, stapfe ich durch den Schneematsch über den Parkplatz. Bloß weg von hier. Mein Herz rast noch immer, ich verstehe nicht, warum. Zum zweiten Mal an diesem Tag kam mir ein Mann näher, als mir lieb ist. Näher, als mir je ein Mann gekommen ist, seit ... Denk an was anderes!

Zum Beispiel, wie ich es rechtzeitig nach Hause schaffen soll, bevor Frieda mich zum Essen abholt. Sie wolle etwas mit mir besprechen, es sei wichtig. So wichtig, dass sie mich sogar in ein Restaurant einladen möchte.

Der Busfahrplan stimmt mich nicht gerade optimistisch. Der nächste Bus kommt in dreißig Minuten. Dreißig Minuten, die ich frierend in der Dunkelheit ausharren muss, weil dieses Arschloch Ron Bäumer mich aus dem Wagen geworfen hat. Meine Augen brennen, bestimmt wegen der Kälte. Ich stampfe mit den Füßen auf, um das eisige Gefühl aus meinen Beinen zu vertreiben. Das ist doch verrückt! Ich laufe jetzt sofort zurück zum Stift und setze mich ins Foyer, Ron hin oder her. Also trete ich den Rückweg an, ignoriere geflissentlich den rostroten Opel und seinen Insassen und betrete das warme Foyer des Seniorenheims.

Hinter mir öffnet sich die elektrische Tür erneut und ein kalter Schwall Luft weht herein. Ich drehe mich um, es ist Ron. Sofort verschränke ich die Arme. »Doch anders überlegt?«

Er zuckt mit den Schultern. »Wann kommt dein Bus?«

»In einer halben Stunde.«

Seufzend fläzt er sich in einen der Sessel. Nach kurzem Zögern folge ich seinem Beispiel.

»Du warst also verheiratet?«, fragt er gelangweilt.

Nicht gerade mein Lieblingsthema, aber um nicht gleich wieder einen Streit vom Zaun zu brechen, antworte ich. »Zehn Jahre. Ist schon ein Weilchen her.«

Vielleicht sollte ich Frieda anrufen, damit sie mich hier abholen kommt? Nach Hause lohnt es sich schon fast nicht mehr.

»Zehn Jahre?« Er mustert mich eingängig. Mir kommt der Duft seines Aftershaves wieder in den Sinn. Was ist nur los mit mir? »Du musst ziemlich jung gewesen sein.«

»Was glaubst du denn, wie alt ich bin?«, fordere ich ihn heraus.

Das scheint ihm zu gefallen. Schmunzelnd beugt er sich vor und nimmt mich noch näher in Augenschein.

»Gefährliches Terrain, das Alter von Frauen zu schätzen.«

Ich pruste nervös. »Die Frauen, die du so kennst, sind jedenfalls keinen Tag älter als zwanzig, da macht man nicht viel falsch.«

Sein Lächeln verbreitert sich zu einem Grinsen. »Neidisch?«

»Wie bitte? Auf deine bemitleidenswerten Betthäschen?« Ich lache auf und vergrabe mich in meinem Schal. Hitze schießt mir in die Wangen. Ich wünschte, ich hätte mich nie auf dieses Gespräch eingelassen.

Ron lehnt sich selbstgefällig zurück und kneift die Augen zusammen. »So ... Mitte dreißig?«

»Bingo«, erwidere ich bissig und ärgere mich insgeheim, dass er mein Alter richtig geraten hat. Vielleicht, weil ich gehofft habe, jünger auszusehen?

»Seit wann bist du geschieden?«

»Seit wann geht es dich was an?«

Abwehrend hebt er die Hände, aber das Grinsen verschwindet natürlich nicht. »Mal sehen, ich wohne seit vier Jahren in dem Haus und du warst vor mir da. Einen Mann habe ich noch nie bei dir gesehen. Ich dachte sogar, du stehst vielleicht mehr auf Frauen. Da ist doch ab und zu diese hübsche, junge Blondine zu Besuch.«

»Das ist meine Schwester Frieda. Und sie hat einen Freund, bevor du auf dumme Gedanken kommst«, unterbreche ich ihn hastig und blicke auf die Uhr. »Ich warte vielleicht doch besser draußen, der Bus sollte bald kommen.«

Dieses Gespräch will ich auf keinen Fall fortsetzen. Also verabschiede ich mich und gehe wieder nach draußen, in die Kälte. Egal, da drinnen wurde es mir zu heiß. Von so einem Weiberhelden das eigene, traurige Leben vor Augen geführt zu bekommen, ist genau das, was ich jetzt nicht brauche.

5. Kapitel

Ich schaffe es gerade noch, mich umzuziehen und ein bisschen Make-up aufzulegen, bevor Frieda bei mir klingelt. Eigentlich habe ich keine Lust, mich heute noch einmal aus der Wohnung zu bewegen, aber ich bin zu neugierig auf das, was Frieda zu berichten hat, um abzusagen.

Sie macht es spannend, plaudert auf der Fahrt über dies und das und ist ausgesprochen guter Laune. Ich lasse mich über meinen Abend mit Ron Bäumer aus und sie lacht sich kaputt über meine Entrüstung. Zwei ganz normale Schwestern auf dem Weg zu einem gemeinsamen Abendessen. Das Thema, von dem wir beide wissen, dass es wie Dynamit zwischen uns explodieren würde, lassen wir bewusst aus. Aber es ist da, die ganze Zeit. Ich will sie fragen, wie der Nachmittag mit unserer Mutter verlaufen ist, aber ich habe zu viel Angst, in ein Minenfeld zu laufen. Also plappern wir die gesamte Fahrt über Belanglosigkeiten. Ich schätze, wir sind beide erleichtert, als wir das Restaurant erreichen. Frieda hat sich für einen kleinen Italiener entschieden.

»Tom und ich gehen hier manchmal essen, wenn wir was zu feiern haben«, erklärt sie mit einem Augenzwinkern. Also haben wir was zu feiern?

Mit einem mulmigen Gefühl blicke ich durch das bodentiefe, winterlich mit Lichterketten dekorierte Fenster in das

Innere des Lokals. Der Duft von Pizzateig und Pastasoße weht mir in die Nase. Wie lange war ich nicht mehr schön essen? Vielleicht sollte ich den Abend einfach genießen. Wir treten ein und werden von einem lächelnden Kellner begrüßt, der uns an unseren Platz führt. Sofort steckt Frieda die Nase in die Karte. Sie will mich auf die Folter spannen.

Ein Kellner tritt an unseren Tisch. »Wollen Sie schon etwas zu trinken bestellen?«

Als ich seine Stimme höre, blicke ich ungläubig hinter der Speisekarte hervor. Es ist Ron Bäumer, in schicker schwarzer Bundfaltenhose, weißem Hemd und Weste. In der einen Hand hält er einen Notizblock, in der anderen einen Stift. Er wirkt ebenso überrascht wie ich.

»Du arbeitest hier?«, frage ich wenig intelligent.

»Du isst hier?«, kontert er.

Ich klappe die Karte zu. »Ich nehme ein Glas Merlot und die Pasta *Aglio e Olio*.«

Er notiert sich meine Wünsche und blickt dann höflich fragend zu Frieda.

»Sie sind dann wohl Ron Bäumer! Ich hab schon viel von Ihnen gehört«, eröffnet Frieda ein Gespräch. Ich kann mich gerade noch beherrschen, ihr nicht unter dem Tisch vor das Schienbein zu treten.

»Nur Gutes, hoffe ich.« Ron zwinkert ihr lächelnd zu.

»Was glauben Sie denn?« Frieda lacht ebenfalls. »Meine Schwester lässt kein gutes Haar an Ihnen!«

»Dann sind Sie Frieda, freut mich.« Jetzt streckt er ihr auch noch die Hand entgegen.

»Könntest du jetzt bitte bestellen?«, zische ich Frieda zu und feuere einen bitterbösen Blick hinterher.

Sie hebt beschwichtigend die Brauen und versenkt sich wieder in die Betrachtung der Karte. Wie immer braucht sie ewig, um sich zu entscheiden. Ron bietet an, nochmal wieder zu kommen, aber sie hebt die Hand. »Ich hab's gleich.«

Erleichtert atme ich auf, als er endlich mit unserer Bestellung verschwindet.

»Na, so ein Zufall«, flüstert sie. »Oder wusstest du, dass er hier arbeitet?«

Ich schüttle den Kopf und beuge mich vor, damit er unser Gespräch nicht belauschen kann. Warum muss dieser blöde Laden so winzig sein? »Dann hätte ich dich überredet, woanders hinzugehen. Ich hatte genug von ihm für den Rest meines Lebens.«

Frieda verdreht die Augen. »Du bist immer gleich so melodramatisch. Er scheint doch ganz nett zu sein.«

Ganz nett ist so ziemlich die letzte Bezeichnung, die ich für meinen Nachbarn wählen würde, aber da ich das Gespräch nicht vertiefen will, zucke ich mit den Achseln. »Also? Wann willst du mir endlich verraten, weshalb wir hier sind? Was gibt es zu feiern?«

Friedas Grinsen verbreitert sich, sie will gerade zum Sprechen ansetzen, da kehrt Ron mit unseren Getränken zurück.

Er stellt mir ein großes Glas Merlot vor die Nase. Es ist so voll, dass es beinahe überschwappt. Ein Friedensangebot oder ein erneuter Affront? Seine Miene verrät es nicht. Nachdem er weg ist, hebt Frieda ihr Wasserglas.

»Lass uns anstoßen. Auf einen netten Abend.«

Vorsichtig lassen wir die Gläser gegeneinander klirren und ich trinke einen Schluck. Der Wein ist gut, samtig und herb.

»Ich bin schwanger!«, eröffnet Frieda mir da.

Beinahe hätte ich mich verschluckt. Ich unterdrücke ein Husten und stelle das Glas vorsichtig vor mir ab. Eisige Kälte sickert in meinen Magen, meine Mundwinkel sind zu schwer, um mein Lächeln zu tragen. »Das ... das freut mich, Frieda. Wirklich. Sehr.«

Sie strahlt wie ein Honigkuchenpferd, scheint mein Unbehagen nicht zu bemerken. Über den Tisch hinweg nimmt sie meine Hände. »Du wirst Tante, Helen. Tante Helen! Ist das nicht großartig?«

Ich nicke, während das Blut in meinen Ohren rauscht und mein Herz sich in einer eisernen Faust zu verkrampfen scheint. »Ich ... ich muss kurz zur Toilette.«

Ich löse meine Hände aus ihren und stehe so schnell auf, dass ich gegen die Tischplatte stoße und beinahe den Wein verschütte. Im letzten Moment fangen meine klammen Finger das Glas auf.

»Bin gleich wieder da«, murmle ich und meine Blicke fliegen durch den Raum, auf der Suche nach den Toiletten. Dabei stoße ich gegen jemanden, Hände legen sich um meine Oberarme.

»Langsam, langsam. Alles okay?«

Es ist Ron. Ausgerechnet Ron! »Ja, ich muss bloß ... da sind sie ja!«

Erleichtert entdecke ich das Toilettensymbol und befreie mich aus seinem Griff, um darauf zuzustürzen.

Ich lasse mich von innen die Kabinentür herunterrutschen und vergrabe das Gesicht in den Händen, bis das Zittern nachlässt und die Kälte aus mir weicht. Es ist lächerlich, mich so aufzuführen. Und total unfair Frieda gegenüber. Sie hat sich so gefreut und was tue ich Idiotin? Wütend auf mich selbst, streiche ich eine Träne von meiner Wange und stehe auf. Zeit, zurückzugehen und mich aufrichtig mit meiner Schwester zu freuen.

Sie sitzt mit dem Rücken zu mir über ihr Glas gebeugt. Die Art, wie sie ihre Schultern hochzieht, verrät mir, dass ich sie wieder einmal enttäuscht habe.

Mit einem Lächeln setze ich mich zu ihr an den Tisch. »Tut mir leid. Es war wirklich dringend. Also, erzähl mal! Seit wann weißt du es?«

Sie kauft es mir nicht ab, lässt sich aber darauf ein. »Ich hatte seit zwei Wochen eine Ahnung, aber erst gestern war der Termin beim Arzt. Er hat es mir bestätigt.«

Ich verkrampfe die Finger um mein Glas. »Wow. Einfach wow. War es geplant?«

Falsche Frage. Friedas Blick verdunkelt sich wieder. »Natürlich war es geplant. Immerhin sind Tom und ich schon seit drei Jahren zusammen.«

»Ich dachte bloß, weil du noch studierst.«

»Ich setze ein oder zwei Semester aus, was soll's? Tom verdient genug für uns beide ... uns *drei*.« Jetzt strahlt sie wieder und ich halte meine scharfe Zunge im Zaum. Zu gern hätte ich meine weiteren Bedenken angebracht, aber wem hätte es geholfen?

Zum Glück bringt ein Kellner gerade unser Essen. Diesmal ist es nicht Ron, vielleicht hat er den Tisch mit seinem Kollegen getauscht. Wir schnuppern an unseren Nudelgerichten und sprechen uns gegenseitig einen guten Appetit aus. Dann herrscht erstmal Schweigen und ich habe Zeit, meine Gedanken zu ordnen.

»Jetzt wird es natürlich noch schwieriger für mich mit Mama«, sagt Frieda, kurz bevor sie sich eine Fuhre Pasta in den Mund schiebt. Ihr vorsichtiger Blick streift mich, richtet sich dann wieder auf das Essen.

»Das kriegen wir schon hin«, erwidere ich kurz angebunden, während Galle meine Kehle hochsteigt. Darüber hätte sie nicht nachdenken können, als sie das Kind *plante*?

Natürlich nicht, denn Frieda denkt nur an sich selbst. Meine Schwester, das verwöhnte Nesthäkchen. Alle müssen um sie herum planen, das war schon immer so. Mir ist der

Appetit vergangen. Ich lege die Gabel weg und schiebe den Teller von mir.

Aus großen Augen blickt Frieda mich an. »Was ist denn? Schmeckt es dir nicht?«

»Alles bestens. Ich hatte heute Nachmittag nur zu viel Kuchen.«

Während Frieda isst, leere ich meinen Wein und winke mit dem leeren Glas in Richtung Bar, wo Ron gerade Gläser poliert. Er schnappt sich die Flasche und kommt an unseren Tisch. »Noch nicht genug gehabt?«, feixt er, während er mir nachgießt.

»Bist du zu allen Gästen so unverschämt?«, blaffe ich ihn an, weil mir nicht nach seinen Spielchen zumute ist. Gerade ist mir nur nach Wein zumute. Sehr viel Wein.

Ron schenkt mir großzügig ein und verschwindet wieder. Frieda sieht ihm nach. »Er ist wirklich ziemlich ...«

»Sag es nicht«, unterbreche ich sie scharf. »Ich kann es nicht mehr hören.«

Klirrend wirft Frieda ihre Gabel auf den Tellerrand. »Was ist dir denn über die Leber gelaufen?«

»Gar nichts«, knirsche ich, kann meinen Unmut aber nicht länger verbergen.

Frieda starrt mich an. »Du bist eifersüchtig«, stellt sie fest. »Weil ich einen Mann habe und wir jetzt ein Baby bekommen. All das, was du gern hättest.«

Ich beuge mich zu ihr vor, meine Wangen brennen. »Du erinnerst dich doch an meinen Mann, oder?«, flüstere ich heiser vor Zorn. »Dann wirst du wissen, dass ein Mann das Letzte ist, was ich will.«

Frieda wird blass und presst die Lippen zusammen. »Sieh dich an, Helen. Und hör dir mal selber zu. Du bist so armselig, du kannst dich nicht mal mehr für andere freuen. Selbst dann nicht, wenn es deine eigene Schwester ist.«

Mit diesen melodramatischen Worten steht sie auf, schultert ihre Handtasche und stolziert zur Theke. Ich sehe, wie sie ein paar Worte mit Ron wechselt und ihre EC-Karte zückt. Die ganze Zeit über wartet sie vermutlich darauf, dass ich zu ihr eile und sie um Verzeihung bitte. Aber ich bleibe einfach sitzen, ohnmächtig in meiner Wut, erstarrt in meiner Bitterkeit.

Frieda hat recht, ich kann mich nicht mehr freuen. Über nichts und für niemanden. Gemessen trinke ich meinen Wein, bevor auch ich aufstehe. Frieda ist natürlich längst weg. Die zwei Gläser haben mich ordentlich benebelt, ich muss mich auf dem Weg nach draußen konzentrieren, um nirgends anzustoßen. Einer der Kellner, nicht Ron, wünscht mir noch einen schönen Abend, dann bin ich draußen. Die Luft ist so kalt, dass sie in meiner Lunge sticht. Ich fummle meine Zigarettenpackung aus der Manteltasche und stecke mir eine an. Hinter mir bimmelt die Türglocke, jemand stellt sich neben mich.

»Krieg ich auch eine?«, fragt Ron Bäumer. Auch das noch.

Ich strecke ihm die Packung entgegen und gebe ihm auch Feuer. Dann rauche ich weiter, starre auf die eisglitzernde Straße.

»Alles okay?«

Ich sehe ihn an, runzle die Stirn, ziehe an der Zigarette. »Nein. Nichts ist okay.«

Ron schweigt wie ich, dann tritt er die Zigarette aus und vergräbt die Hände in den Taschen. »Komm mit rein. Trink noch ein Glas. Ich hab in 'ner Stunde Feierabend, dann fahr ich dich heim. Vorausgesetzt, meine Karre springt an.«

Bevor ich antworten kann, ist er wieder im Lokal verschwunden. Ich bin nicht sicher, wie ich auf dieses Angebot reagieren soll. Was ist die Alternative?

Mich in einen Bus setzen und in meine leere Wohnung fahren. Dort weitertrinken. Bis drei Uhr morgens wachliegen und fernsehen. Die Leere hat schon begonnen, sich in mir auszubreiten, an meiner Seele zu nagen. Ich kenne dieses Gefühl, kenne es gut genug, um mich davor zu fürchten. Also schnippe ich die Kippe weg und folge Ron Bäumer nach drinnen.

Er hat ein Glas Wein für mich an die Theke gestellt. Eigentlich wäre ich lieber an meinen alten Platz zurückgekehrt, aber dort sitzt inzwischen ein Pärchen. Also rutsche ich auf den Barhocker und murmle ein »Dankeschön« in Rons Richtung. Er nickt bloß knapp und widmet sich der Kaffeemaschine.

»Seit wann arbeitest du schon hier?«, frage ich, weil ich das Bedürfnis habe, ihm seine Nettigkeit zu vergelten.

Er stellt ein Latte-Macchiato-Glas unter die Milchdüse und antwortet, ohne mich anzusehen: »Seit sechs Monaten. Aber ich bin nicht jeden Abend hier, nur dreimal die Woche.«

An den anderen Abenden ist er vermutlich damit beschäftigt, Frauen aufzugabeln und abzuschleppen. Oder macht er das auch hier? Der unwillkommene Gedanke schießt mir in den Sinn, dass ich nur eine von einer ganzen Reihe Frauen sein könnte, die vor einem Glas Wein an der Theke sitzen und auf seinen Feierabend warten. Als hätte er meinen Gedanken erraten, dreht er sich plötzlich zu mir um und lächelt vielsagend. »Hier, den brauchst du bestimmt nach dem ganzen Wein.«

Der Latte Macchiato gesellt sich zu meinem Merlot. Peinlich berührt schiebe ich ihn weg. »Das ist sehr freundlich, aber ich habe kein Geld dabei und ...«

»Das geht auf's Haus«, unterbricht er mich. »Oder hast du gedacht, ich lasse dich dafür bezahlen?«

Ich schiebe mir eine Strähne hinter das Ohr. »Oh. Ich … danke.«

Er schenkt mir ein sperriges Nicken und widmet sich den anderen Gästen. Mir bleibt nichts anderes übrig, als an der Theke zu sitzen und ihn dabei zu beobachten. Er legt bei der Arbeit eine lässige Professionalität an den Tag, die ich ihm nicht zugetraut hätte. Er lächelt, flirtet, verbrüdert sich mit den männlichen Gästen und ich sehe, dass er viel Trinkgeld erhält. Am Ende seiner Schicht zählt er die Scheine in seiner Kellnerbörse ab und legt die Rechnung seinem Chef, dem Koch, vor, der die meiste Zeit in der Küche gewesen ist. Dann deutet Ron auf mich und zwackt einen Schein von seinem Trinkgeld ab. Der Koch nickt und schlägt ihm kumpelhaft auf die Schulter.

»Ich hole nur kurz meine Jacke, dann können wir los«, erklärt er mir und verschwindet hinter einer Tür, auf der »Privat« steht. Kurze Zeit später kehrt er dick eingepackt und mit einer Schachtel, aus der es köstlich duftet, zu mir zurück. Mein Magen knurrt, schließlich habe ich von meinem Essen kaum was angerührt. Vielleicht finde ich zu Hause noch eine Tiefkühlpizza im Gefrierfach.

Vorsichtig schiebe ich mich von meinem Barhocker und verliere dennoch das Gleichgewicht. Drei Gläser Merlot waren entschieden zu viel. Ron fängt meinen Beinahesturz galant ab und lotst mich an den Tischen vorbei nach draußen.

»Danke, dass du mich mitnimmst«, sage ich auf dem Weg zum Auto.

»Keine Ursache. Sah nach 'nem üblen Streit aus.« Er sieht mich von der Seite an.

»War es. Und natürlich war alles wieder meine Schuld.« Ich werfe die Arme wütend in die Luft und gerate ins Stolpern.

Ron legt seinen Arm um meine Schulter. »Nicht falsch verstehen«, sagt er auf meinen alarmierten Blick hin. »Ich will bloß nicht, dass du dir das Genick brichst.«

»Kann dir doch egal sein.« Brüsk befreie ich mich aus seiner Umarmung, obwohl sie auf verstörende Weise tröstend war.

»Ist es aber nicht. Am Ende beschuldigt man mich noch des Mordes an dir. Nicht, dass es mir irgendjemand verübeln könnte.«

Ich stoße ihm meinen Ellbogen in die Rippen. Er weicht aus und rutscht selber auf dem glatten Gehsteig aus.

»Weia!«, entfährt es mir. Instinktiv greife ich nach seinem Ärmel, um den Sturz abzufangen, und lande mit ihm auf dem Boden. Auf ihm, um genau zu sein. So viel Nähe ist nicht mein Ding. Besonders nicht bei Männern. Ich fühle mich sofort unwohl, wenn jemand in meine Intimsphäre eindringt. Und doch fühle ich mich nicht unwohl hier im Schnee auf Ron Bäumer.

Sein Körper ist kräftig und trotzdem weich. Und er riecht ziemlich gut. Hastig rapple ich mich auf, schnell weg von ihm. »Hast du dir wehgetan?«

Ron liegt flach auf dem Rücken und grinst wie ein Honigkuchenpferd. »Das war's wert.«

Verstört wende ich mich ab. Keine Ahnung, was ich darauf erwidern soll. Er wird es wohl kaum als Anmache gemeint haben. Ich passe nicht in sein Beuteschema. Eine wie ich würde sein Durchschnittsalter dramatisch in die Höhe schießen lassen.

Ron steht auf, klopft sich den Schnee von der Hose und greift nach der Plastiktüte mit seinem Essen, die ebenfalls im Schnee gelandet ist. Wir setzen unseren Weg fort.

»Wie hast du das gemeint, dass es mal wieder deine Schuld ist?«, fragt er nach einer Weile.

Hilflos hebe ich die Schultern. »So ist es immer zwischen Frieda und mir. Sie interpretiert in jedes Wort von mir etwas hinein. Heute hat sie mir vorgeworfen, ich würde mich nicht für sie freuen, weil sie schwanger ist.«

»Deine Schwester ist schwanger? Gratuliere, Tantchen.«

»Danke«, murmle ich.

»Wieso solltest du dich über so eine Nachricht nicht freuen?«

Weil ich verkorkst bin. Beinahe hätte ich es laut gesagt, das macht der Alkohol mit mir.

»Sie denkt, ich bin eifersüchtig. Weil ich keine Kinder habe. Na ja.«

Ich wappne mich für die unvermeidliche Frage, warum ich eigentlich keine Kinder habe ... doch sie kommt nicht. Stattdessen sagt er: »Du wirktest eigentlich nicht eifersüchtig. Eher ... ängstlich. Nein, panisch. Das war Panik in deinen Augen, als du mit mir zusammengestoßen bist. Du hattest Angst. Aber wovor?«

»Das ist lächerlich, Ron, Was war noch gleich dein Studienfach? Hoffentlich nicht Psychologie!« Ich vergrabe das Gesicht tief in meinem Schal, damit es mich nicht verrät.

Er lacht leise und schüttelt den Kopf. »Nein, ich studiere BWL.«

Zum Glück lässt er das Thema auf sich beruhen. Wir erreichen den kleinen Innenstadtparkplatz, auf dem Rons rote Rostlaube parkt, und steigen ein. Zum Glück springt der Wagen anstandslos an. Während Ron fährt, begleitet uns peinliches Schweigen. Seltsam, bisher hat es mich nicht gestört, ihn anzuschweigen. Aber nun macht es mich irgendwie traurig, dass der kurze, vertraute Moment schon wieder vorbei sein soll.

»BWL also«, nehme ich das Gespräch wieder auf. »Was willst du später machen?«

Im dunklen Auto kann ich es nicht erkennen, aber ich habe das Gefühl, dass er sich verspannt. »In den Betrieb meiner Eltern einsteigen.«

Es fällt mir schwer, mir Ron Bäumer als seriösen Betriebschef vorzustellen. Ich erinnere mich an die ewig jaulende E-Gitarre und den Gesang aus seiner Wohnung. »Ich dachte, du machst was mit Musik?«

»Ich spiele in einer Band, wir haben ab und zu Auftritte. Da kommt finanziell auch ein bisschen was rein.«

»Was für Auftritte? Richtige Konzerte?«

Es scheint ihm peinlich zu sein, darüber zu sprechen, denn er windet sich förmlich auf seinem Sitz. »Schön wär's. Eher Hochzeiten und so was.«

Ein Lächeln verzieht meine Mundwinkel nach oben. »Daher die Mädels.«

Jetzt lacht auch er und das darauffolgende Schweigen hat eine andere Qualität. Zufrieden lehne ich mich in meinem Sitz zurück und schließe die Augen. Der Streit mit Frieda erscheint mir dank Ron auf einmal ganz weit weg. Heute Nacht werde ich schlafen.

6. Kapitel

Am Dienstag darf ich wie versprochen zu den Palliativpatienten. Ich bin nervös und habe keine Ahnung, warum. Mike drückt mir ein Buch in die Hand: *Vom Winde verweht*. Darin steckt ein gehäkeltes Lesezeichen.

»Das war das Letzte, was Frau Lambert gelesen hat. Sie war ganz verschossen in Rhett Butler.«

Ich klappe das Buch auf. Seite 126. Weiter ist sie nicht gekommen, vermutlich wird sie das Buch nie beenden. Ob auf dem Nachttisch meiner Mutter auch ein unbeendetes Buch liegt? Ich weiß es nicht, habe nie darauf geachtet. Mir steigen Tränen in die Augen.

»He, du.« Mike stupst mich sacht an. Verlegen wische ich mir mit dem Unterarm über die Augen.

»Tut mir leid. Ich weiß auch nicht, warum ...«

»Das ist ganz normal, wenn man nicht daran gewöhnt ist. Der Trick ist, es nicht zu nah an dich herankommen zu lassen. Das würde dich auf Dauer kaputt machen.«

Ich atme tief durch und nicke.

»Du musst es nicht tun, weißt du? Wenn du lieber ...«

Energisch schüttle ich den Kopf. »Nein, schon gut. Ich will es. Unbedingt.«

Wie, um mich selbst davon zu überzeugen, klopfe ich leise an Frau Lamberts Tür und trete dann ein. Mike wirft mir noch einen fragenden Blick zu. Ich nicke, um ihn zu beruhigen, und winke ihn mit einer Handbewegung fort, bevor ich die Tür anlehne und mich zu Frau Lambert umdrehe. Ihre Augen sind geschlossen, das Zimmer liegt im Halbdunkeln. Zögernd trete ich ein und sehe mich um. Dort neben dem Bett steht ein Stuhl, doch bevor ich mich setze, gehe ich zum Fenster.

»Guten Morgen, Frau Lambert. Die Sonne scheint. Es ist wunderschön draußen.« Ich greife an den Vorhang und schiebe ihn zur Seite, bis Sonnenlicht das Zimmer und Frau Lamberts Bett flutet. »Ich habe Ihnen Ihr Buch mitgebracht.«

Sie reagiert nicht, als ich mich neben ihr Bett auf den Stuhl setze. Auch nicht, als ich zögerlich ihren Arm streichle. »Möchten Sie wissen, wie es mit Rhett und Scarlett weitergeht?«, frage ich sacht, während ich das Buch an der Markierung aufschlage und mit leiser, ruhiger Stimme zu lesen beginne. Zuerst kommt es mir seltsam vor, in diesem stillen Zimmer, zusammen mit diesem Schatten von einem Menschen, doch irgendwann vergesse ich all das um mich herum. Ich vergesse die Morphinpumpe und das hektische Getöse auf dem Flur und tauche ein in diese Südstaatenromanze. Manchmal blicke ich auf, studiere Frau Lamberts Gesicht. Bilde ich es mir bloß ein oder ist da ein kleines Lächeln? Vielleicht hört sie mich tatsächlich? Wie eintönig muss es sein, den ganzen Tag hier zu liegen, vollgepumpt mit Drogen und keinem Menschen, der Zeit mit einem verbringt? Zugleich erschrocken und bestärkt durch diesen Gedanken ergreife ich ihre Hand und streichle sie, während ich weiterlese, mit Frau Lambert gemeinsam die Schrecken des Krieges und die verheerende Hassliebe der beiden Helden verfolge. Obwohl ich das Buch kenne, bin ich völlig hingerissen. Es ist lange her, seit ich zum letzten Mal eines meiner Bücher aus dem Regal genommen habe. Zu lange. Ich habe dieses Gefühl der Seiten zwischen meinen Fingern vermisst. Die Buchstaben fliegen nur so dahin, formen sich zu Wörtern und dann zu Bildern. Mein Mund wird vom Lesen ganz trocken, ich habe keine Ahnung, wie viel Zeit vergeht. Hier in diesem Zimmer ist es wie in einer Blase.

Irgendwann räuspert sich jemand an der Tür.

Ich blicke auf. Ron lehnt in seiner Hausmeisterkluft am Türrahmen und lächelt spöttisch. »Oh, Rhett!«, stöhnt er mit verstellter Stimme.

»Findest du das etwa witzig?«, fauche ich ihn an und klappe das Buch heftiger zu als beabsichtig.

Er hebt unschuldig die Hände. »Glaubst du wirklich, die kriegt was davon mit? Die ist doch total abgeschossen.«

»*Die* hat einen Namen – Frau Lambert. Und mit Drogen kennst *du* dich ja offenbar aus.« Wie, um meinen barschen Umgang mit dem Buch zu entschuldigen, lege ich es besonders sacht auf den Tisch neben dem Bett und stehe auf. »Gibt es einen bestimmten Grund, warum du hier herumstehst und mich belauschst?«

»In der Tat.« Er verschränkt die Arme und wippt auf den Fersen. »Die haben mich nach oben geschickt, um den Alten mit dem Raucherbein ein bisschen rumzufahren.«

»Detlev Scheuer?«

»Wie auch immer. Die Stelzer meint, ich soll dich bitten, die Kartenlady mit auszuführen.«

»Frau Hülster«, ergänze ich genervt. Die Vorstellung, mit Ron und Didi Scheuer einen Spaziergang zu unternehmen, jagt mir kalte Schauer über den Rücken. Daran ändert auch die reizende Frau Hülster nichts.

»Sie meinen, etwas frische Luft könnte den Alten nicht schaden.«

Ich folge Ron in den Flur und schließe leise die Tür hinter mir. »Und warum fragen sie dich? Ich dachte, du wärst beschäftigt damit, Kackwindeln zu entsorgen?«

Ron verkneift säuerlich den Mund, um gleich darauf wieder sein unverschämtes Grinsen zu präsentieren. »Schwester Mike hat keine Zeit und von den anderen Damen hat keiner Lust auf den Scheuer. Muss ein ziemlicher Casanova sein. Deshalb muss ich jetzt ran.«

Wir gehen gemeinsam über den Flur bis zu Didi Scheuers Zimmer. Der wird just in diesem Moment in einen dicken Mantel, Mütze und Schal gekleidet von Mike durch die Tür geschoben. »Ah, da seid ihr ja schon.« Er lächelt mich an. »Mit Frau Lambert alles in Ordnung?«

»Ich denke schon«, erwidere ich lahm. »Ich … ich glaube, es hat ihr gefallen.« Mikes Lächeln verbreitert sich, er scheint sich wirklich darüber zu freuen.

»Frau Hülster braucht vielleicht noch etwas Hilfe beim Anziehen. Wärst du so nett, Helen?«

Ich nicke diensteifrig. Es ist erst mein dritter Tag und schon werden mir pflegerische Aufgaben übertragen.

»Wir warten dann unten!«, ruft Ron mir nach. Ich könnte drauf verzichten.

◆─◆◆─◆

»Da liegt Schnee in der Luft. Ich kann ihn schon riechen.« Frau Hülster schließt die Augen und atmet kräftig ein.

»Schnee kann man nicht nur riechen, Schätzchen«, gackert Herr Scheuer neben ihr. »Sie sollten ihn erstmal probieren.«

Frau Hülster öffnet die Augen wieder und wirft ihm einen konsternierten Seitenblick zu. »Nein, danke. Ich verzichte.«

Ron prustet fröhlich und schüttelt den Kopf, was ihm einen verärgerten Blick von Frau Hülster einbringt. »Halten

Sie sich fern von den Drogen, junger Mann. Das kann Ihr gesamtes Leben zerstören, wenn Sie nicht achtgeben.«

»Keine Sorge, Frau Hülster, ich passe auf«, beruhigt er sie, was wiederum mich zum Lachen bringt.

Wir schieben die Rollstühle nebeneinander am Seeufer entlang. Ich habe heute Morgen vergessen, Handschuhe anzuziehen. Meine Finger sind inzwischen rot und taub. Trotzdem gefällt es mir, hier spazieren zu gehen. Nach den stillen und bedrückenden Stunden bei Frau Lambert ist es schön, durch die Sonne zu laufen, das Leben zu spüren. Ron ist ungewöhnlich zahm und auch Didi Scheuer gibt sich galant. Nicht, dass ich drauf reinfallen würde, auf keinen von beiden.

»Waren Sie schon mal da oben?«, fragt Ron und deutet auf den Hügel neben dem See, mit der Aussichtsplattform hinunter ins Tal.

»Früher mal, ja«, erwidert Herr Scheuer. »Aber mit dem Ding hier ...« Er schüttelt betrübt den Kopf.

»Was denkst du, Helen? Wollen wir?«, fragt Ron.

Ich kneife die Augen gegen die Sonne zusammen und betrachte den Weg. »Ich weiß nicht. Das geht ziemlich steil nach oben.«

»Komm schon!«

»Es ist zugig da oben. Wenn die beiden sich erkälten ...«

»Ach, meine Liebe!«, unterbricht mich Frau Hülster und blickt mich tadelnd über die Schulter hinweg an. »Wir sind alt, aber noch nicht tot. Lassen Sie uns da hochfahren. Es ist ewig her.«

Seufzend gebe ich nach. »Also schön, auf Ihre Verantwortung!«

Frau Hülster zieht kichernd die Schultern hoch. Ich stemme mich gegen den Rollstuhl und versetze ihn in Fahrt. »Wir werden niemals pünktlich zum Mittagessen zurück sein«, motze ich, aber zugleich spüre ich ein Kribbeln in meinem Magen. Ich war noch nie da oben.

Der Weg zieht sich und wird zum Ende hin immer steiler und unebener. Ron und Herr Scheuer sind uns inzwischen weit voraus, während ich kaum noch vorankomme. Meine Oberschenkelmuskeln brennen und ich schnaufe wie ein Pferd.

Dabei bin ich diejenige, die jeden Sonntagmorgen ihre Laufrunde dreht, während Ron sich noch mit irgendeinem Häschen in den Laken wälzt. Nun ja, das ist vermutlich auch so eine Art Sport.

»Frau Hülster, ich brauch 'ne Pause«, japse ich, stelle den Rollstuhl fest und stemme die Hände in den Rücken, um tief durchzuatmen.

Ron ist inzwischen oben angekommen und winkt uns zu. Frau Hülster legt die Hände als Trichter um ihren Mund und ruft: »Kommen Se, junger Mann! Sie kann nicht mehr!«

Peinlich berührt warte ich, bis Ron den Weg zu uns hinunter gejoggt ist. Natürlich mit einem schadenfrohen Grinsen im Gesicht.

»Ich sagte doch, dass es keine gute Idee ist!«

»Die Idee ist grandios, bloß du bist zu schwach.« Er zwinkert mir zu und schnappt sich Frau Hülsters Rollstuhl. »Gut festhalten, Lady!« Dann rast er los. Frau Hülster schreit vor Schreck auf und auch ich kann ein gequältes Stöhnen nicht unterdrücken, ehe ich – sehr viel langsamer – den Hügel bezwinge.

Ron fährt Schlangenlinien mit dem Rollstuhl, während Frau Hülster schreit und Herr Scheuer von oben anfeuernde Rufe brüllt. Wie im Kindergarten, die arme Frau Hülster!

Ich beeile mich, damit ich sie vor Ron retten kann, doch als ich oben ankomme, begegne ich nur lachenden Gesichtern. Frau Hülsters Wangen sind gerötet, sie strahlt über das ganze Gesicht und klatscht vor Begeisterung in die Hände.

Trotzdem kann ich es nicht lassen. »Bist du bescheuert?«, fauche ich Ron an.

Doch er hebt nur die Schultern. »Was ist denn dein Problem? Alle haben Spaß. Mach dich mal locker!«

Mach dich mal locker. Wie oft habe ich den Spruch schon gehört? Von meiner Schwester, Arbeitskollegen ... von Tobias.

Um keinen Streit vom Zaun zu brechen, schließe ich die Augen und atme tief durch. »Also schön. Jetzt sind wir schon mal oben, gehen wir zur Plattform?«

Die Plattform ist zum Glück nicht hoch und es gibt eine Rollstuhlrampe. Ron schiebt Frau Hülster und Herrn Scheuer nacheinander hoch und platziert die Stühle neben einer Bank, auf die er sich selbst fallen lässt. Ich trete an das Geländer heran, um einen Blick hinunter zu riskieren. Die Luft ist so klar und kalt, dass ich die Eiskristalle darin schmecken kann.

Zu meinen Füßen liegen Felder, Wiesen und der Wald, den ich als Kind oft mit meinem Vater besucht habe, um Rehe zu beobachten. In der Luft kreisen zwei Milane auf der Jagd nach Beute, nur in der Ferne stören ein Kraftwerk und die Autobahn das Idyll. Ron tritt neben mir an das Geländer und verschränkt die Arme darauf. Seine Blicke folgen den kreisenden Vögeln.

»Ist schön hier oben«, sage ich, als die Stille unangenehm wird.

»Ist es.«

»Ich wollte dich nicht anschnauzen. Es ist bloß ...«

»Ich hatte es im Griff«, unterbricht er mich und dreht sich zu mir um. »Frau Hülster hat übrigens recht, sie sind noch nicht tot. Du behandelst sie nur so.«

»Das ist Blödsinn.« Wut brodelt in meinem Bauch und plötzlich ist mir gar nicht mehr kalt. »Du weißt überhaupt nichts über mich.«

Er kneift die Augen zusammen. »Ich weiß mehr, als du glaubst.«

»Was soll das schon wieder heißen?«

»Es ist nicht schwer, dich zu durchschauen, Helen.« Ron verschränkt die Arme, sein Lächeln hat etwas so Herablassendes, dass sich mir der Magen umdreht.

»Ach ja? Dann lass mal hören.«

Mein Blick huscht zu Frau Hülster und Herrn Scheuer, die beinahe einträchtig nebeneinandersitzen und die Landschaft betrachten. Zumindest tun sie so. In Wirklichkeit haben sie ihre Ohren natürlich bei unserem Gespräch. Jetzt bereue ich es, Ron herausgefordert zu haben.

»Du warst verheiratet.«

»Glückwunsch, Herr Hellseher. Das habe ich dir selbst erzählt.«

»Du bist seit Jahren Single, gehst aber niemals aus. Du brauchst Strukturen und feste Regeln und flippst aus, wenn nicht alles nach deiner Pfeife tanzt. Deshalb der Stress im Treppenhaus. Jeden Abend schmeißt du deinen Staubsauger an, obwohl nie jemand zu Besuch kommt, weil du keinen einzigen Freund hast. Du hörst niemals Musik, du singst nicht unter der Dusche, du hast keinen Job und hundertpro auch keinen Sex. Eigentlich bist du diejenige, die schon tot ist.«

Seine Worte brennen wie eine Ohrfeige, nein, schlimmer. Ein Tritt in den Magen hätte mich kaum härter treffen können. Sprachlos starre ich ihn an, während Tränen in meinen Augen schwimmen. Er starrt zurück, aber sein überhebliches Grinsen verblasst, stattdessen tritt Unsicherheit in seinen Blick.

»Ich denke, das reicht jetzt, Ron-Boy.« Ausgerechnet Didi Scheuer unterbricht das peinliche Gestarre. »Lass das Mädel in Ruh'. Sie hat dir nichts getan. Und ihr Privatleben geht nur sie etwas an.«

Ron senkt die Lider. »Sorry.«

»Mir ist kalt, können wir zurückfahren? Es gibt auch gleich Essen«, meldet sich Frau Hülster zu Wort.

»Ja, ja natürlich.« Ich nicke zerstreut und will mich auf den Weg zu ihr machen, doch Didi hält mein Handgelenk fest. »Alles in Ordnung, Mädel?«

Ich ringe mir ein Lächeln ab, aber meine Wangen brennen noch immer. »Ja, natürlich. Danke.«

»Weißt du, ich habe eine Tochter in deinem Alter. Du erinnerst mich an sie. Leider will sie von ihrem alten Herrn nix mehr wissen.«

»Das tut mir leid«, erwidere ich lahm. Meine Gedanken sind ganz woanders.

Herr Scheuer schüttelt lachend den Kopf. »Braucht es nicht. Sie tut gut daran, sich von mir fernzuhalten. Ich bin kein besonders guter Umgang.« Er zwinkert mir frech zu. »Ron-Boy, komm in die Hufe!«

Schweigsam traben wir den Berg hinunter. Frau Hülster nickt nach kurzer Zeit ein, hoffentlich haben wir die Arme nicht überanstrengt. Ron sagt kein Wort und sieht auch nicht zu mir herüber. Er ist zu weit gegangen, eindeutig, und ich glaube, er weiß es auch. Seine Worte haben mich tief verletzt, ich weiß nicht einmal, warum. Es waren doch bloß Beobachtungen. Dinge, die jedem hätten auffallen können. Es ist schließlich kein Geheimnis, dass ich es gern sauber und ordentlich habe oder dass ich nicht gern ausgehe und abends meine Tür verriegle. Aber die Art, wie er sie ausgesprochen hat, wie er dabei gelächelt hat ... er verspottet und verurteilt mich. Er weiß nichts über mich.

»Du laberst Driss, Jung'! Komm sofort zurück, aber zack, zack! Aufräumen, söns setzt et was!«

Die aufgebrachte Stimme des Hausmeisters schallt durch den Kellerflur. Zögernd bleibe ich stehen und drücke mich hinter eines der Regale. Frau Stelzer hat mich hier heruntergeschickt, um Müllbeutel zu holen, aber ich habe mich in dem Gewirr aus Gängen und Räumen hoffnungslos verlaufen.

»Ich war das aber nicht!«, höre ich Ron, nicht minder aufgebracht.

»Jo, wer denn söns?«

»Was weiß ich? Halten Sie mich für dämlich? Die Säcke waren verschlossen, als ich sie eingesammelt habe. Warum sollte ich darin herumwühlen?«

»Na, da wüsst ich schon en Grund«, säuselt der Hausmeister gehässig. »Die Pflästerchen.«

»Pflästerchen?«

»Na, ihr Junkies schluckt doch jeden Driss!«

Ich drücke mich noch enger gegen die Wand, mein Herz pocht wie verrückt.

Ron – ein Junkie?

»Das geht zu weit. Ich wende mich an die Leitung«, schimpft Ron, seine Stimme kommt näher.

»Na, die wird's freuen!«, ruft der Hausmeister ihm hinterher, doch da ist er schon davongestürmt, geradewegs in meine Richtung.

Als er mich hinter dem Regal entdeckt, bleibt er stehen und runzelt die Stirn. »Was machst du denn hier? Hast du etwa gelauscht?«

»Nicht absichtlich!«, beteuere ich und folge ihm, als er zügig weitergeht. »Was hast du jetzt vor?«

»Das, was ich gesagt habe.«

»Bist du deswegen am Freitag so wütend gewesen? Hat er dich schon mal beschuldigt, was gestohlen zu haben?«

Ohne zu antworten, nimmt er die Treppe. Ich hechte ihm mühsam hinterher. »Ron, warte mal!«

Tatsächlich bleibt er mit dem Rücken zu mir stehen.

»Wenn wirklich jemand Fentanylpflaster aus dem Müll stiehlt, dann solltest du herausfinden, wer es ist, bevor du dich an die Heimleitung wendest.«

Ärgerlich dreht er sich zu mir um. »Fanta ... was? Ich weiß nicht mal, was das ist! Der Kerl hat kein Recht, mich zu beschuldigen! Und es entbehrt jeder Grundlage.«

Da muss ich ihm recht geben. Aber denken kann ich nur eins: Wenn Ron aus irgendwelchen Gründen seine Sozialstunden im Heim nicht fortsetzen darf, dann ist auch meine Zeit hier zu Ende. »Ich meine doch bloß, lass uns darüber nachdenken. Vielleicht können wir Frau Stelzer dazu bringen, dich auf einer der Wohneinheiten arbeiten zu lassen. Dann würde der Hausmeister schon bald merken, dass nicht du derjenige bist, der den Müll durchwühlt.«

Er starrt mich ein paar Sekunden durchdringend an. »Seit wann gibt es ein ›Wir‹?«, fragt er dann verächtlich. »Kümmer dich um deinen Kram, Helen. Damit hast du genug zu tun.«

Gekränkt sehe ich zu Boden. Seine Worte von heute Vormittag ätzen sich noch durch meine Eingeweide. Und jetzt das. Warum wollen Männer mich immerzu demütigen? Und warum lasse ich es immer wieder zu? Ich höre seine Schritte auf der Treppe, dann das Schlagen einer Tür.

***

Nachdem ich dabei geholfen habe, die Bewohner nach dem Mittagessen zurück auf ihre Zimmer zu bringen, mache ich mich auf die Suche nach Mike, um mich für heute zu verabschieden. Ich finde ihn im Zimmer von Didi Scheuer.

»Sieh an, sieh an, Damenbesuch. Kriegst wohl nicht genug von mir, he?« Herr Scheuer grinst mir auf seine unangenehme Art entgegen. Nur, weil er mich heute Morgen gegenüber Ron verteidigt hat, wird er mir noch lange nicht sympathisch.

»Ich muss Sie enttäuschen, Herr Scheuer. Ich wollte mich nur verabschieden. Wenn du mich nicht mehr brauchst, Mike?«

Mike ist bei meinem Eintreten aufgesprungen und zupft nun an seinem Namensschild herum. Er wirkt nervös, so als hätte ich ihn bei etwas erwischt.

»Nein, nein, schon gut. Wir sehen uns dann am Freitag?«

»Ja, natürlich. Bis dann.« Ich winke zum Abschied und drehe mich um.

»Helen, warte mal!« Mike folgt mir in den Flur. »Ich habe mich gefragt ... na ja, ich dachte ... vielleicht könnten wir mal nach der Arbeit ausgehen? Auf 'nen Kaffee oder so?«

Nervös klemme ich mir eine Haarsträhne hinters Ohr. »Bittest du mich etwa um ein Date?«

Verlegen sieht er zu Boden. »Sieht so aus, ja.«

Ich weiß nicht, was ich sagen soll, er hat mich eiskalt erwischt.

»Du ... du musst nicht gleich antworten. Überleg es dir, ja?« Defensiv hebt er die Hände und tritt zwei Schritte zurück.

Hitze steigt in meinen Kopf und in meine Wangen. Ich kann nur nicken und lächeln, dann ist er durch die Tür verschwunden. Mit klopfendem Herzen mache ich mich auf den Weg zum Ausgang.

7. Kapitel

Den Nachmittag verbringe ich wie gewöhnlich bei meiner Mutter. Sie baut zusehends ab, doch Frieda weigert sich weiterhin, über die Möglichkeit einer Heimbetreuung nachzudenken.

Seit unserem Streit haben wir kaum miteinander gesprochen. Und meine Mutter selbst fragen, was sie will? Immerhin ist sie stets eine vernünftige, selbstständige Frau gewesen. Hätte sie gewollt, dass ihre Töchter bis zur Selbstaufgabe für sie sorgen? Was würde ich mir in ihrer Situation wünschen?

Ich weiß es nicht und allein der Gedanke lässt mich verzweifeln. Sollte ich nicht nachgeben und endlich bei ihr einziehen? Es würde so vieles vereinfachen. Ich habe ohnehin alles verspielt, als ich Tobias damals gegen den Willen meiner Eltern geheiratet habe. Ist das hier die gerechte Strafe dafür?

»Helen? Helen?«, wimmert meine Mutter aus dem Wohnzimmer. Ich stehe an der Spüle, die Hände bis zu den Knöcheln im Spülwasser und starre aus dem Fenster in den Garten. Meine Gedanken haben mich entführt, gelähmt, wie so oft.

»Ja, Mama, ich komme sofort.« Ich trockne meine Hände am Geschirrhandtuch ab und gehe ins Wohnzimmer. Sie ist im Begriff, aufzustehen, stemmt sich mit gequältem Gesichtsausdruck aus ihrem Sessel.

»Warte, Mama! Ich kann dir doch helfen.«

Eilig schiebe ich den Rollator in ihre Reichweite. Sie hasst das Ding und ignoriert es, wo es nur geht. Meine Mutter ist nicht bloß eine selbstständige, sondern auch eine stolze Frau. Ich lege ihre Hände an die beiden Griffe. Ihre Haut ist so dünn und zart wie Seidenpapier, als würde sie sich jeden Moment auflösen. Ein Hauch von Nichts. Wenn ich sie so sehe, könnte ich heulen.

»Wo möchtest du hin? Musst du zur Toilette?«

Sie nickt. Ihr Haar bildet ein unordentliches Nest am Hinterkopf. Mit gekrümmtem Rücken und kleinen Schritten tritt sie den Gang zur Toilette an. Geduldig begleite ich sie und helfe ihr auf den Sitz.

Anschließend gehen wir zurück ins Wohnzimmer. »Soll ich dir eine Tasse Kaffee bringen?«

Sie lächelt mich an. »Gern. Wo ist denn deine Schwester? Sie müsste längst aus der Schule zurück sein.«

Wie jedes Mal, wenn sie so etwas sagt, sinkt mir das Herz in die Magengrube. »Frieda geht doch schon längst nicht mehr zur Schule, Mama. Sie lebt jetzt mit Tom zusammen, erinnerst du dich? Sie bekommen ein Baby!« Jetzt strahlt sie, wie immer, wenn ich das Baby erwähne. Die Nachricht wirkt auf sie wie ein Jungbrunnen.

»Ja richtig. Ach, wie schön!«

Ich hole uns beiden eine Tasse Kaffee und setze mich zu ihr. Ihre müden blauen Augen finden mich. »Wo ist denn dein Baby, Helen? Du hast es doch nicht etwa allein gelassen mit diesem Monster?«

Mit einem Schlag weicht alles Blut aus meinem Gesicht. Sie kann es doch nicht vergessen haben! Wie kann sie es vergessen haben?

»Mama ...« Ich senke den Blick, verkrampfe die Hände ineinander, bis meine Knöchel weiß hervortreten. Von jetzt auf gleich zerbricht etwas in mir. Die mühsam aufgerichtete Fassade, Stein auf Stein, Jahr für Jahr, bekommt einen tiefen, hässlichen Riss.

»Ihr habt *mich* allein gelassen mit diesem Monster«, höre ich mich flüstern. »Du hast mich allein gelassen, Mama. Du warst das.«

Aber das stimmt nicht ganz, immerhin haben sie mir die Wahl gelassen.

Er oder wir!

Ich brauch euch nicht!

Rumms!

Ein gepackter Koffer, eine zuschlagende Haustür. Ein schöner Mann in einem tollen Wagen, der auf der Straße auf mich wartete. Die Kindheit lag hinter mir, mein ganzes Leben vor mir. Von da an war ich allein mit ihm.

Natürlich habe ich meine Eltern besucht – zusammen mit ihm. Natürlich haben sie gefragt, wie es mir geht. Natürlich haben sie die blauen Flecken gesehen, den stummen Hilferuf in meinem Blick. Aber sie hatten Angst, genau wie ich.

»Helen, Schatz«, ihre Hand legt sich auf meine, holt mich zurück in die Gegenwart. »Du musst schon etwas lauter sprechen, ich hör nicht mehr so gut.«

Mühsam lächle ich sie an. »Ach nichts, Mama. Ist schon gut. Trink doch einen Schluck, dein Kaffee wird kalt.«

<hr>

An diesem Abend kaufe ich auf dem Heimweg zwei Flaschen Rotwein. Zu Hause fülle ich mein Glas randvoll und setze mich an den hoffnungslos veralteten und völlig eingestaubten PC in meinem Schlafzimmer. Ich trinke das Glas zügig leer und nehme zwei Schlaftabletten, bevor ich das nächste

Glas eingieße. Die Sache mit den Fentanylpflastern lässt mir keine Ruhe. Sollte Ron tatsächlich so dreist sein und den Müll nach Schmerzmitteln durchwühlen? Immerhin macht er keinen Hehl aus seinem THC-Konsum, wieso sollte er vor Schmerzmitteln zurückschrecken? Im Grunde weiß ich überhaupt nichts über ihn. Es wäre also denkbar, dass er es gewesen ist, selbst wenn er seine Unschuld recht glaubhaft beteuert hat.

Ich kenne einige Bewohner, die ein Fentanylpflaster tragen. Frau Hülster ist nur eine davon. Alle drei Tage wird es gewechselt, aber es kommt vor, dass es sich schon früher ablöst. Jedes verlorene Pflaster wird in der Übergabe protokolliert und von einem weiteren Pfleger gegengezeichnet, so viel habe ich mitbekommen. Seit Kurzem werden Frau Hülsters Pflaster sogar zusätzlich fixiert. Es ist also nicht so leicht, ein Pflaster zu stehlen, geschweige denn, mehrere. Natürlich kann man den Müll auch durchwühlen, ohne dass es auffällt. Ron ist zwar ein Arschloch, aber keinesfalls dumm. Warum sollte er so unvorsichtig vorgehen? Vielleicht ist er es also doch nicht gewesen und dient dem wahren Täter bloß als Sündenbock? Seine Entrüstung wirkte zumindest nicht gespielt.

Um mir die Zeit bis zum Wirken der Tablette zu vertreiben, gebe ich die Begriffe »Fentanyl« und »Missbrauch« in die Suchmaschine ein. Bereits der erste Link warnt vor der Gefährlichkeit des Mittels und macht auf den steigenden Missbrauch besonders in den USA und Kanada aufmerksam. Ich verfeinere meine Suche, indem ich das Wort »Fentanyl« um »Pflaster« erweitere. Bingo! Es scheint bei den Junkies immer mehr in Mode zu kommen, gebrauchte Fentanylpflaster aus dem Krankenhausmüll zu entwenden und auszukochen, um sich den Wirkstoff zu spritzen oder – igitt! – die Pflaster zu kauen. Warum also nicht auch im

Pflegeheim? Angewidert schließe ich den Link, nachdem ich auf »Seite drucken« geklickt habe. Der Wein und das Schlafmittel beginnen zu wirken, während der Drucker müde stottert und einen Stapel Papier ausspuckt. Mit letzter Kraft ziehe ich mich aus und lasse mich auf das Bett fallen, bevor der Schlaf mich übermannt.

***

Jemand klopft an meine Tür. Das passiert selten genug, deshalb bin ich sofort hellwach. Mein Schädel wummert von Wein und Tabletten und meine Zunge fühlt sich an wie ein pelziges Tier.

Hastig werfe ich meinen Bademantel über und spähe durch den Spion. Es ist Ron. Ich lege die Sicherheitskette ab und öffne die Tür einen Spaltbreit.

»Guten Morgen.« Er wirkt verlegen, ist das möglich?

»Morgen«, gebe ich zurück. Die Kränkung von gestern kocht wieder hoch.

»Hast du noch geschlafen?«

»Wie du siehst.«

»Darf ich reinkommen?«

»Nein.«

Er hebt die Augenbrauen und schnaubt, dann sieht er zu Boden. »Also schön ... ich wollte mich für gestern entschuldigen. War nicht mein bester Tag. Tut mir leid, was ich gesagt und wie ich dich behandelt habe.«

Das beeindruckt mich nun doch. Ob er es ehrlich meint? Seinem zerknirschten Gesichtsausdruck zufolge schon. Und wieso sollte er sich sonst entschuldigen wollen? Zögernd schiebe ich die Tür ein Stück weiter auf. »Willst du 'nen Kaffee?«

Er nickt und tritt über die Schwelle.

»Setz dich ins Wohnzimmer, ich ziehe mich nur schnell an.« Ich rausche ins Schlafzimmer und schließe die Tür, um mich in Jeans und Pullover zu zwängen. Seltsam, noch vor wenigen Wochen hätte ich ihn niemals in meine Wohnung gelassen. Tatsächlich ist noch nie ein Mann in meiner Wohnung gewesen. Oder doch ... einmal, als der Abfluss in der Küche kaputt war und ich einen Handwerker kommen lassen musste.

Ich raffe die Ausdrucke zusammen, die ich gestern Abend erzeugt habe, und nehme sie mit ins Wohnzimmer. Dann fällt mir der versprochene Kaffee ein und ich mache eine Kehrtwende, um stattdessen in die Küche zu gehen. Warum bin ich so nervös?

»Kaffee kommt sofort!«, rufe ich ihm zu.

Durch die geöffnete Küchentür beobachte ich, wie er sich neugierig umsieht. Meine Fotos auf dem Regal betrachtet – Frieda und ich als Kinder im Planschbecken, Frieda und Tom im Urlaub, mein Vater beim Angeln, das Hochzeitsfoto meiner Eltern –, die Deckel meiner Bücher studiert, mit dem Finger die CD-Sammlung nachfährt. Endlich ist die Maschine bereit und erfüllt unter Schlürfen und Fauchen ihre Pflicht.

Ich räuspere mich, bevor ich ins Wohnzimmer trete. Er richtet sich ein Stück auf und vergräbt die Hände in den Hosentaschen. »Du liest gern.«

»Ja, es hat sich ganz schön was angesammelt in den letzten Jahren.«

»Und du hörst wohl doch ab und zu Musik.« Ein beinahe scheues Lächeln zieht über sein Gesicht und stellt irgendetwas mit meinem Magen an.

»Tja, du weißt anscheinend doch nicht alles über mich«, murmle ich und schiebe eine Haarsträhne hinter mein Ohr.

Wir stehen uns gegenüber, befangen wie zwei Teenager. Ron wippt auf den Fersen und deutet mit dem Kinn auf die Ausdrucke in meinen Händen. »Was ist das?«

»Ach so, das.« Erleichtert darüber, ein Gesprächsthema gefunden zu haben, bitte ich ihn auf die Couch und drücke ihm die Seiten in die Hand. »Ich habe gestern Abend ein bisschen recherchiert. Die Sache mit den Pflastern hat mir keine Ruhe gelassen, deshalb ...«

Zu spät fällt mir ein, dass ich mich mit meiner Entdeckung besser noch etwas zurückgehalten hätte. Wenn er nun wirklich der Schuldige ist? Wie wird er reagieren? Doch dafür ist es zu spät, schon hat er sich in das Studium der Seiten vertieft.

Ich schleiche zurück in die Küche, um zwei Tassen mit Kaffee zu füllen. Obwohl ich wetten würde, dass Ron seinen Kaffee schwarz trinkt, platziere ich auch Milch und Zucker auf dem Tablett.

Ron blickt nur kurz auf, als ich es auf den Wohnzimmertisch stelle, und murmelt ein »Danke«, bevor er weiterliest. Ich setze mich ihm gegenüber in den Sessel.

»Was hältst du davon?«, frage ich, nachdem er die Blätter auf den Tisch gelegt und nach der Kaffeetasse gegriffen hat.

Er pustet in den Becher und hebt gleichzeitig die Schultern. »Ich denke, du siehst Gespenster. Wir wissen noch nicht mal, ob jemand wirklich die Pflaster daraus gestohlen hat. Das ist doch bloß auf dem Mist von diesem Spinner gewachsen.«

Ich kneife die Lippen zusammen, damit mir keine spitze Erwiderung herausrutscht. Dass er das Ganze so abtut, macht ihn zu meinem Hauptverdächtigen. »In Ordnung, wenn du meinst. Ich werde trotzdem die Augen offenhalten.«

Er runzelt die Stirn, hat er mit mehr Widerstand gerechnet? »Ich wollte übrigens nochmal auf dein Angebot zurückkommen.«

»Welches Angebot?«

»Mit der Stelzer zu reden, damit ich auf eine Wohnstation wechseln kann. Der Rosnowski macht mich wahnsinnig.«

Daher weht also der Wind, deshalb wollte er sich bei mir entschuldigen. Warum überrascht es mich eigentlich? Ich stelle die Tasse ab. »Das kann ich natürlich machen.«

Er blinzelt mich an wie ein Kalb. Dann versteht er, ein wissendes Lächeln zieht über sein Gesicht. »Also schön, was willst du als Gegenleistung?«

»Dass du die Anzeige gegen mich zurückziehst.«

Augenblicklich verdüstert sich seine Miene. »Nicht dein Ernst? Ich soll die Schuld für diese ganze Scheiße auf mich nehmen?«

»Nein, nein, nicht *diese* Anzeige!«, widerspreche ich hastig, Sein Zorn macht mich nervös. Er erinnert mich an jenen Tag im Hausflur. Daran, wozu er fähig ist. Ich starre auf meine nackten Zehen. Vor Wochen habe ich sie aus einer Laune heraus lackiert. Nun erinnern nur noch ein paar traurige, rote Farbflecken daran. »Ich bin mir meiner Schuld bewusst. Ich hätte den Eimer nicht nach dir werfen dürfen. Ich meine die Sache mit dem Brief. Es war keine Absicht und das weißt du genau. Der Brief ist in meinem Kasten gelandet und ich habe ihn geöffnet, ohne auf die Adresse zu achten. Trotzdem hast du mich angezeigt. Ich will, dass du das rückgängig machst.«

Während ich meinen Monolog halte, lehnt er sich zurück, seine Miene glättet sich, aber das zornige Glitzern in seinen Augen bleibt. Er zuckt mit den Achseln. »Wozu? Was ändert sich dadurch? Die Sache wird eh fallen gelassen, wenn wir brav unsere Sozialstunden machen.«

Ich strecke das Kinn vor. »Na und? Ich will es trotzdem, aus Prinzip. Du hast mich nur angezeigt, um dich für meine Anzeigen zu rächen. Ich will, dass du es zugibst. Und ich will, dass du dich entschuldigst.«

Wieder dieses arrogante Schnauben. Er verdreht genervt die Augen. »Also gut, ich mach's. Entschuldige bitte, dass ich dich angezeigt habe. Was ist jetzt, redest du mit der Stelzer?«

Widerstrebend nicke ich. Ich bin keinesfalls sicher, ob ich es schaffe, sie zu überzeugen. Vielleicht überschätze ich meinen Einfluss. »Einverstanden. Und du übernimmst den Flurputzdienst für die nächsten vier Wochen.«

»Das ist doch ...«, stöhnend wirft er sich in die Sofakissen. »Also schön, ich wusste, ich würde es bereuen, herzukommen. Danke für den Kaffee.« Er steht auf. Ich folge ihm in den Flur.

»Ich rede am Freitag mit Frau Stelzer«, verspreche ich, bevor ich die Tür hinter ihm schließe.

8. Kapitel

Frau Stelzer kneift hinter ihrer Gleitsichtbrille die Augen zusammen und mustert mich lange, ohne ein Wort zu sagen. Nervös knete ich meine Hände. Tagelang habe ich mir den Kopf darüber zerbrochen, wie ich sie glaubhaft dazu bringen kann, Ron auf der Station arbeiten zu lassen, ohne ihr von den Anschuldigungen des Hausmeisters zu erzählen. Oder weiß sie es am Ende längst? Und hat nun auch mich im Visier?

Endlich seufzt sie und nickt langsam. »Nun ja, bisher hat es ja ganz gut geklappt mit Ihnen beiden. Wenn ich richtig informiert bin, nimmt er sie manchmal sogar im Auto mit?«

Ich nicke eifrig. »Ja, wir haben aus unseren Fehlern gelernt.« Erst, als ich den Satz beendet habe, beginne ich mich zu fragen, wieso das für mein Anliegen wichtig ist. »Sie meinen ... er soll hierher? Auf *meine* Station?«

»Auf meine«, korrigiert sie mich. »Natürlich. Ich bin verantwortlich für die Sozialstundenleistenden, also muss ich Sie beide im Blick behalten. Herr Rosnowski hat sich freundlicherweise erboten, Herrn Bäumer unter seine Fittiche zu nehmen, da er keinen direkten Kontakt mit den Bewohnern hat. Wenn Herr Bäumer also auf einer Station tätig werden soll, dann hier. Ist das ein Problem für Sie?«

Ich schüttle den Kopf. »Nein, natürlich nicht. Wie gesagt, wir verstehen uns inzwischen recht gut.« Trotzdem würde ich mich wohler fühlen, wenn Ron bei seinem Müllmobil bliebe. Aber wenn ich jetzt einen Rückzieher mache, wirke ich total unglaubwürdig. Also lächle ich. »Vielen Dank, Frau Stelzer, wir werden Sie nicht enttäuschen.«

Sie entlässt mich mit einem Nicken. »Gehen Sie bitte runter in die Haustechnik und schicken Herrn Bäumer zu mir.«

Ich erhebe mich aus meinem Stuhl und verlasse das Büro. Frau Hülster winkt mir von ihrem Platz in der Wohnecke aus zu. »Huhu, Liebchen! Spielen wir eine Runde Rommé, wir zwei? Ich schulde Ihnen eine Revanche.«

Lachend schüttle ich den Kopf. »Später gern, Frau Hülster. Jetzt habe ich noch etwas anderes zu tun.«

»Hach, ihr jungen Leute. Immer was zu tun.«

Ich habe keine Lust auf den Aufzug zu warten und nehme die Treppe. Als ich im Treppenhaus um die Ecke biege, stoße ich beinahe mit Mike zusammen.

»Langsam, Helen. Wohin so schnell. Bist du auf der Flucht?«

Er lächelt so charmant wie immer. Seine Augen sind sanft und braun. Und er ist nicht viel größer als ich, blickt also nicht auf mich herab, so wie die meisten Männer. Harmlos ist das Wort, das mir am ehesten in den Sinn kommt. Harmlos ist gut. Harmlos ist solide. Nicht unbedingt aufregend. Aber nett.

»Tut mir leid. Ich hab dich nicht gehört.« Mit einem entschuldigenden Lächeln drücke ich mich an ihm vorbei. Ich schulde ihm noch eine Antwort. Vielleicht bekomme ich einen Aufschub, wenn ich jetzt gleich …

»Hast du über meine Einladung nachgedacht?«

Mist!

»Ja, natürlich. Ziemlich lange«, gebe ich zu und zwinge mich, ihm offen ins Gesicht zu sehen. »Mike, ich finde dich wirklich nett ...«

»... aber?«

»Das ›Aber‹ verlangt eine ziemlich lange und persönliche Erklärung, fürchte ich. Die Kurzversion ist, ich fühle mich nicht bereit für eine Verabredung.«

Enttäuscht blickt er zu Boden, seine Finger umklammern die Träger seines Rucksacks. Wie ein Schuljunge, der Ärger von seiner Lehrerin bekommen hat.

»Oh. Okay.«

»Es liegt ganz bestimmt nicht an dir«, ergänze ich eilig. »Und es ist auch kein ›Nein‹. Ich brauche bloß noch etwas Zeit. In Ordnung?«

Mike lächelt verzagt. »Schon gut, Helen, ich mag nicht vertröstet werden. Ich nehm's dir nicht übel.« Mit diesen Worten dreht er sich um und hechtet den Rest der Treppe nach oben. Mit schlechtem Gewissen und doch erleichtert blicke ich ihm nach, bevor ich meinen Weg nach unten fortsetze.

Auf dem nächsten Absatz laufe ich geradewegs in Rons Arme. »Nicht bereit für eine Verabredung?«, höhnt er. »Du bist ... wie lange geschieden?«

»Du hast mich belauscht?«, presse ich hervor, während ich mich von ihm löse.

»Damit wären wir dann quitt. Und? Was sagt die Stelzer?«

»Frau Stelzer ist einverstanden, du sollst hochkommen in ihr Büro. Es gibt nur einen Haken.«

»Der wäre?«

»Wir arbeiten von jetzt an auf derselben Station«, sage ich und mustere ihn unbehaglich.

»So schlimm wird es schon nicht werden, oder?« Er zwinkert mir zu und gemeinsam gehen wir die Treppe hoch. Ich hätte nicht gedacht, dass er es so locker nimmt. »Warum willst du nicht mit dem Kerl ausgehen? Scheint doch ganz nett zu sein.«

»Wenn du schon lauschst, dann solltest du auch richtig hinhören. Es sind private Gründe.«

»Privat«, betont er süffisant und macht mit den Fingern Gänsefüßchen in der Luft. »Was sonst?«

»Das heißt, ich will nicht darüber reden. Schon gar nicht mit dir!«

Ron runzelt die Stirn. »Schon gut, flipp nicht gleich wieder aus.«

Wir legen den letzten Absatz schweigend zurück. Während Ron in Frau Stelzers Büro abbiegt, setze ich mich wie versprochen zu Frau Hülster. Die zwei anderen Spielerinnen sind inzwischen auch eingetroffen. Unsere Runde ist komplett. Fast habe ich ein schlechtes Gewissen, weil mir die Sozialstunden so viel Spaß machen. Inzwischen habe ich so eine Art Routine entwickelt: Dienstags im Frühdienst begleite ich Frau Stelzer auf ihrer Runde und gehe ihr zur Hand, danach helfe ich in der Küche, decke den Tisch und hole die Bewohner zum Mittagessen, sofern sie nicht selbst laufen können. Der Freitagnachmittag, wenn ich gemeinsam mit Mike Dienst habe, gehört der Kartenrunde mit der Hülster-Gang und sonstigen Freizeitaktivitäten.

Während wir spielen, führt Frau Stelzer Ron herum und zeigt ihm alles. Auf dem Flur stößt Mike zu ihnen. Frau Stelzer scheint ihm zu erklären, dass nun auch Ron auf der Wohnstation arbeiten wird. Mike schüttelt ungehalten den Kopf und erwidert etwas im Flüsterton. Frau Stelzer lächelt entschuldigend in Rons Richtung und nimmt Mike zur Seite.

»Oh, oh«, macht Frau Meyer, eine der Karten-Ladys. »Das sieht nach Ärger aus.«

Ich versuche, dem Gespräch der beiden zu folgen, aber Frau Hülster beginnt vom Besuch ihres Enkels zu erzählen und Frau Ganter, die dritte im Bunde, beschwert sich darüber, dass ihre neuen Hörgeräte nichts taugen und sie nur die Hälfte versteht.

Ron steht etwas abseits und wippt auf den Fersen. Schließlich verschwindet Mike kopfschüttelnd und Frau Stelzer setzt den Rundgang mit Ron fort. Ich versuche, mich auf meine Karten zu konzentrieren, aber die Damen ziehen mich wie immer gnadenlos ab. Ich gönne ihnen den Spaß und hänge meinen Gedanken nach. Vielleicht sollte ich noch einmal mit Mike reden, ihm erklären, warum es mir so schwerfällt, mich auf ihn – auf überhaupt jemanden – einzulassen? Ein Teil von mir bereut es sogar, es nicht wenigstens versucht zu haben.

Nach einer halben Stunde ziehen Mike und Frau Stelzer sich zur Übergabe zurück und Ron setzt sich zu uns, was die drei Damen sogleich in helle Aufregung versetzt. Frau Hülster errötet regelrecht und Frau Gantner kichert wie ein Mädchen, als Ron ihr ein Kompliment über ihr Spiel macht. »Haben Sie schon mal über Poker nachgedacht, Ladys?«, will er wissen und nimmt den Stapel an sich, als wir die Runde beendet haben.

»Poker?«, Frau Hülster winkt entrüstet ab. »Das ist doch nichts für uns. Das spielen nur die Gangster. Der Scheuer und sein Bruder gehören zu so einem Club, hab ich gehört.« Sie beugt sich etwas vor und senkt die Stimme.

Frau Gantner fummelt an ihrem Hörgerät herum und verzieht das Gesicht. »Lauter, Renate. Ich versteh dich nicht.«

»Geht nicht«, flüstert Frau Hülster ziemlich ohrenbetäubend. »Wenn der uns hört, nimmt der uns hops. Ihr wisst doch, was man sich erzählt …«

»Was erzählt man sich denn?« Ron beugt sich ebenfalls vor und die Damen rücken, bis auf die im Rollstuhl sitzende Frau Meyer, näher an ihn heran. Ron zwinkert mir zu. Unglaublich, selbst die Seniorinnen fressen ihm aus der Hand.

»Der hat einen umgebracht. Hat ihn erschossen, mitten ins Gesicht, angeblich war's der Liebhaber seiner Frau.«

Ron wirkt jetzt ehrlich schockiert, kein Wunder, mir ging es genauso, als ich davon hörte. »Kein Witz?«, vergewissert er sich.

Frau Hülster schüttelt inbrünstig den Kopf. »Der gibt ja noch an damit, der Halunke! Der war mal 'ne ganz große Nummer, behauptet er. Drogen, Glücksspiel, Zuhälterei ...«

Sie verstummt, als besagter Didi Scheuer gemeinsam mit Mike, der seinen Rollstuhl schiebt, den Flur passiert. »N'abend, Mädels!«, ruft er und zwinkert ihnen durch seine getönte Brille zu.

»Guten Abend, Herr Scheuer.« Frau Hülster richtet sich auf und nickt reserviert.

Mike sieht nicht mal her zu mir. Offenbar hat ihn mein Korb doch mehr gekränkt, als er zugibt. Sobald die beiden vorbei sind, stecken Frau Hülster und die anderen die Köpfe wieder zusammen. »Man munkelt, er sei noch heute aktiv, also nehmen Sie sich in Acht, junger Mann.«

Unbehaglich lehne ich mich zurück. »Das glaube ich nicht. Wie soll das denn gehen? Seine Glanzzeiten sind vorbei, der Rest ist Aufschneiderei.«

Ron klatscht in die Hände. »Also, Poker? Wer ist dabei?«

Widerstrebend, aber doch neugierig, stimmen die Damen zu, doch ich habe keine Lust und stehe auf. Poker war das Spiel meines Ex-Mannes. Jeden Freitag hat er seine Kumpels zu uns nach Hause eingeladen, sie tranken Whiskey und spielten bis tief in die Nacht. Ich entschuldige mich bei den Bewohnerinnen und mache mich auf die Suche nach Mike. Ich möchte mich unbedingt für meine Abfuhr entschuldigen ... und vielleicht gebe ich uns doch noch eine Chance. Was soll schon passieren?

Ich finde ihn gemeinsam mit Didi Scheuer in der Teeküche. Die beiden sitzen sich gegenüber an einem Tisch und reden leise. Mike wackelt mit dem Bein, er hat den Kopf in die Hände gestützt. Die Szene wirkt so seltsam, so privat, dass ich lieber darauf verzichte, mich bemerkbar zu machen. Eigentlich sollte ich besser den Rückzug antreten, aber meine Neugier siegt.

»... ist doch perfekt, Junge«, raunt Scheuer Mike gerade zu. »Also?«

Mike blickt auf ... direkt in meine Richtung. Ich schaffe es nicht, mich rechtzeitig zurückzuziehen. »Mike«, sage ich betont fröhlich, um die Peinlichkeit zu überspielen, »hast du kurz Zeit? Ich wollte etwas mit dir besprechen.«

Sein Blick fliegt von mir zurück zu Didi Scheuer. Erst, als dieser nickt, steht er auf. »Klar, es passt gerade gut. Also schön, Didi, wir machen es so wie vereinbart. Wenn dein Bruder kommt, schick ihn doch zu mir, ja?«

Scheuer tippt sich an die Stirn und grinst schmierig in meine Richtung. »Jawoll!«

Ich folge Mike in den Flur.

»Gehen wir ins Büro?«, schlägt er vor.

Ich nicke. »Worum ging es denn da gerade? Es sah beinahe aus, als würdet ihr was aushecken.«

Mike lächelt konspirativ und hält mir die Tür auf. »Tun wir auch. Du hast bestimmt schon mitbekommen, dass Didi total auf Fast Food steht? Aber Frau Stelzer sieht es nicht gern und sein Doc natürlich auch nicht. Wir haben eine kleine ... sagen wir ... Vereinbarung am Laufen.«

»Eine Vereinbarung?«

Er zuckt mit den Schultern. »Ich übersehe die freitäglichen Fast-Food-Orgien und er besorgt mir günstige Zigaretten aus Polen, die ich an meine Freunde weiterverkaufe.«

Vor Überraschung steht mir der Mund offen. »Ernsthaft?«

Seufzend lässt Mike sich in den Bürostuhl fallen. »Bin nicht stolz darauf, aber als Pfleger verdient man sich nicht gerade 'ne goldene Nase. Bitte sag es nicht weiter.«

Schmunzelnd setze ich mich in den Stuhl ihm gegenüber und versuche, meine Gedanken zu sortieren.

»Also? Worüber wolltest du sprechen?«, fragt er sanft.

Ich zwinge mich, ihn anzusehen. »Es ist wegen vorhin. Ich fühle mich blöd, weil ich dich vor den Kopf gestoßen habe. Ich will, dass du verstehst, warum ...«

»Du musst mir nichts erklären«, unterbricht er mich. »Wirklich nicht. Du hast deine Gründe und die gehen mich nichts an.«

Wir schweigen beide.

Krampfhaft suche ich nach den richtigen Worten, aber mein Kopf ist wie leergefegt.

»Wenn du es dir allerdings irgendwann anders überlegst ... das Angebot besteht weiterhin«, hakt er nach. »Ich finde dich nett, Helen. Du bist fürsorglich, du bist witzig, du bist hübsch ...«

Witzig? Hübsch? Reden wir von derselben Frau? Ich schiebe mir eine Strähne hinter das Ohr und starre zu Boden. »Danke.«

Seine Offenheit wirft mich völlig aus der Bahn. »Ich finde dich auch sehr nett. Ich denke darüber nach, versprochen.«

Nun blicke ich ihn doch an und begegne seinem Lächeln, bei dem es in meinem Magen zu kribbeln anfängt. *Vorsicht!* Ein paar Komplimente, eine Einladung zum Essen – das hatten wir doch alles schon. Ich stehe auf. »Ich gehe besser zurück, bevor die Pokerrunde da draußen ausufert. Wie ich Ron kenne, überredet er die drei Damen bald zum Strip-Poker.«

Mike schmunzelt über meinen Witz. »Kommst du klar? Wegen ihm, meine ich ... weil er jetzt hier bei uns ist.«

Ich traue mich nicht, ihm zu sagen, dass das sogar mein Verdienst ist. »Ja, natürlich. Es ist ja nicht so, als wären wir zwei Wilde, die bei jeder Gelegenheit aufeinander losgehen. Es war ... ein Ausnahmezustand, sozusagen.«

»Also dann«, sagt Mike und dreht seinen Schlüssel. »Ich hol besser mal den Didi ab und bringe ihn zurück auf sein Zimmer.«

»Ja, tu das.« Doch dann fällt mir noch etwas anderes ein. »Mike? Darf ich dich etwas fragen?«

Er lächelt aufmunternd. »Was du willst.«

Ich kaue auf meiner Unterlippe. Wie formuliere ich es am besten? »Ich habe gehört, dass ... na ja, das heißt, ich habe mitbekommen, wie der Hausmeister sich über etwas beschwert hat.«

Er runzelt die Stirn. »Aha?«

»Es geht um diese Pflaster, die Frau Hülster trägt. Ich habe ein bisschen recherchiert ... und ... ist es wirklich wahr, dass es Leute gibt, die die Dinger *lutschen*?«

Mike lacht laut auf. Es ist ein explosiver Laut, bei dem ich leicht zusammenzucke. »Helen, oh Mann! Diese Junkies schlucken doch einfach alles. Was glaubst du, warum wir es so genau nehmen mit der Doku?« Er zwinkert mir zu und ich fühle mich wie ein naives Huhn. »Aber denkst du, hier im Haus haben wir damit ein Problem?«

Ich zucke mit den Schultern und blicke zu Boden. »Nein. Ein Marder könnte den Müll durchwühlt haben. Oder Mäuse.«

Sein zustimmendes Nicken beruhigt mich. Mike scheint sich jedenfalls keine Sorgen zu machen. Vielleicht hat der

Hausmeister sich etwas zusammengesponnen. Der scheint mir sowieso seltsam zu sein.

»Wenn du dir Sorgen machst, dann könntest du deinen Nachbarn im Auge behalten«, sagt Mike da und beinahe wäre ich erneut zusammengezuckt.

»Ron? Wieso?«

»Na ja, er ist so ein Typ, oder? Musiker, dem einen oder anderen Joint vermutlich nicht abgeneigt ...« Er lächelt träge und hebt die Schultern.

Ich versuche, mir nichts anmerken zu lassen, aber natürlich trifft er einen Nerv. Habe ich Ron nicht selbst schon in Verdacht gehabt? Und nun kommt Mike auf dieselbe Idee, obwohl er ihn kaum kennt?

»Warst du deshalb sauer, dass Ron auf unsere Station gewechselt hat?«

»Sauer? Nö, ich kann ihn bloß nicht besonders leiden. Ein Mann, der eine Frau ohrfeigt und einsperrt ...«

Sein Blick ist intensiv und besorgt.

»Ich glaube nicht, dass das bei ihm zur Tagesordnung zählt«, lenke ich ein. »Ich war auch nicht gerade nett.«

Mike runzelt die Stirn. »Das ist doch egal. Man schlägt keine Frauen und damit basta!«

Seine Sorge rührt mich und wieder hat er ein paar Sympathiepunkte bei mir gesammelt. Mit einem linkischen Winker verabschiede ich mich und gehe zurück zu Rons Pokerrunde. Er hat mich und Mike beobachtet, jetzt sieht er schnell weg.

»Und? Wer gewinnt?«, frage ich mit Blick auf den Pott, bestehend aus etwas Kleingeld und Schokobonbons.

»Frau Hülster macht uns alle arm«, kommentiert Ron und wirft sein Blatt auf den Tisch. »Ich passe!«

»Frau Hülster, es ist Zeit für den Pflasterwechsel.« Mike kommt auf uns zu und Frau Hülster zieht einen Flunsch.

»Wir spielen nächste Woche wieder«, verspreche ich und helfe ihr auf. Frau Meyer will zurück auf ihr Zimmer und Ron schiebt ihren Rollstuhl. Nur Frau Gantner bleibt mit den Karten im Schoß sitzen – sie ist eingeschlafen. Ich lasse sie in Frieden und sehe mich nach Arbeit um. Es ist heute sehr ruhig auf der Station, die meisten Bewohner sitzen um diese Zeit auf ihren Zimmern vor dem Fernseher. Der Geruch von Kaffee und Früchtetee zieht durch das Haus, ich mache mich auf den Weg zur Teeküche, um mir etwas zu trinken zu holen. Gerade zapfe ich einen Kaffee, da kommt Ron herein.

»Ich geh eine rauchen, willst du mit?«, fragt er und hält mir eine Packung entgegen. Ich zögere, eigentlich habe ich keine Lust, bei dem Wetter nach draußen zu gehen. Es hat den ganzen Tag geregnet. Aber das zwischen Ron und mir, dieser Frieden, der sich anbahnt, erscheint mir noch zu brüchig, um ihm etwas abzuschlagen. Also stimme ich zu.

»Ich hab nachgedacht«, sagt Ron, als wir vor der Tür unter dem Vordach stehen und unsere Zigaretten einträchtig aufglimmen. »Du hast recht mit den Pflastern. Da ist was faul.«

Überrascht stoße ich den Rauch aus. »Woher der Sinneswandel?«

»Die Sache mit diesem Didi ... wie heißt er noch?«

»Scheuer. Du glaubst, er hat was damit zu tun? Er kann nicht mal laufen.«

»Na und? Wenn er wirklich 'ne große Nummer ist?«

»War«, korrigiere ich ihn. »Jetzt ist er nur noch ein alter Sack mit Gottkomplex.«

Ron prustet. »Du kannst ihn wohl nicht leiden?«

»Du etwa?« Ich schnippe Asche ab und ziehe die Schultern hoch. Es ist kalt und nass und regnet Bindfäden. Meinen Kaffee hab ich auch oben stehen gelassen.

»Na, er ist schon 'ne Marke, irgendwie.«

»Also, wieso glaubst du, so eine *Marke* wie Didi Scheuer lässt sich dazu herab, den Müll nach ausgedienten Fentanylpflastern abzusuchen?«

»Ich glaube nicht, dass er es selbst macht. Er hat einen Komplizen oder zwei.«

»Gleich zwei?« Ich trete den Stummel aus und blicke sehnsüchtig zum Eingang.

»Klar, einen für draußen, der die Geschäfte für ihn abwickelt, und einen hier drinnen, der die Schmerzmittel stiehlt.«

»Und wozu ist er dann noch gut?«

Ron grinst sein breites Grinsen. »Na, er ist der Boss. Wozu soll er schon gut sein?«

Nun ist es an mir, zu prusten. »Na schön«, lasse ich mich auf das Gedankenspiel ein. »Nehmen wir an, es ist so, wie du sagst. Wer sind seine Komplizen?«

»Sein Bruder für draußen natürlich. Hast du ihn eigentlich schon kennengelernt?«

Ich schüttle den Kopf. »Er kommt montags und mittwochs, soviel ich weiß.«

»Drinnen wird's schwieriger. Ich habe einen Verdacht, aber er wird dir nicht gefallen.«

Unwillkürlich verschränke ich die Arme. »Wieso nicht?«

Er zieht an der Zigarette und schnippt sie dann ebenfalls weg. Dabei lässt er mich nicht aus den Augen. »Ich denke, es ist Mike.«

»Mike? Da machst Witze! Der ist absolut harmlos.«

Unbeeindruckt hebt Ron die Schultern. »Mag sein, aber vielleicht ist er auch knapp bei Kasse.«

Mein Lächeln erfriert. Ob Ron etwas von Mikes Verdacht gegen ihn ahnt? »Nein, niemals«, sage ich. »Wie kommst du überhaupt darauf? Du bist erst seit fünf Minuten auf der Wohnstation und glaubst schon so etwas zu wissen?«

»Es ist mehr ein Gefühl«, erwidert er ärgerlich. »Die zwei hängen viel zusammen rum, ist dir das nicht aufgefallen? Und Mike war überhaupt nicht begeistert, dass wir nun zu zweit in seiner Schicht abhängen. Vielleicht fühlt er sich beobachtet.«

»Er verbringt Zeit mit Herrn Scheuer, weil der Alte jedem Rock hinterher schielt und Mike der einzige männliche Pfleger auf der Station ist. Das sind haltlose Unterstellungen. Wie willst du das beweisen?«

Sein Blick lässt mich Böses ahnen. »Möglicherweise überlegst du es dir noch mal wegen des Dates?«

»Du spinnst ja! Ich gehe rein, das höre ich mir nicht mehr an!«

Er hält mich am Arm fest. Sofort wird mir mulmig. »Lass los!«

Abwehrend hebt er die Hände.

»Der Rosnowski hat mit der Stelzer gesprochen. Wegen der geöffneten Müllbeutel. Es stellte sich heraus, dass tatsächlich nur Pflaster fehlten. Sie hat mich darauf angesprochen und gesagt, dass sie mich im Auge behält. Wenn mir da jemand versucht, was anzuhängen, dann will ich es wissen.«

Nachdenklich kaue ich auf meiner Unterlippe. Das ist tatsächlich besorgniserregend. Ich kann ihn verstehen. »Es hilft dir aber auch nicht weiter, wenn du wilde Behauptungen aufstellst.«

»Deshalb brauche ich dich, um sie zu beweisen. Wenn du dich mit ihm triffst, kannst du vielleicht was herausfinden.«

Ich schüttle den Kopf. »Ich soll für dich spionieren? Kommt nicht infrage.«

Wütend wirft er die Arme hoch. »Ach, komm schon runter von deinem hohen Ross, Helen.«

»Mir reicht's, ich geh rein.«

Abermals wende ich mich ab. Diesmal lässt er mich gehen.

<hr />

Auf der Station ist es ruhig geworden, der Flur wirkt wie ausgestorben. Da ich Hemmungen habe, einfach zu den Bewohnern in die Zimmer zu gehen, und Mike offensichtlich keinen Wert auf meine Hilfe legt, lasse ich mich in einen der Sessel im Aufenthaltsraum plumpsen und grüble vor mich hin. Was fällt Ron ein, so eine Behauptung aufzustellen? Und vor allem – wie kommt er darauf, ich würde mich von ihm benutzen lassen? Seit wann verfügt er über mich wie über eins seiner Betthäschen? Zuerst die Sache mit Frau Stelzer und jetzt das? Eigenartigerweise bin ich weniger wütend als vielmehr enttäuscht über Rons Vorschlag. Hatte ich geglaubt, er verbringt Zeit mit mir, weil er mich mag? Nein, er hat bloß etwas gewollt. Ich muss mich in Zukunft besser in Acht nehmen.

Als es Zeit für das Abendbrot wird, helfe ich in der Küche beim Bestücken der Tabletts und fahre alles nach oben. Ich habe keine Ahnung, was Ron in der Zwischenzeit macht, und es ist mir auch egal. Zum ersten Mal bin ich erleichtert, als der Zeiger der Uhr im Flur auf achtzehn Uhr springt und ich Feierabend machen darf. Im Aufenthaltsraum treffe ich Ron, der seine Jacke aus dem Spind holt.

»Soll ich dich mitnehmen?«, bietet er an.

Auch ich hole meine Jacke und die Handtasche aus meinem Fach. »Nein, danke, hab noch was vor.«

Ohne ihn eines Blickes zu würdigen, marschiere ich nach draußen.

9. Kapitel

Frau Bauer blickt lächelnd von mir zu Ron und wieder zurück. »Also? Ich bin sehr gespannt auf Ihren Bericht. Sie sind jetzt seit drei Wochen gemeinsam im Seniorenstift ... wie ist es Ihnen ergangen? Frau Hartmann?«

Ich straffe mich etwas und lege die Hände im Schoß zusammen. »Gut. Die Arbeit dort bereitet mir viel Freude. Und Herr Bäumer und ich ... na ja, wir reißen uns zusammen.«

Ich spüre Rons Blick auf mir, aus den Augenwinkeln sehe ich sein Stirnrunzeln.

»Haben Sie es anders empfunden, Herr Bäumer?«

Er schüttelt den Kopf. »Nein, alles läuft prächtig. Wir reißen uns zusammen.« Ist das Sarkasmus in seiner Stimme? Was hat er denn erwartet?

Seit letzten Freitag – was genau eine Woche her ist – gehen wir uns aus dem Weg. Das heißt, ich gehe ihm aus dem Weg. Das war nicht besonders schwer, denn die Weihnachtsfeiertage lagen dazwischen und so fiel der Dienstag ins Wasser. Ohnehin hatte ich ganz andere Probleme zu bewältigen. Meiner Mutter geht es schlecht. Weihnachten war die Hölle.

Heute Nachmittag bin ich weder mit Ron im Auto mitgefahren, noch habe ich mich auf ein gemeinsames Pokerspiel eingelassen. Er hat versucht, mit mir zu reden, wollte sich sogar für seinen Vorschlag entschuldigen, aber ich vermute, er hatte bloß im Sinn, mich doch noch davon zu überzeugen. Immerhin hat er sein Versprechen gehalten und die Anzeige wegen Verletzung des Postgeheimnisses zurückgezogen.

»Das klingt doch wie ein guter Anfang. Erzählen Sie mir ein bisschen von Ihrer gemeinsamen Zeit, bitte.«

Gemeinsame Zeit! Wie das klingt!

Zum Glück übernimmt Ron den Bericht. Natürlich lässt er seinen Streit mit dem Hausmeister sowie dessen Anschuldigungen gekonnt aus. Er erzählt stattdessen von den Pokerrunden mit der reizenden Frau Hülster. Als hätte er damit angefangen! Er hat mir meinen Freitagnachmittag geklaut!

»Frau Hartmann? Alles in Ordnung? Sie wirken abwesend.«

Ich nicke zerstreut. »Ja, alles gut.«

»Sind Sie sicher?« Misstrauisch kneift sie die Augen zusammen und neigt sich leicht vor. »Wenn es irgendetwas gibt, was Sie an Herr Bäumers Verhalten verärgert, dann ist hier der richtige Raum, um es anzusprechen.«

Jetzt schüttle ich den Kopf. »Nein, es hat nichts mit Herrn Bäumer zu tun. Es gibt Probleme mit meiner kranken Mutter, deshalb bin ich mit den Gedanken woanders. Es tut mir leid. Herr Bäumer hat recht, es läuft gut. Wir arbeiten inzwischen sogar auf derselben Station.«

Frau Bauer hebt die Augenbrauen. »Tatsächlich? Wie ist es dazu gekommen?«

Ron schickt imaginäre Giftpfeile in meine Richtung. Ich beiße mir auf die Zunge. Mist!

»Die Haustechnik war nichts für mich«, sagt er scheinbar gelassen. »Ich wollte mit Menschen arbeiten, nicht ihren Müll entsorgen. Frau Hartmann ... Helen war so freundlich,

bei unserer Betreuerin ein gutes Wort für mich einzulegen.«
Liebenswürdig lächelt er mich an.

Frau Bauer scheint zufrieden mit uns zu sein. Sie kritzelt etwas in ihren Notizblock und erhebt sich dann. »Sehr gut, dann entlasse ich Sie beide jetzt ins Wochenende. Wir sehen uns in vier Wochen wieder. Ich wünsche Ihnen einen guten Rutsch!«

Hintereinander verlassen wir das Büro und ziehen uns an der Garderobe die Jacken an. Ron schultert eine große Gitarrentasche. Wortlos hält er mir sogar die Tür auf und gemeinsam gehen wir nach unten. Draußen bleiben wir stehen.

»Tut mir leid, ich wollte dich nicht in die Pfanne hauen wegen der Sache mit Herrn Rosnowski. Ich habe nicht nachgedacht«, eröffne ich das Gespräch.

Ron winkt ab. »Schon okay, hab ich auch nicht geglaubt. Aber was sollte das eben ... von wegen, wir reißen uns zusammen?«

»Warum? Tun wir doch?«, stelle ich mich dumm.

Er schnaubt auf seine unnachahmliche Art und Weise. »Na schön, du bist also noch sauer. Hab ich wohl verdient. Aber nochmal – es tut mir leid. Ich hätte dich nicht um sowas bitten dürfen. Frieden?«

Seine Entschuldigung wirkt diesmal aufrichtig. Und ich bin einfach zu erschöpft von den Feiertagen und allem anderen, um ihm noch länger zu grollen.

»In Ordnung. Frieden.«

Er grinst wie ein Schuljunge und verlagert das Gewicht seiner Tasche.

»Warum hast du die dabei? Hast du gleich noch eine Probe?«

»Nein, einen Auftritt.«

»Eine Hochzeitsfeier?«

»Nein, ein richtiger Gig! In einem Pub.«

»Wow, gratuliere. Das freut mich.« In Gedanken bin ich schon wieder bei meiner Mutter. Sie hatte am zweiten Weihnachtstag einen Schwächeanfall und musste über Nacht ins Krankenhaus, wo sich herausstellte, dass sie vollkommen dehydriert war. Seither mache ich mir schreckliche Vorwürfe. Und Frieda natürlich auch. Inzwischen können wir kaum noch miteinander reden, ohne dass es im Streit endet.

»Helen?«, reißt Ron mich aus meinen Gedanken. »Dass mit deiner Mutter tut mir leid. Was ist mit ihr?«

Ich zucke mit den Achseln. »Sie ist einfach alt, schätze ich.« Unbehaglich streife ich mir eine Strähne hinter das Ohr.

Er betrachtet mich intensiv und viel zu lang. »Willst du mitkommen?«

»Zu deinem Auftritt?«

»Warum nicht? Du siehst traurig aus, ein bisschen Ablenkung tut dir vielleicht ganz gut.«

Ich zögere noch, aber mehr aus Anstand. Heute ist wieder einer dieser Abende, an denen es mir nicht guttun würde, allein zu sein. Und tatsächlich bin ich neugierig auf Rons Band. Vielleicht darf ich heute Zeugin seines grandiosen Scheiterns werden?

Doch diesen allzu gehässigen Gedanken schüttle ich schnell wieder ab, als ich in sein strahlendes Gesicht blicke. Wer weiß? Am Ende werden wir noch Freunde!

»Also gut, warum nicht? Wo geht's lang?«

Er ist heute nicht mit dem Auto gekommen, sondern lotst mich in die Straßenbahn. Wir sitzen uns gegenüber auf einem Vierersitz. Ron schaut aus dem Fenster ins Dunkel und ich beobachte ihn verstohlen. Er wirkt gar nicht nervös wegen seines Auftritts. Oder ist das nur Fassade?

»Wie lange machst du das schon? Auftreten mit deiner Band, meine ich.«

Er blinzelt, als hätte ich ihn aus seinen Gedanken geholt. »Meinen ersten Auftritt hatte ich, glaube ich, mit zehn. Schülerband.« Er schmunzelt. »Seitdem immer wieder, mit verschiedenen Bands, verschiedenen Instrumenten, von Klassik bis Rock. Bin es inzwischen gewohnt, auf der Bühne zu stehen.«

»Verschiedene Instrumente? Wow! Deine Eltern sind bestimmt stolz auf dich, was? Spielt ihr auch eigene Songs?«

»Hauptsächlich Coverstücke, aber wir haben auch eigene Songs, die wir hier und da einstreuen. Eigene Songs zu spielen, ist natürlich etwas Besonderes.« Er zuckt mit den Achseln, blickt zu Boden.

»Mit eigenen Songs gibt man bestimmt viel mehr von sich preis.« Mir entgeht nicht, dass er meine erste Frage ausgespart hat, aber ich beschließe, nicht mehr darauf einzugehen. Schon beim letzten Mal, als ich ihn nach seinen Eltern gefragt habe, reagierte er unterkühlt.

»Ja, da hast du wohl recht.«

Damit versandet das Gespräch und wir starren beide in den Tunnel, bis wir unseren Zielbahnhof erreichen.

◆◆◆

Das Irish Pub liegt in der Innenstadt gleich gegenüber der Kanzlei meines Ex-Mannes. Ich bleibe wie angewurzelt stehen, als mein Blick auf das Messingschild neben der Tür fällt. Ein übler Geschmack breitet sich in meinem Mund aus.

»Helen? Was ist?« Ron schiebt mich weiter. Ich folge ihm hinein.

Im Inneren des Pubs ist es laut, stickig und schrecklich. So viele Menschen bin ich nicht gewohnt, sofort bereue ich es, mitgekommen zu sein. Doch Ron nimmt meine Hand und zieht mich durch die Menge zu einem Tisch direkt vor der Bühne. Bei jedem Schritt kleben meine Füße am Boden fest, dabei ist es gerade erst acht Uhr abends.

An dem Tisch sitzen ein paar junge Frauen mit großen Bierkrügen vor sich. Alle Augen sind auf mich gerichtet.

»Darf ich euch Helen vorstellen?«, brüllt Ron gegen den Lärm an.

»Das sind Mika, Steff, Heike und ….«, er zeigt mit dem Finger auf die vierte Frau und zieht eine gequälte Grimasse, »… Sorry, hab deinen Namen vergessen.«

»Ich bin Charlie, freut mich.«

»Das hier ist der VIP-Tisch, mach's dir bequem.« Er deutet auf den letzten freien Stuhl.

Mit anderen Worten: der Tisch für die Freundinnen der Bandmitglieder. Unbehaglich sehe ich mich um. »Ich kann mich auch einfach an die Theke setzen. Bestimmt wird der freie Platz noch gebraucht.«

Doch Ron scheint mein Unbehagen nicht zu kümmern oder er bemerkt es nicht. Jedenfalls drückt er mich an den Schultern auf den Stuhl. »Willst du was trinken?«, brüllt er mich an.

Ich schüttle den Kopf, doch da hebt er schon die Hand in Richtung der Kellnerin. »Ein Pint, bitte!«

Dann verabschiedet er sich, um sich mit seinen Bandkollegen zu treffen. Ich bleibe allein mit den neugierigen Blicken der Freundinnen zurück. Zum Glück ist es zu laut, um sich zu unterhalten. Also sehe ich mich in dem Laden um. Die Kellnerin bringt mein Bier und erklärt, dass Ron für mich bezahlt hat. Das wird ja immer peinlicher!

Ich nippe daran und lasse die Eindrücke des Pubs auf mich wirken. Die Bühne ist winzig, eine davorstehende Kreidetafel verkündet, dass es heute Live-Musik geben werde. Ob die vielen Leute nur wegen der Band hier sind oder ist es an einem Freitagabend immer so voll? Dieser Gedanke bringt mich unwillkürlich zu der Frage, wann ich das letzte Mal an einem Freitagabend aus gewesen bin. Das muss vor der Heirat gewesen sein, denn mein Mann hat mich niemals ausgehen lassen.

Das Kanzleischild auf der anderen Straßenseite fällt mir wieder ein und das mulmige Gefühl kehrt zurück. Doch dann beschließe ich, dass es mir egal ist. Ich habe mich lange genug einsperren lassen. Zuerst von ihm und danach von der Erinnerung an ihn. Jahrelang habe ich mich verkrochen, versteckt. Die besten Jahre meines Lebens habe ich damit verbracht, Angst zu haben. Das muss ab sofort aufhören.

Wie, um mein Versprechen zu besiegeln, hebe ich das Glas und trinke einen großen Schluck Bier. Es schmeckt herb und würzig und ist eiskalt. Jemand tippt mir auf die Schulter. Vor Schreck verschlucke ich mich.

Hanni reißt die Augen auf und klopft mir auf den Rücken. »Ich wusste nicht, dass du so schreckhaft bist. Tut mir leid!«

»Macht nix«, röchle ich und wische mir mit einer Serviette verschüttetes Bier von den Händen. »Was machst du denn hier?«

»Na, zuhören! Ron hat mich eingeladen, ich bin schon so gespannt!«

Warum etwas, das sich verdächtig nach Enttäuschung anfühlt, meine Kehle zuschnürt, weiß ich selbst nicht so genau. Hanni sieht hinreißend aus. Das tut sie natürlich auch in ihrer Pflegerinnenkluft, aber in hautenger Jeans, Paillettentop und kurzem Blazer ist sie ein echter Hingucker. Ihre blonden Locken trägt sie offen, Lippen und Augen sind dezent geschminkt und ein hauchzartes Parfum umweht ihre elfenhafte Gestalt.

»Nimm dir einen Stuhl und setz dich zu mir«, sage ich etwas hölzern. Sie strahlt mich an und sieht sich nach einer Sitzgelegenheit um.

In diesem Moment tut sich etwas auf der Bühne. Ron und noch drei Jungs betreten die kleine Showfläche. Einer setzt sich ans Keyboard, ein anderer hinter das Schlagzeug. Der Bassist baut sich weiter vorn auf. Es ist Ron, der mit seiner Gitarre ans Mikro tritt. Verhaltener Applaus begrüßt die Musiker. Neben mir klatscht Hanni begeistert Beifall und wippt auf ihrem Stuhl auf und ab. Dabei haben sie noch nicht mal angefangen.

Ich habe mit ein paar Begrüßungsworten gerechnet, aber sie legen gleich los. Die Lautstärke lässt mich zusammenzucken, aber der Beat ist so mitreißend und zackig, dass ich, ohne es zu wollen, mit dem Fuß wippe. Das Stück, ein folkloristischer, irischer Gassenhauer, den ich schon mal irgendwo gehört habe, löst beim Publikum Begeisterungsrufe aus.

Ron beherrscht sein Instrument, das sehe ich selbst als Laie. Aber als er zu singen anfängt, stockt mir tatsächlich kurz der Atem und die Härchen auf meinen Armen stellen sich auf. Ich wusste ja, dass er singen kann – immerhin habe ich ihn oft genug zu Unzeiten trällern gehört – aber, dass er so gut auf der Bühne sein würde? Gebannt sitze ich auf meinem Stuhl und lausche, während Hanni neben mir völlig abgeht. Überhaupt hält es die wenigstens Gäste auf ihren Plätzen. Um nicht herauszustechen, stehe ich ebenfalls auf.

»Ist das nicht der Wahnsinn?«, schreit mir Hanni ins Ohr.

Ich bin wie paralysiert. Meine Blicke kleben an seinen Lippen, seinen Fingern, die über die Saiten der Gitarre fliegen, seinen geschlossenen Augenlidern, der Art, wie er sich bewegt. Seine Ausstrahlung ist unglaublich. Als wäre er für das hier geboren.

Erst als das Lied vorbei ist, öffnet er die Augen und grinst ins Publikum. Die Darbietung wird mit lautem Applaus belohnt. Jetzt klatsche auch ich frenetisch in die Hände. Er sieht sich um, findet mich und Hanni und winkt uns zu, was Hanni wie ein Teenie-Fangirl fast zum Ausrasten bringt. Er spricht ein paar Begrüßungsworte ins Mikro, die an mir vorbeirauschen, weil ich so auf seine bloße Präsenz fixiert bin. Kein Wunder, dass er reihenweise Mädels abschleppt.

Das nächste Lied ist etwas ruhiger und ich setze mich wieder, genieße den Klang seiner Stimme und lasse mich davontragen. Hanni stellt ein Bier vor meiner Nase ab, das erste habe ich geleert, ohne es zu merken. Wir stoßen an und als wieder eine schnellere Nummer kommt, springen wir beide auf, tanzen und klatschen und singen den Refrain sogar mit. Ehe ich mich versehe, bin ich Teil dieser »Freundinnengruppe«, in die Ron mich gesteckt hat. Obwohl ich ihre Namen schon wieder vergessen habe, behandeln sie mich wie eine von ihnen. Wir trinken Jägermeister und Bier, bejubeln die Band und tanzen ausgelassen mit dem Rest des Publikums vor der Bühne.

Irgendwann verkündet Ron, dass sie nun den letzten Song des Abends spielen werden, eines ihrer eigenen Stücke. Dann verweist er noch auf den Kontaktflyer, über den man die Band buchen könne, und eine CD, die es für fünf Euro an der Theke zu kaufen gebe.

Mit leiser Wehmut lausche ich dem Song, der nun folgt, es ist ein etwas ruhigeres Stück, was sich in Stil und Tiefe deutlich von den restlichen Partyliedern abhebt. Dafür kommt es auch nicht so gut an, das Publikum zerstreut sich, Gespräche kommen auf, manch einer geht zur Toilette oder zum Rauchen vor die Tür. Trotzdem ist der Beifall am

Schluss riesig. Ich grinse und klatsche und verspüre das irrsinnige Bedürfnis, wildfremde Menschen anzustupsen und zu sagen: »Hey, das da ist übrigens mein Nachbar.«

Die Bandmitglieder verstauen ihre Instrumente und verlassen die Bühne, kurz darauf taucht Ron mit einem Bierglas in der Hand bei uns auf.

»Ron!«, kreischt Hanni. »Das war fantastisch!« Dann liegt sie ihm in den Armen und drückt ihm einen Kuss auf den Mund. Holla!

Ich wende mich peinlich berührt ab und nippe an meinem Bier.

»Und, Helen? War's sehr schlimm für dich?«, witzelt Ron und zwinkert mir zu.

»Blödsinn! Sie fand's super. Hast du nicht gesehen, wie sie abgegangen ist?«, sagt Hanni an meiner Stelle. Am liebsten würde ich sie erwürgen.

»Ihr wart wirklich sehr gut«, bestätige ich. »Am besten hat mir das Stück am Schluss gefallen.«

Ron lächelt verhalten. »Da warst du wohl die Einzige.«

»Es war bloß nicht das richtige Publikum«, tröste ich ihn. Sein Blick ruht etwas länger auf mir, als es mir angenehm ist, dann wird er von einem seiner Bandkollegen abgelenkt, der ihm von hinten auf den Rücken springt. Die beiden blödeln herum und beglückwünschen sich gegenseitig zu ihrem Auftritt. Tatsächlich kommen ein paar Frauen zu ihnen, die sich an der Theke ihre CD gekauft haben und nun ein Autogramm wollen.

Hanni stößt mich von der Seite an. »Ich muss mal. Kommst du mit?«

Gemeinsam zwängen wir uns bis zu den Toiletten durch. Drei Gläser Bier und zwei Kurze drücken mir schmerzhaft auf die Blase und beeinträchtigen meinen Gleichgewichtssinn doch erheblich.

Als ich aus der Kabine komme, steht Hanni vor dem Spiegel und zieht ihren Lippenstift nach. Ich wasche mir die Hände.

»Du magst Ron wohl?«, frage ich, ohne nachzudenken, und beiße mir von innen auf die Lippe. Warum will ich das wissen? Es geht mich nichts an und sollte mir außerdem egal sein.

Hanni stöpselt den Lippenstift zu, presst die Lippen zweimal kurz zusammen und zuckt mit den Schultern. »Er ist ja auch ziemlich süß, oder? Spielt aber keine Rolle, da er offensichtlich nicht auf mich steht.« Während sie es sagt, lächelt sie mich geheimnisvoll an.

»So ein Blödsinn. Wer könnte nicht auf dich stehen? Sieh dich doch an!«

»Du bist süß. Und ziemlich begriffsstutzig. Nichts für ungut.«

»Hey, was soll das denn heißen?« Empört starre ich sie an, als Hanni auch noch laut loslacht.

»Es heißt, Dummkopf, dass er auf *dich* steht.«

Nun starre ich immer noch, aber vermutlich ziemlich blöde.

»Mach den Mund zu, das ist sehr undamenhaft.« Hanni legt ihren Finger unter mein Kinn und drückt es nach oben. »Nun guck nicht so, ist es denn so abwegig? Du bist heiß, Helen. Als wir getanzt haben, hat er andauernd zu dir herübergesehen. Du hast es bloß nicht bemerkt.«

Dann dreht sie sich um und stolziert hinaus. Ich bleibe mit meinen herumwirbelnden Gedanken allein zurück. Ron Bäumer soll auf mich stehen? Das ist lächerlich, um es mit Ron Bäumers Worten zu sagen. Er hasst mich! Und außerdem ist er viel zu jung für mich.

Schnaubend stoße ich mich vom Waschbecken ab und kehre in den Schankraum zurück. Musik dröhnt aus den

Lautsprecherboxen und auf der Tanzfläche hat sich eine Rotte gebildet. Die übrigen Gäste knubbeln sich an der Theke und den umstehenden Tischen. Außer über die Tanzfläche führt kein Weg zurück zu meinem Platz. Also stürze ich mich geradewegs ins Gedränge und kann nur hoffen, lebend wieder herauszukommen. Jemand fasst mich an der Schulter an und dreht mich zu sich herum. Sofort schrillt mein Alarmsystem auf. Doch es ist Ron, der mich mit einem breiten Grinsen zum Mittanzen animiert. Hannis Worte noch im Kopf, möchte ich mich am liebsten in ein Mauseloch verkriechen, aber da sich die Tanzenden zu einem undurchdringlichen Ring um mich herum geschlossen haben, erscheint mein Schicksal unausweichlich. Außerdem kocht der Alkohol noch in meinen Adern, die Musik ist ziemlich gut und Ron ist ... Ron. Er umfasst meine Hüften und zieht mich zu sich heran. Damit habe ich nun wirklich nicht gerechnet, aber ich will ihm keine Szene machen und lasse mich darauf ein. Er ist ein guter Tänzer und bewegt sich mit mir gemeinsam, ohne dabei allzu aufdringlich zu werden. Langsam entspanne ich mich. Ich schließe die Augen, die Musik spült über mich hinweg. Zum ersten Mal seit endlos langer Zeit habe ich mal wieder Spaß. Ein Lied geht ins nächste über. Ich schwitze und singe und lache und bekomme nicht genug. Um mich herum dichtes Gedränge, Musik und Ron.

Ein paar Frauen tanzen ihn an und versuchen, ihn abzudrängen, aber er ergreift meine Hand und zieht mich zurück in seine Arme.

»Wir reißen uns ziemlich gut zusammen, was?«, raunt er in mein Ohr. Sein Atem kitzelt mich. Ich schaudere.

»Geht so«, erwidere ich mit einem Augenzwinkern. Ron beißt sich auf die Lippe und schüttelt den Kopf. Seine Hand schiebt sich auf meinen unteren Rücken, unter das Shirt, streichelt sacht über nackte Haut. Jetzt ist er mir wirklich sehr nah, seine Bartstoppeln streifen meine Wange. Ohne zu es bemerken, haben wir aufgehört zu tanzen und die Stimmung hat sich verändert. Vorsicht!

Zum Glück endet das Lied in diesem Moment. Ich seufze demonstrativ und löse mich von ihm. »Ich denke, ich sollte langsam nach Hause.«

Zu meiner Überraschung nickt Ron. »Ich hole nur schnell meine Jacke und die Gitarre.«

»Du ... du kommst mit? Aber du kannst ruhig noch bleiben, wenn du ...«

»Ich habe dich her geschleift, also bringe ich dich auch nach Hause. Ehrensache! Bin gleich zurück«, unterbricht er mich und ist auch schon verschwunden. Hoffentlich glaubt er nicht, er könnte heute Nacht bei mir landen. Da müsste ich ihn nämlich enttäuschen. Schon jetzt ist mir schleierhaft, wie ich mich auf diesen Paarungstanz einlassen konnte. Das muss am Alkohol liegen.

Ich kämpfe mich durch die tanzwütige Menge bis zu meinem Platz, wo meine Jacke einsam und verlassen über der Stuhllehne hängt. Die anderen Frauen sind entweder schon weg oder schwingen ebenfalls das Tanzbein. Ich sehe mich im Schankraum um, weil ich mich wenigstens von Hanni verabschieden will und finde sie an einem Stehtisch, in ein Gespräch mit einem großen, gutaussehenden Anzugträger vertieft. Eiswasser spült durch meine Venen, mein Magen dreht sich herum und der Raum verschwimmt vor meinen Augen. »Tobias«, flüstere ich zu mir selbst, als würde das Aussprechen seines Namens den Dämon vertreiben. Er steht halb mit dem Rücken zu mir, hat mich also noch nicht gesehen. Ohnehin ist er ganz in seinen Flirt mit Hanni vertieft.

Hanni! Ich muss sie warnen!

Meine Fingernägel haben sich tief in das Fleisch meiner Handballen gegraben. Mein Kiefer schmerzt vom Aufeinanderpressen der Zähne. Ich zittere. Jedes Wohlgefühl ist aus meinem Körper verschwunden. Das macht *er*. Er ist ein schwarzes Loch, das meine Freude, mein Selbstbewusstsein, meine Liebe einsaugt, bis nichts mehr von mir übrig ist. Ich hasse ihn. Hasse ihn mit derselben Leidenschaft, mit der ich ihn am Anfang geliebt habe. Und ich hasse mich selbst dafür, dass er diese Gefühle in mir auslöst. Unmöglich, dass ich ihm gegenübertrete. Nicht nach allem, was geschehen ist, was er getan hat. Was ich *zugelassen* habe. Der alte Schmerz, die alte Scham frisst sich durch meine Eingeweide. Tränen quellen aus meinen Augen.

Du Memme! Du wertloses, feiges Stück Dreck!

Und da ist sie auch schon, diese Stimme, die mich niedermacht, kein gutes Haar an mir lässt. Sie ist zurückgekehrt, gemeinsam mit ihm.

»Ich bin so weit, wir können gehen. Helen?«

Rons Stimme holt mich zurück, ich schnappe nach Luft.

»Du bist weiß wie 'ne Wand. Ist dir schlecht?« Er sieht mich mit gerunzelter Stirn an, aber mein Blick wird wieder abgelenkt. Abgelenkt und angezogen von *ihm*. Tobias hat sich umgedreht, blickt in meine Richtung. Zu mir. Lächelt. Sagt etwas zu Hanni. Schlendert zu mir herüber. Ich greife nach Rons Hand. »Hilf mir«, wispere ich. Keine Ahnung, ob er es gehört hat, aber er stellt sich an meine Seite. Blickt mit mir gemeinsam dem Feind entgegen.

»Helen? Das ist ja ewig her. Schön, dich zu sehen.«

Er hat seine Maske aufgesetzt. Die für die Außenwelt. Für seine Klienten, meine Eltern, Freunde, andere Frauen. Aber ich kenne das Monster, das sich dahinter verbirgt. Kenne es in all seinen dunklen Farben.

»Ewig, ja«, sage ich leise. »Ron? Wollen wir ...?«

»Ihr kennt euch?« Hanni hat sich zu uns gestellt und strahlt mich an. »Das ist ja ein Zufall. Woher?«

»Helen und ich, wir haben ein paar wilde Zeiten hinter uns.« Tobias zwinkert mir zu. Mir wird schlecht.

»Er ist mein Ex-Mann«, stoße ich hervor und merke erst jetzt, dass ich Rons Hand noch immer umklammere. So unauffällig wie möglich lasse ich ihn los.

Hanni sieht peinlich berührt zu Boden, Tobias lächelt noch immer. »Nun, Helen, es war nett, dich wiederzusehen.« Dann wendet er sich an Hanni. »Haben Sie Lust, an der Bar noch etwas mit mir zu trinken?«

»Nein!«, rufe ich dazwischen.

Ein warnendes Glitzern tritt in Tobias' Augen. »Hast du ein Problem damit, Helen?«

Schnell schüttle ich den Kopf. »Nein, kein Problem. Ist schon gut. V… viel Spaß euch beiden.«

Feigling!

Tobias und Hanni drehen sich um und gehen zur Bar. Es ist, als hätte jemand die Luft aus mir herausgelassen. Meine Knie geben unter mir nach, Ron fängt mich im letzten Moment auf.

»Wow, Helen! Du hast wirklich zu viel gebechert, was? Komm, setz dich, ich hol dir ein Glas Wasser.« Er schiebt einen Stuhl unter meinen Hintern und platziert mich darauf, dann stellt er seinen Gitarrenkoffer neben mir ab und schlägt sich zur Bar durch, bevor ich protestieren kann. Mein Herz rast wie verrückt, ich kann immer noch nirgendwo anders als auf Tobias' Rücken starren. Ron steht jetzt neben ihm, sie wechseln ein paar Worte. Ron lacht, sieht zu mir herüber. Ich kann mir gut vorstellen, worum es geht. Tobias, in seiner unnachahmlich charmanten Art hat einen herablassenden Witz über meinen Alkoholkonsum gemacht. Bestimmt hat er so etwas gesagt wie: »So ist

Helen, sie kennt kein Maß. Für sie gibt es nur ganz oder gar nicht.« Dazu hat er anzüglich gezwinkert und sein Haifischlächeln aufgesetzt.

Ron kommt mit einem Glas Wasser zu mir zurück. Mit zitternder Hand nehme ich es entgegen und trinke einen Schluck. Ron setzt sich neben mich, wartet geduldig. Hanni flirtet immer noch mit Tobias, sie sind schon näher zusammengerückt.

»Wir müssen etwas unternehmen«, sage ich.

Ron blickt überrascht zu mir herüber, dann zu Hanni und Tobias. »Was? Warum?«

Ich zähle in Gedanken bis drei. Es muss sein. »Sie darf nicht mit ihm mitgehen. Er ist böse. So richtig böse. Verstehst du?«

Ich versuche, ihm mit meinen Augen die Botschaft zu vermitteln, die ich nicht über die Lippen bekomme.

Ernst erwidert Ron meinen Blick. »Wie meinst du das? Hat er ... dich etwa geschlagen?«

Krampfhaft nicke ich. »Mehr als das.« Nun sprudeln die Worte doch, zusammen mit den Tränen. Ich beuge mich zu ihm vor, damit uns niemand sonst hört, spreche leise und schnell. »Er ist ein Sadist, ein Monster. Er hat mich geschlagen, getreten, eingesperrt wie einen Hund. Hat mir nur zu essen gegeben, wenn er es für angemessen hielt, hat mein Geld verwaltet. Er hat ... hat ...« Ich würge an meinen Worten. »Er wird sie verschlingen, mit Haut und Haaren, wenn sie mit ihm geht.«

Ron ist immer blasser geworden, seine Augen immer enger, immer dunkler. Jetzt steht er auf. »Warte hier.«

Ich beobachte ihn durch den Schleier meiner Tränen, seine Bewegungen sind abgehakt, beherrscht. Die Sehnen an seinen Unterarmen angespannt. Er geht zur Theke, dreht Tobias an der Schulter herum. Mein Ex-Mann wirkt verärgert, weil jemand sein Gespräch unterbrochen hat. Die Maske fällt. Ron knallt ihm seine Faust ins Gesicht. Ich springe auf, schreie. Blut sprudelt unter Tobias' Händen hervor, die er vor seine Nase geschlagen hat. Doch Ron ist noch nicht fertig. Er zerrt ihn am Kragen zu sich heran, schubst ihn nach hinten, gegen den Tresen. Flaschen klirren, Feiernde springen zur Seite. Zwei schwarzgekleidete Security-Männer erreichen die beiden genau in dem Moment, in dem Tobias zum Gegenschlag ausholen will. Sie zerren Ron fort, nehmen ihn zur Seite, reden auf ihn ein. Rons Blick ist starr und feindselig, er öffnet und schließt seine Faust, gibt Antwort, nickt. Einer der Security-Männer klopft ihm warnend auf die Schulter und sagt noch etwas. Ron kommt auf mich zu, zieht seine Jacke an, schultert den Gitarrenkoffer und streckt mir die Hand entgegen. Sie zittert und die Knöchel sind aufgeplatzt.

»Danke«, flüstere ich, während ich sie ergreife.

Er lächelt verzagt. »Wofür?«

— ◆◆◆ —

Wir nehmen wieder die U-Bahn, die um diese Zeit fast menschenleer ist, und schweigen die gesamte Fahrt über. Ron reibt sich immer wieder verstohlen die Hand.

»Wirst du jetzt Ärger bekommen?«, frage ich, nachdem wir ausgestiegen sind und den Weg zu unserem Wohnhaus antreten.

»Im Pub? Nö, eher nicht. Die kennen mich da, ich hab's ihnen erklärt. Keine Einzelheiten natürlich«, ergänzt er. »Dein Ex bekommt übrigens Hausverbot.«

Ein ersticktes Lachen entweicht meinen Lippen. »Das wird ihn kaum aufhalten.«

»Du hättest ihn anzeigen können.«

»Das wollte ich, aber er ist Anwalt, hat viel Einfluss. Und ich ... na ja, ich habe mich geschämt.«

»Geschämt? Weswegen?«

Abwehrend hebe ich die Schultern. Ich will nicht darüber sprechen, nicht einmal darüber nachdenken. Hätte ich Tobias heute nicht getroffen, hätte Ron niemals davon erfahren.

»Es war eben so. Ich habe damit abgeschlossen.«

»Danach sah es aber nicht aus.«

»Er hat mich bloß überrascht. Ich denke kaum noch daran.«

Aus den Augenwinkeln sehe ich sein Nicken. »Jetzt verstehe ich, warum du nicht mit Mike ausgehen wolltest. Herrgott, hätte ich das gewusst ...« Er fährt sich durchs Haar und stößt den Atem aus. Es ist so kalt, dass er eine Frostwolke bildet.

»Du wusstest es aber nicht«, sage ich leise.

Ron stoppt abrupt unter einer Straßenlaterne und hält mich an den Schultern fest. Sein Blick fängt mich ein und lässt mich nicht mehr los. »Ich bin so ein Riesenarsch. Wie ich dich behandelt habe, dieser Streit im Treppenhaus ... So hat *er* dich behandelt, oder? So hat er mit dir geredet, dich beleidigt. Deshalb bist du ausgerastet. Und ich Idiot ...« Er wirkt in seiner Hilflosigkeit beinahe niedlich.

Ich schüttle den Kopf. »Es gibt keine Entschuldigung dafür, dass ich den Eimer nach dir geworfen habe. Wir haben beide Mist gebaut.«

»Es tut mir leid, Helen. Aufrichtig.«

»Du hast es mehr als wettgemacht heute Abend.«

Die Runzeln auf seiner Stirn glätten sich, ein Lächeln zuckt in seinen Mundwinkeln. »Es hat gutgetan, ihm eine zu verpassen. Hättest du auch mal versuchen sollen.«

»Ich habe dafür dir eine verpasst«, witzle ich, obwohl mir nicht nach Scherzen ist. Am liebsten möchte ich mich zu Hause unter meiner Bettdecke zusammenrollen und nie wieder herauskommen. Tobias' Erscheinen hat die alten Wunden wieder aufgerissen und dabei weiß Ron das Schlimmste noch gar nicht.

»Bist du wirklich okay?«, will er wissen und wieder sieht er mich so an.

Ich kann mich ihm nicht entziehen. »Nein. Aber morgen vielleicht.«

Ron lässt meine Schultern los und wir gehen weiter. Den restlichen Weg bis nach Hause schweigen wir. In der Mitte des Hausflurs, zwischen unseren Wohnungstüren, bleiben wir stehen. Ich deute auf seine Hand. »Das solltest du kühlen.«

»Werd ich. Danke.«

»Es war ein schöner Abend. Bis auf das Ende.«

»Finde ich auch.«

Unbeholfen drehe ich meinen Schlüssel in den Händen. Ron macht keine Anstalten, seine Wohnung aufzuschließen.

»Also, ich gehe jetzt ins Bett. Das war alles ein bisschen zu viel.«

Endlich nickt er und kramt ebenfalls den Schlüssel hervor. »Wenn du mal bei irgendwas Hilfe brauchst ... oder reden willst ...«, druckst er herum, aber im hellen Licht des Treppenhauses findet sein Blick mich nicht mehr. Zu viel Realität, nehme ich an.

»Ja, klar. Danke. Gute Nacht.« Ich drehe mich um und schließe die Wohnung auf. Von innen lehne ich mich gegen die Tür. Stille im Hausflur, lange. Dann das Geräusch eines Schlüssels im Schloss, das Schließen einer Tür. Wieder Stille. Ich mache die Augen zu, spähe in mein Inneres, ganz vorsichtig. Ich erwarte, in Tobias' boshafte Fratze zu blicken, in das kalte Feuer, das jahrelang meine persönliche Hölle gewesen ist. Aber ich sehe ... nichts. Dafür höre ich. Rons Stimme, die mich in den Schlaf singt.

10. Kapitel

Irgendwann in der Nacht habe ich mein Bett doch noch gefunden, nachdem ich mit steifem Nacken und trockener Kehle im Flur aufgewacht bin. Ohne mir die Mühe zu machen, mich umzuziehen, bin ich ins Schlafzimmer und habe mich unter der Decke verkrochen.

Das Klingeln meines Handys weckt mich, draußen ist es bereits helllichter Tag. Blinzelnd hebe ich den Kopf. Ein Blick auf den Radiowecker verrät: 11:38 Uhr.

Was?

Ich richte mich auf und stelle fest, dass ich fiese Kopfschmerzen habe. Das Handy klingelt immer noch. In meiner Handtasche! Ich stehe auf und tappe in den Flur, wo die Handtasche neben meiner Jacke auf dem Boden liegt. Bis ich das Handy hervorgekramt habe, hat es aufgehört. Ich entsperre das Display und sehe acht versäumte Anrufe, alle von Frieda. Mein Atem stockt. Mit zitternden Händen drücke ich die Rückruftaste.

»Na endlich! Ich versuche seit Stunden, dich zu erreichen.« Frieda klingt völlig aufgelöst. Ich schließe die Augen. Bitte nicht. Bitte, bitte nicht!

»Was ist passiert?« Meine Stimme klingt rau und fremd, aber Frieda bemerkt es gar nicht.

»Mama ist wieder im Krankenhaus. Der Pflegedienst hat sie heute Morgen gefunden, bewusstlos. Sie sagen, sie hatte einen Herzinfarkt.«

»Was?«

»Sie wird gerade operiert. Kannst du herkommen?«

»Ich bin schon unterwegs.« Ohne aufzulegen, lasse ich das Handy zurück in meine Tasche gleiten. Meine staubtrockene Kehle ist wie zugeschnürt, mein Herz rast. In meinem Kopf herrscht gähnende Leere. Zum Glück muss ich mich nicht erst noch anziehen, ich bin ja noch angezogen. Trotz des Gefühls der Dringlichkeit, das mich erfasst hat, gehe ich kurz ins Bad, um mich zu erleichtern und einen Schluck aus dem Wasserhahn zu trinken. Dann hebe ich die Jacke vom Boden auf und verlasse die Wohnung. Erst im Hausflur fällt mir auf: Ich habe meine Tasche in der Wohnung vergessen! Mit meinem Schlüssel und Portemonnaie. Wie soll ich ohne Busfahrkarte und Bargeld ins Krankenhaus gelangen? Panik droht mich zu überwältigen, da fällt mein Blick auf die gegenüberliegende Tür. Ohne lange nachzudenken, drücke ich den Klingelknopf und bete inständig, dass Ron zu Hause ist.

Es dauert lange, doch dann regt sich etwas hinter der Tür. Langsam öffnet sie sich einen Spaltbreit. Offenbar hat er noch geschlafen. Er trägt Boxershorts und sonst nichts, seine Augen sind klein, die Stirn grimmig gerunzelt. Verschlafen lehnt er sich in den Türrahmen. »Was kann so wichtig sein, dass du mich mitten in der Nacht …?«

»Es ist meine Mutter«, unterbreche ich ihn. »Sie … sie ist im Krankenhaus. Ich wollte gerade hin, aber ich habe mich ausgesperrt. Meine T-Tasche ist noch drin und darin ist meine B-Busfahrkarte. I-Ich muss ins Krankenhaus, bitte. Ich weiß nicht, wen ich sonst …«

Er stößt die Tür auf und tritt zur Seite. »Komm rein. Ich bin in zwei Minuten fertig.«

Ich bin so dankbar, dass ich prompt losheule. Ron verschwindet im Bad, während ich im Flur stehen bleibe und versuche, mein Schluchzen zu kontrollieren. Kurze Zeit später höre ich das Rauschen einer Toilettenspülung, dann das Klappern einer Gürtelschnalle. Es kann tatsächlich nicht länger als die versprochenen zwei Minuten gedauert haben, da steht er wieder vor mir, in Jeans und Sweatshirt, unrasiert und ungekämmt, aber er hat sich – im Gegensatz zu mir – wenigstens die Zähne geputzt. Jedenfalls riecht er so.

»Danke, Ron. Vielen, vielen Dank«, sage ich, während wir die Treppe hinuntereilen. »Du hast dir deinen Samstagvormittag bestimmt anders vorgestellt. Es tut mir leid, dass ich dich aus dem Bett geworfen habe.« Ich plappere, damit ich nicht wieder losheule, damit ich nicht darüber nachdenken muss, dass meine Mutter, diese zarte, zerbrechliche alte Frau, gerade auf einem OP-Tisch liegt und am Herzen operiert wird.

Er brummt etwas, bestimmt ist ihm die Situation unangenehm. Wir kennen uns kaum, ein netter Abend macht noch keine Freundschaft und wiegt schon gar nicht die ganzen Feindseligkeiten auf, die wir uns in den letzten Monaten an den Kopf geworfen haben. Trotzdem ist er der einzige Mensch, an den ich mich hätte wenden können. Hätte wenden*wollen*. Diese Erkenntnis kommt so unvermittelt wie unpassend. Bestimmt auch wieder einer meiner zahlreichen Verdrängungsmechanismen.

Sein Auto parkt direkt vor dem Haus an der Bordsteinkante. Hoffentlich springt es an. Nervös bearbeite ich mit den Zähnen meine Unterlippe, während er den Schlüssel ins Zündschloss schiebt und ihn umdreht. Der Wagen spuckt und stottert kurz, dann ertönt das satte Geräusch des anspringenden Motors. Ich atme auf und lasse mich in den Sitz zurücksinken.

»Welches Krankenhaus?«, fragt Ron.

»Das städtische. Weißt du, wo ...?«

»Das kenne ich.« Schon fliegt er los. Und Fliegen ist das richtige Wort. Ich kralle meine Finger in den Griff der Beifahrertür und halte die Luft an. Es ist immer noch kalt, die Straßen sind überfroren. Ich denke nicht, dass Ron sich inzwischen Winterreifen zugelegt hat. Natürlich beschwere ich mich nicht, ich weiß es zu schätzen, dass er sich für mich beeilt. Ich kann bloß hoffen, dass er seinen Wagen so gut im Griff hat wie sein Instrument. Trotzdem geht es mir nicht schnell genug. Das kurze Stück über die Autobahn schleichen wir eingekeilt zwischen zwei Lkw durch eine Baustelle. Nervös trommle ich mit den Fingern auf die Verkleidung der Seitentür. Als die Straße sich wieder verbreitert, tritt Ron das Gaspedal durch und startet ein waghalsiges Überholmanöver. Die ganze Fahrt über schweigt er. Ich bin froh darüber. Ich will jetzt nicht reden oder nachdenken. Über nichts. Das Krankenhausgebäude taucht auf der rechten Seite auf, Ron nimmt die Ausfahrt. Fünf Minuten später rollen wir durch die Krankenhausstraße. Ron reckt den Hals auf der Suche nach einem Parkplatz.

»Schon okay, lass mich einfach hier raus. Danke!« Er hält an, ich reiße die Tür auf und schlage sie zu, ohne mich zu verabschieden. Erst, als ich die wenigen Stufen zum Haupteingang hochgehechtet bin, bemerke ich meinen Fehler und drehe mich um. Aber da ist die rostrote Schrottlaube schon verschwunden.

Ich fahre im Aufzug hoch zur Kardiologie. In meinen Eingeweiden macht sich ein nervöses Grollen bemerkbar.

Der Aufzug hält auf jeder Etage, lässt Patienten und Besucher ein- und aussteigen und braucht eine Ewigkeit, bis er endlich angekommen ist.

Frieda sitzt in einem der Plastikstühle im Wartebereich gleich neben den Aufzügen. Als sie mich sieht, springt sie auf. Ihr Gesicht ist aschfahl, die Augen rotgerändert. Ich nehme sie zur Begrüßung kurz in den Arm. »Gibt es schon was Neues?«

Frieda schüttelt den Kopf. »Sie operieren noch.«

Wir setzen uns. Frieda wippt mit dem Knie. »Ich bin schon seit halb neun hier.«

»Tut mir leid, ich hatte das Handy im Flur und habe das Klingeln nicht gehört.« Ich schlucke schwer an meinem schlechten Gewissen. Ich hätte nicht ausgehen dürfen, hätte das Handy neben dem Bett liegen lassen müssen, gerade jetzt!

Und dann noch, etwas leiser, aber umso bohrender, die Frage: Hätte ich es verhindern können, wäre ich bei ihr eingezogen? Wie lange mag sie bewusstlos dagelegen haben, bevor der Pflegedienst kam?

Frieda stützt den Kopf in die Hände. Sie sieht furchtbar erschöpft aus. In letzter Zeit hat sie mit morgendlicher Übelkeit und andauernder Müdigkeit zu kämpfen. Mir ging es damals genauso. Ich kann es ihr nachfühlen.

»Wenn du nach Hause willst, kann ich die Stellung halten. Ich rufe dich an, sobald ich etwas weiß«, biete ich an.

»Nein, ich bleibe. Zu Hause finde ich doch nicht zur Ruhe. Ich hab das Gefühl, sie im Stich zu lassen, wenn ich jetzt gehe.« Tränen quellen aus ihren Augen, ich nehme ihre Hand.

»Ach, Frieda ...« Dann sehe ich mich um. »Wo ist eigentlich Tom?«

Sie zieht die Schultern hoch und lächelt gequält. »Er hatte eine anstrengende Woche. Ist doch nicht nötig, dass wir uns beide den Samstag hier um die Ohren schlagen.«

Ich beiße mir auf die Zunge. Das ist typisch Tom. Er hat nie einen Hehl daraus gemacht, dass er unsere Eltern nicht mag. Schon als vergangenes Jahr unser Vater starb, glänzte er mehr durch Abwesenheit als alles andere. Aber wenigstens Frieda zuliebe hätte er mitkommen können.

»Wie hast du es so schnell geschafft? Hab frühestens in einer halben Stunde mit dir gerechnet«, sagt Frieda.

»Hab mich von einem Freund fahren lassen.«

Sofort habe ich Friedas volle Aufmerksamkeit. »Einem Freund? Wer denn?«

Da springt die Aufzugtür auf und entlässt einen Schwung Menschen in den Klinikflur, unter ihnen Ron. Er hält einen Becherhalter mit zwei Coffee-to-go in der einen und eine Brötchentüte in der anderen Hand. Suchend blickt er sich um und kommt dann lächelnd auf uns zu.

Ich stehe auf. »Du hättest nicht bleiben müssen«, begrüße ich ihn. Und doch ergreift mich eine kindische Freude darüber, dass er es getan hat.

»Hatte gerade nichts vor. Außerdem liebe ich den Geruch von Krankenhäusern.« Er atmet demonstrativ ein und aus und zieht eine Grimasse. Ohne es zu wollen, grinse ich. Ron reicht mir einen Kaffee und bietet Frieda den anderen an. Doch sie schüttelt den Kopf. »Ich hatte meine tägliche Dosis leider schon.« Dann reckt sie den Hals. »Aber was hast du denn da in der Tüte?«

Ron reicht sie ihr. Frieda quiekt verzückt und zieht einen Berliner hervor. Dann gibt sie die Tüte an mich weiter, aber ich schüttle den Kopf. Wir setzen uns wieder. Ron fläzt sich in den Stuhl uns gegenüber.

»Wie geht es eurer Mutter?«

Ich hebe die Schultern. »Sie wird noch operiert. Wir können nur warten.«

Ron angelt einen Berliner aus der Tüte und beißt hinein. Ich nippe an meinem Kaffee. Mit geschlossenen Augen genieße ich das bittere Aroma. Der ganze Morgen war unwirklich. Es tut gut, etwas so Gewöhnliches wie Kaffeetrinken zu tun. Als ich die Augen wieder öffne, schiele ich verstohlen zu Ron. Er verschlingt bereits den zweiten Berliner.

»Du hast da etwas Puderzucker. An der Lippe.« Ich tippe mir mit dem Finger an die betroffene Stelle. Er wischt den Zucker mit dem Handrücken weg, um sich gleich erneut damit zu bestäuben, als er wieder in das Gebäckstück beißt. Nun hat er den Zucker auch an der Nase. Ich unterdrücke ein völlig unpassendes Kichern.

Er hebt die Arme. »Was?«

»Ach nichts.«

Frieda hat die Hand mit dem Berliner in den Schoß sinken lassen und beobachtet uns fasziniert. Ihr Lächeln spricht Bände.

Ich schüttle unauffällig den Kopf, doch sie wackelt nur mit den Augenbrauen. Als sie aufgegessen hat, reibt sie sich die Hände und steht auf. »Ich geh zur Toilette und danach an die frische Luft. Ich muss mich bewegen. Kommt jemand mit?«

Auf unser einträchtiges Kopfschütteln hin murmelt sie: »Dacht ich mir.«

»Du hältst dich ganz gut«, sagt Ron, als sie weg ist. »Heute früh dachte ich, du brichst zusammen.«

»Tut mir leid, dass ich dich so aufgescheucht habe.«

Er beugt sich vor und stützt die Ellbogen auf seinen Knien ab. »Hör auf, dich andauernd zu entschuldigen, Helen.«

Ich lächle. »Das ist einfach meine Art, aber im Ernst: Ich schulde dir was.«

»Nimm den Putzdienst zurück«, erwidert er, ohne eine Miene zu verziehen.

Prustend stimme ich zu. »Na gut. Du hast die Anzeige zurückgezogen, das soll mir reichen. Bei mir wird's eh sauberer.«

Seine Zähne blitzen auf. »Wir beide ... wer hätte das gedacht, he?«

Ich klemme mir eine Strähne hinter das Ohr. »Du meinst, wir sind so was wie ... Freunde?«

Er zuckt mit den Schultern und lehnt sich wieder zurück. Seine Miene kann ich nicht ergründen, aber sofort muss ich an gestern Abend denken. Wie er mich beim Tanzen angesehen, mich berührt hat. *Freunde? Ja, klar ...*

Ein seltsames Kribbeln breitet sich in meiner Magengegend aus. »Wie geht es der Hand?«

Irritiert schaut er auf seine Rechte, öffnet und schließt sie vorsichtig. »Geht schon wieder.«

Das Gespräch versiegt, wir sehen uns an. In Rons Gesicht klebt immer noch Puderzucker. Ich tippe mir an die Nase. »Du hast da ...«

»Ernsthaft?« Tatsächlich wird er rot, während er sich mit dem Handteller über die Nase reibt. »Weg?«

Kopfschüttelnd stehe ich auf und setze mich neben ihn. Mit dem Daumen streiche ich über seine Nasenspitze, dann durch den Dreitagebart, in dem sich ebenfalls Zuckerkrümel verfangen haben. Mein Finger verharrt in seinem Mundwinkel, der sich bei der Berührung leicht hebt, ich betrachte seine Lippen, streiche federleicht darüber. Sie fühlen sich an wie Samt. Ron hält still und sagt kein Wort. Kein hämischer Kommentar, kein dummer Witz. Nicht einmal ein Grinsen. Zu spät werde ich mir meines

Handelns bewusst. Der Mann ist zehn Jahre jünger als ich und ein notorischer Herzensbrecher! Ich ziehe die Hand weg, als hätte ich mich verbrannt.

»Ich gehe mal ... auf die Toilette.« Dann flüchte ich den Flur entlang, stoße die Tür zum Damenklo auf und lasse mich von innen dagegen sinken. Was ist nur in mich gefahren? Herrgott nochmal! Ich benehme mich wie ein Teenager! Mein Herz klopft hart gegen meine Brust, mein Daumen prickelt dort, wo er Rons Haut berührt hat. Seine Lippen! Wie sie gestern Abend das Mikrofon gestreift haben, so zärtlich wie ein Kuss. Seine Stimme hallt noch in meinen Ohren nach. Was sind das für Gefühle, die da plötzlich in mir Kapriolen schlagen? Angewidert betrachte ich mich im Spiegel. Blass und ungekämmt, ohne Make-up. Die Spuren von fünfunddreißig bitteren Jahren in den Augenwinkeln. Niemand verliebt sich in dieses Gesicht. Niemand begehrt es. Schon gar nicht einer wie Ron. Ich bin drauf und dran, mich in etwas zu verrennen, das nicht sein darf. Was das Potenzial hat, mich nicht nur zu verletzen, sondern ganz und gar zu zerstören. Das muss sofort aufhören. Ich wasche mir das Gesicht und trockne es anschließend mit Papiertüchern ab, bevor ich nach draußen gehe. Ron sitzt mit dem Rücken zu mir und hält sein Telefon ans Ohr.

»Heute Abend? Bisschen kurzfristig. Ich weiß noch nicht, ob ich da Zeit hab.«

Ich setze mich auf meinen Platz und greife nach dem Kaffee. Ron sieht nur kurz auf, er wirkt ungehalten.

»Ja, ja, schon gut. Du bist der Boss.« Er legt auf und schiebt das Telefon in die Gesäßtasche.

»Ärger auf der Arbeit?«

»Nein, zu Hause. Der Patriarch lädt zum Dinner.« Er reibt sich durch das Gesicht. »Und das Volk muss springen.

Dann darf ich mir wieder anhören, wie ich mein Leben versaue.«

Ich zucke mit den Achseln. »Geh halt nicht hin.«

Ein abfälliges Schnauben ist die Antwort.

»Du bist doch erwachsen, oder? Geh nicht hin, wenn du nicht hinwillst.«

Er starrt mich an. Ist er etwa wütend auf mich? Dann schüttelt er den Kopf. »Ist nicht so einfach. Aber braucht dich auch nicht zu kümmern.«

»Oha, mein Arschloch-Nachbar lässt wieder grüßen.« Ich verschränke die Arme und starre zurück. Angriff ist die beste Verteidigung.

»Hast du 'nen Knall? Was soll das jetzt? Bloß weil ich nicht gleich meine Lebensgeschichte vor dir ausbreite?«

»So wie ich?«, schieße ich gekränkt zurück.

Er presst die Lippen zusammen und schweigt.

»Danke, dass du mich hergefahren hast«, sage ich eisig. »Und für das Frühstück und … überhaupt. Aber ich denke, du solltest jetzt gehen. Das hier ist eine Familienangelegenheit. Braucht dich nicht zu kümmern.«

Er sieht mich lange an. Dann nickt er knapp. »Klar. Alles Gute für deine Mutter.«

Ohne ein weiteres Abschiedswort stellt er sich vor den Aufzug und drückt mehrmals den Knopf. Wartend wippt er auf den Fußballen und vermeidet den Blick in meine Richtung.

Noch ist es nicht zu spät, ich kann ihn aufhalten, mich entschuldigen. Er wird es verstehen, ich bin aufgebracht wegen meiner Mutter und sowieso total verschroben. Doch da öffnet sich der Aufzug und er geht hinein, drückt wieder einen Knopf und mustert seine Fußspitzen, bis die Tür sich schließt. Ich stoße den Atem aus und sinke in mich zusammen. Es ist besser so. Ganz bestimmt.

Kurze Zeit später kehrt Frieda zurück. Die ganze Zeit über habe ich grübelnd auf meinen Becher geschaut, der Kaffee ist inzwischen kalt geworden.

»Wo ist Ron?«

»Gefahren«, antworte ich einsilbig.

Frieda lässt sich schnaufend neben mir nieder und grinst anzüglich. »Sag mal, ist der nicht ein bisschen zu jung für dich?«

»Was? Denkst du etwa …? Da läuft nichts zwischen uns!«

»Warum nicht?« Sie wirkt ehrlich verblüfft.

»Ist die Frage ernst gemeint?«

Sie hebt die Schultern. »Er ist gutaussehend, Single …«

»Und das reicht deiner Meinung nach, um mich auf ihn einzulassen?«

»Ich sag ja nicht, dass du ihn gleich heiraten sollst, Herrgott, Helen. Gönn dir doch mal ein bisschen Spaß.«

»Selbst wenn ich wollte … dazu gehören immer noch zwei.«

»Du hast selbst gesagt, dass er nichts anbrennen lässt. Warum sollte er ausgerechnet dich abweisen?«

Da fallen mir ungefähr eine Million Gründe ein. »Wir sind bloß Freunde. Ich bin froh, dass wir uns inzwischen so gut verstehen, das will ich nicht gefährden.«

Frieda nickt verständnisvoll. »Freut mich jedenfalls, dass du wieder am Leben teilnimmst, Schwesterherz. So wie du riechst, hast du es gestern krachen lassen.«

Peinlich berührt schnüffle ich an meinem Pulli. Er stinkt nach Zigarettenqualm und Bier. »Ron hatte ein Konzert mit seiner Band. Ist spät geworden.« Ich denke darüber nach, ihr von Tobias zu erzählen, entscheide mich aber dagegen. Dieses Thema ist ein Tabu in unserer Familie, nach wie vor. Lieber tun wir so, als wäre das alles nie geschehen.

Mir fällt ein, dass ich gestern Abend einen Bandflyer eingesteckt habe, und krame ihn aus meiner Jackentasche, um ihn Frieda zu zeigen. »Hier, die sind richtig gut.«

Frieda überfliegt den Flyer. »Die spielen auf Hochzeiten? Na wenn das kein Glücksfall ist ...«

Ich richte mich bei ihren Worten leicht auf. »Frieda? Hast du mir etwas zu sagen?«

Sie grinst errötend und setzt zum Sprechen an, als ein Arzt aus dem OP-Bereich tritt. »Frau Hartmann?«

Frieda springt auf, ich folge ihr. Meine Brust fühlt sich eng an, als wir dem ernsten Blick des Arztes begegnen.

»Das ist meine Schwester Helen«, stellt Frieda mich vor.

Der Arzt nickt und deutet auf eine Sitzgruppe. »Wollen wir uns kurz setzen?«

Wir folgen ihm in beklommenem Schweigen, setzen uns nebeneinander und halten uns an den Händen wie zwei Kinder. Der Arzt blickt von mir zu Frieda und wieder zurück.

»Wir haben Ihrer Mutter einen Schrittmacher eingesetzt, aber es gab Komplikationen unter der Narkose. Ihre Mutter ist sehr schwach, wir mussten sie reanimieren.«

Frieda drückt meine Hand so fest, dass es wehtut. »Aber sie hat es doch überlebt, oder? Sie wird wieder gesund!«

Der Arzt wiegt den Kopf. »Ich will ehrlich zu Ihnen sein. Ihr Zustand ist mehr als kritisch. Sie wird gerade auf die Intensivstation gebracht und benötigt eine künstliche Beatmung.«

»Können wir zu ihr?«, frage ich dazwischen.

Wieder dieser Blick, von einer zur anderen. »Zum jetzigen Zeitpunkt braucht sie vor allem eins: viel Ruhe. Wir müssen abwarten, wie sie die Narkose verkraftet.«

»Aber wir können doch zu ihr?« Friedas Stimme zittert.

Der Arzt seufzt. »Nur eine von Ihnen. Und nur ganz kurz. Sie müssen sich Schutzkleidung anziehen und sich genau an die Anweisungen des Personals halten.«

Wir schweigen, wagen es nicht, uns anzusehen.

»Geh ruhig, Frieda«, sage ich endlich, sehr leise, da ich meiner Stimme nicht traue.

»Aber Helen ...«

»Geh zu ihr«, beharre ich, weil ich weiß, dass sie es mehr braucht als ich.

»Ich bringe Sie hin«, sagt der Arzt und die beiden stehen auf. Frieda schultert ihre Tasche, ihre Augen sind rot, genau wie ihre Nasenspitze.

»Bist du sicher?«, flüstert sie.

Ich lächle kurz. »Ganz sicher.«

Dann sind sie weg und ich bleibe allein zurück. Allein mit meinen widersprüchlichen Gefühlen, meinem Schmerz, meiner Schuld.

Wenn sie stirbt, ist es deine Schuld ... flüstert diese Stimme in mir.

Sie hat dich im Stich gelassen ... die andere Stimme. Die, die zu mir hält.

Ich weiß nicht, was ich fühlen soll. Deshalb bin ich froh, dass Frieda weg ist. Allein ihr Anblick lässt mich in Schuld ertrinken. Sie, die unsere Mutter so viel mehr braucht als ich.

Aber du hättest sie auch gebraucht ...

Eine Ewigkeit später kehrt Frieda zurück. Sie wirkt jetzt gefasster als vorhin. Unsere Mutter ist noch nicht wieder aufgewacht. Es ist fraglich, ob sie es je wieder tun wird. Frieda legt den Kopf an meine Schulter, ich schließe die Augen. Keine von uns denkt daran, jetzt nach Hause zu gehen. Wir warten gemeinsam.

11. Kapitel

Es ist schon dunkel, als ich endlich nach Hause komme. Vor Rons Tür bleibe ich stehen. Ich habe mich ihm gegenüber wirklich mies benommen, dabei hat er so viel für mich getan. Soll ich anklopfen? Doch dann fällt mir ein, dass er vermutlich gar nicht da ist, wegen des Essens bei seinen Eltern.

Ich schließe meine Wohnung auf und stolpere über etwas. Meine Tasche, sie liegt noch im Flur. Langsam bücke ich mich und hebe sie auf. Dann bleibe ich einfach stehen, wie betäubt. Was jetzt?

Gegessen habe ich am Nachmittag im Krankenhaus. Zum Schlafen ist es noch zu früh und ich bezweifle auch, dass ich es könnte. Ich wandere durch die dunkle Wohnung, stelle das Radio an und sofort wieder aus. Es ist kalt, ich habe vergessen, heute Morgen die Heizung aufzudrehen. Geduscht habe ich auch noch nicht, also könnte ich das doch tun? Oder lieber in die Badewanne? Froh, einen Plan gefasst zu haben, drehe ich die Heizkörper an und lasse das Badewasser ein. In der Küche finde ich eine Flasche Rotwein und nehme sie mit ins Bad. Noch während die Wanne vollläuft, klettere ich in das viel zu heiße Wasser und schraube die Flasche auf. »Auf dich, Mama«, sage ich leise. Und dann weine ich endlich.

Ich habe die Flasche leergetrunken. Keine Ahnung, wie spät es ist. Ist mir auch egal. Nach dem Bad habe ich einen Bademantel und warme Socken angezogen und höre mir nun im Wohnzimmer alte Platten an. Der Plattenspieler gehörte meinen Eltern. Meine Mutter hat ihn mir zusammen mit der Plattensammlung meines Vaters nach dessen Tod geschenkt, weil sie selbst keine Verwendung dafür hatte und Frieda sie nicht wollte. Frieda wurde natürlich zuerst gefragt.

Ich habe Papas Platten noch nie gehört, weiß nicht mal, was da gerade läuft. Irgendwas Schlagermäßiges. So gar nicht mein Fall. Mein Kopf ist benebelt vom Alkohol. Ich sitze auf dem Boden zwischen den Platten und sehe sie nacheinander durch. Suche nach irgendetwas, das mich meinen Eltern näherbringt. Eine Platte aus den Siebzigern fällt mir in die Hände.

Hey, hey Helen von ABBA. Mein Vater hat die Band geliebt. Sie haben mich sogar nach dem Song benannt. Ich erinnere mich, dass meine Mutter den Refrain oft gesungen hat. Sofort habe ich ihre Stimme im Ohr und sehe sie durch die Küche tanzen, mit diesem Strahlen im Gesicht. Gott, ich habe so eine wunderbare Kindheit gehabt! Wie hatte alles nur so schiefgehen können?

Ich hebe die Nadel des Plattenspielers und das Gejammer verstummt. Stattdessen lege ich ABBA auf. Während der Gitarrensound durch die Wohnung wabert, begebe ich mich auf die Suche nach einer neuen Flasche Wein. Leider finde ich keine und der fröhliche Gesang geht mir schon nach kurzer Zeit auf den Keks. Ich sehne mich nach einer anderen Stimme, die mich tief in meiner Seele berührt hat. Ob es schräg wäre, mir seine CD zu kaufen und so laut aufzudrehen, dass er es nebenan hören kann?

Ich kichere über meine albernen Gedanken und stolpere von der Küche zurück in den Flur – da höre ich vor meiner Wohnungstür ein Geräusch. Ist da jemand? Wie versteinert bleibe ich stehen und lausche. Prompt ertönt ein zaghaftes Klopfen.

Ich atme tief durch und öffne einen Spaltbreit. Mir gegenüber steht Ron. Zu spät fällt mir auf, dass ich keine Klamotten trage, nur einen Bademantel. Und Wollsocken.

»Hey, hey Helen.« Er sieht schick aus, trägt ein weißes Hemd unter dem geöffneten Mantel und hat sich rasiert. Obwohl mir dieser schnoddrige »Ist mir doch egal, wie ich aussehe«-Look an ihm besser gefällt.

»Heyyy«, sage ich gedehnt.

»Ich hab die Musik gehört und wollt bloß mal sehen, ob es dir gut geht.«

»Bestens«, antworte ich und kann nicht anders, als auf seinen Mund zu starren.

Er lächelt schief. »ABBA?«

»Haben meine Eltern früher gehört. Ist es zu laut? Ich kann gern ...«

»Nein, nein. Schon gut. Ich wollte nur ...«

Er räuspert sich, will noch etwas sagen, aber ich grätsche dazwischen.

»Meine Mutter ist gestorben. Heute Nachmittag.«

Es ist seltsam, es laut auszusprechen. Endgültig. Auf einmal reißen bei mir alle Dämme. Meine Hände zittern, mein Blick verschwimmt.

Ron macht einen Schritt nach vorn, dann hält er mich im Arm. Er sagt nicht, dass es ihm leidtut, dass er meinen Verlust bedauert. Er sagt gar nichts. Ich spüre seine Hände auf meinem Rücken, in meinem Haar, und seinen Atem auf meinem Scheitel. Er drängt mich in die Wohnung und schließt mit dem Fuß die Tür. Ich schiebe ihn sanft von mir weg. Auf seinem Hemd hat sich ein Heulfleck gebildet. Entsetzt blinzle ich ihn an. »Oh nein! Ich habe dein Hemd versaut.«

»Das macht nichts. Willst du reden?«

»Nein ... doch. Ich weiß nicht.«

»Wie wär's, wenn wir erstmal die Musik ausmachen, hm?«

Ich pruste leise und schwanke vor ihm her ins Wohnzimmer.

»Bist du betrunken?«

»Ein wenig.«

Während ich mir die Nase putze, schaltet Ron den Plattenspieler aus. Die plötzliche Stille macht mich befangen. »Wie spät ist es überhaupt?«

»Noch nicht allzu spät.« Er schält sich aus seinem Mantel und hängt ihn über die Couchlehne. Dann sieht er mich an. »Soll ich dir einen Tee kochen? Oder einen Kaffee?«

Ich schüttle den Kopf. »Nein, ich brauche nichts. Danke.« Dann besinne ich mich meiner Gastgeberqualitäten. »Willst du ...?«

»Nein.«

Wir stehen uns gegenüber. Ich beginne mich zu fragen, was er eigentlich hier will. Bestimmt fragt er sich dasselbe.

»Ich weiß, ich soll mich nicht mehr entschuldigen, aber ich tue es trotzdem. Wegen heute Morgen. Ich war eine Kuh. Tut mir leid.«

Er winkt ab. »Schon vergessen.«

»Nein! So einfach ist das nicht! Du bist immer für mich da und ich hätte ...«

»Doch, ist es.« Er geht um die Couch herum auf mich zu. »Meine Familie ist ziemlich ätzend. Ich bin das schwarze Schaf und rede nicht gern darüber. Deshalb war ich so schroff.«

»War es denn sehr schlimm heute Abend?«

Er grinst schief. »Ich lebe immerhin noch.« Dann wird er blass. »Och verdammt, Helen. So war das nicht gemeint. Ehrlich! Oh Mann, was bin ich für ein ...«

Ein albernes Lachen quält sich durch meine Kehle. Ich lache, bis mir das Gesicht wehtut. Die Anspannung des gesamten Tages, ach was, von Jahren, fließt aus mir heraus, bis ich völlig entkräftet auf die Couch sinke und mich um mich selbst krümme.

Als ich wieder zu mir komme, sitzt Ron neben mir und beobachtet mich mit stiller Verunsicherung. Ich hebe meine Hand und streichle sein Gesicht. Wieder einmal, doch diesmal mit voller Absicht.

»Ach Ron, guck nicht so. Du hast nichts falsch gemacht.«

»Da bin ich ja froh. Wie geht es dir?«

»Ich weiß nicht«, antworte ich und lasse die Hand sinken. »Ich will traurig sein. Und ein Teil von mir ist es auch. Aber ...«

»Aber?«

Ich zögere. Kann ich mich ihm anvertrauen? Wenn ich es nicht bald ausspreche, ersticke ich daran, so viel steht fest. Und wem sollte ich es sonst sagen? Etwa Frieda?

»Ein anderer Teil ist erleichtert, dass sie tot ist«, wispere ich und schon wieder fließen diese elenden Tränen. »Oh Gott, was bin ich für ein Mensch?«

Er beugt sich zu mir vor, nimmt meine Hände in seine. »Ein menschlicher, würde ich sagen.«

»Ein menschlicher Mensch?«

»Ganz genau.« Er nickt bekräftigend und wischt mit dem Daumen meine Tränen fort.

Ich beiße mir auf die Lippe, bis es schmerzt, bevor ich weiterspreche. »Sie haben es gewusst, meine Eltern. Das mit Tobias. Aber sie haben weggesehen.«

Er runzelt die Stirn und lehnt sich zurück. »Sie haben dir nicht geholfen?«

»Ich war sehr jung, gerade neunzehn, als ich Tobias kennenlernte«, fuhr ich zögernd fort. »Meine Schwester war noch ein Kind, sie brauchte Aufmerksamkeit, während ich ... na ja, ich tat, was ich wollte. Und ich wollte Tobias. Natürlich protestierten sie, als ich ihnen sagte, dass wir heiraten würden. Ich hatte gerade erst meine Ausbildung abgeschlossen, hatte kein Einkommen. Es gab einen Riesenstreit, sie zwangen mich zu wählen. Mein Vater sagte, wenn ich zu Tobias ginge, bräuchte ich mich nicht mehr bei ihnen blicken zu lassen.«

Ron pfeift durch die Zähne. »Das ist ziemlich hart.«

»Er sagte es bloß, damit ich nochmal darüber nachdenke. Aber einmal ausgesprochen, ließen die Worte sich nicht zurücknehmen. Ich hörte nicht auf ihn, zog zu Tobias. Ich war völlig abhängig von ihm, auch finanziell. Natürlich setzte er einen Ehevertrag auf.« Ich lache rau bei der Erinnerung daran, wie naiv ich damals gewesen war. »Ich war so verliebt, mir war alles gleich. Ich hatte den Kontakt zu meinen Eltern abgebrochen. Es reichte mir völlig, Tobias zu verwöhnen, für ihn zu kochen, zu putzen. Einfach für ihn da zu sein. Anfangs war es wirklich schön, er war sehr liebevoll. Und der Sex ... der Sex war ...« Ich beiße mir auf die Lippe, bevor ich weiter plappere und Dinge offenbare, die ich eigentlich nicht offenbaren will. Aber es ist wahr, ich habe die Zeit mit Tobias genossen. Anfangs. Auch später irgendwie. Diese Gefühle sind zu komplex, um sie in Worte zu kleiden.

Mein Blick huscht zu Ron, er beobachtet mich. Seine Augen sind so dunkel, ich könnte hineinfallen. Er gibt mit keiner Regung preis, was er davon hält. Verurteilt er mich? Hält er mich für naiv, dumm, bemitleidenswert?

Ich hole tief Luft. »Es fing mit kleinen Gefälligkeiten an. Es gefiel ihm, mir wehzutun, mich zu dominieren. Ihm zuliebe machte ich mit. Ich habe die Tür immer weiter geöffnet, immer seltener ›Nein‹ gesagt,. Bis er kein ›Nein‹ mehr akzeptierte. Ich habe zugelassen, dass ...«

Ich würge und schlage die Hand vor den Mund, als die Scham mich überwältigt.

»Helen, du musst mir das nicht erzählen.« Ron schüttelt kaum merklich den Kopf.

»Doch, ich muss!«, schreie ich ihn an. »Ich muss es *irgendwem* erzählen. Denn sie haben alle so getan, als wäre es nicht passiert! Verstehst du? Meine Eltern haben mich im Stich gelassen! Dabei haben sie es gesehen! Die blauen Flecken, gebrochenen Rippen. Nachdem ich den Kontakt wieder aufgenommen hatte ... ich wollte so sehr, dass sie mir helfen!«

»Sch, ist ja gut«, murmelt er und nimmt mein Gesicht in seine Hände. In seinen Augen sehe ich Hilflosigkeit und Zorn. Es ist derselbe Ausdruck, den mein Vater trug, wenn ich mich nach einem der seltenen Besuche von ihm verabschiedete.

»Ich war ganz allein, verstehst du?«, flüstere ich. »Und blieb es bis heute.«

»Aber du bist ihm entkommen!«

Ich schließe die Augen, spüre seine Hände an meinen Wangen, so warm und tröstend. »Ja, aber es dauerte fast zehn Jahre. So lange war ich ihm hörig. Ich war so unfassbar dumm! Wenn nicht passiert wäre, was dann geschah ... vielleicht wäre ich dann heute noch bei ihm.«

Ron schüttelt entschieden den Kopf. »Niemals. Nicht die Helen, die ich kenne.«

»Ich hoffe, du hast recht«, schniefe ich. Allein der Gedanke an damals lässt mich vor Scham erbeben.

»Helen?«

Ich sehe ihn an. Es kostet mich Überwindung, aber ich schaffe es und werde mit einem aufmunternden Lächeln belohnt. Er hat einen wunderschönen Mund. Warum muss mir das gerade jetzt auffallen?

»Erzähl mir, was dann passiert ist«, fordert dieser Mund mich auf. Ich konzentriere mich auf ihn, die kleinen Grübchen, die dunklen Bartstoppeln, die ihn umgeben. Irgendwie beruhigt mich das und ich schaffe es, genug Mut zu fassen, um die Geschichte zu Ende zu erzählen. Das traurige Finale.

»Tobias wollte keine Kinder«, erzähle ich weiter. »Kinder passten nicht in seine Pläne. Sie brächten Unordnung in sein Leben. Er mochte keine Unordnung, keine Bücher, keine Tiere oder Pflanzen ... es gab so viele Dinge, die er nicht mochte. Aber ich wurde trotzdem schwanger. Nicht absichtlich natürlich. Ich war überglücklich und dachte, er würde sich letztlich auch an den Gedanken gewöhnen. Ich meine, es ist doch etwas anderes, in der Theorie über Kinder zu sprechen oder sein eigenes Kind im Bauch seiner Mutter heranwachsen zu sehen, oder?« Unwillkürlich wandert meine Hand an meinen Bauch.

Rons Blick folgt ihr, dann schließt er gequält die Augen und ballt die Hand in seinem Schoß zur Faust. »Ich kann mir denken, was geschehen ist. Das Arschloch hat dich gezwungen, das Kind loszuwerden.«

»Das hätte er bestimmt getan, aber ich habe es ihm so lange wie möglich verheimlicht. Ich wollte ihn vor vollendete Tatsachen stellen. Es war dumm, zu glauben, dass er diesen Verrat einfach hinnehmen würde. *Ich* war dumm.«

Die Erinnerung an jenen Tag im Frühling treibt mir die Galle in die Kehle. Ich schlucke gequält, aber der bittere Geschmack bleibt. »Ich bereitete ein Abendessen vor«, flüstere ich. »Ich kochte sein Lieblingsessen, zündete Kerzen an, öffnete eine teure Flasche Wein für ihn. Er kam spät, denn er war noch mit einem Klienten aus gewesen. Er roch nach Alkohol und Frauenparfum. Ich wusste, dass er mich betrügt, er machte keinen Hehl daraus. Ich hoffte, auch das würde aufhören, wenn wir erst eine richtige Familie wären. Wir setzten uns an den Tisch. Er lobte mein Essen, lachte, war sehr charmant. Das konnte er wirklich gut. Es war nicht immer schlimm mit ihm, weißt du? Manchmal vergingen Wochen, ohne dass er mich behelligte. Ab und zu brachte er mir Blumen mit oder machte mir teure Geschenke. Ich dachte einfach ... dachte, ich müsste ihn so akzeptieren, wie er war. Dass er mich in seinem Inneren tatsächlich liebte. Doch dann zeigte ich ihm das Ultraschallbild.«

Meine Hände beginnen zu zittern, Ron hält sie fest.

»Er blieb zuerst ganz ruhig, betrachtete das Bild, dann sah er mich an, seine Augen wie Eis. *Was ist das, Helen?*, fragte er mich. *Das ist unser Kind, du wirst Vater,* sagte ich. Er legte das Bild zur Seite, immer noch ganz ruhig, er stand auf und kam um den Tisch herum auf mich zu. Er zog mich an den Handgelenken in die Höhe, ich dachte, um mich zu umarmen. Doch er ... er boxte mich. In den Bauch, ganz oft ... ganz oft.«

Ich gerate ins Stocken, der Schmerz ist real, noch immer. Er brennt in meinem Magen, meinem Herzen. Ron ist völlig versteinert, er sagt kein Wort, aber er hält meine Hände fest, bis ich die Kraft aufbringe, weiterzusprechen. »Er schlug mich zusammen, routiniert, eiskalt, effizient. Und er sagte kein einziges Wort. Irgendwann verlor ich das Bewusstsein. Als ich aufwachte, befand ich mich in seinem Wagen. Unter mir eine Plastikfolie und ganz viel Blut. Er hatte noch die Zeit, seine verdammten Polster abzudecken, bevor er mich ins Krankenhaus fuhr! Mir war schlecht, ich hatte wahnsinnige Schmerzen. Und ich wusste, dass ich das Baby verloren hatte.«

»Verflucht, Helen«, murmelt Ron, er wirkt völlig verstört, der arme Kerl. Vielleicht hätte ich ihm nicht gleich die ganze Wahrheit aufbürden sollen.

Ich habe noch nie über diesen Tag gesprochen, nicht einmal mit der Therapeutin, die ich damals aufsuchte. Ich weiß nicht, warum gerade jetzt. Warum gerade Ron. Ich weiß nur, dass ich es tun muss.

»Er redete die ganze Fahrt über auf mich ein. Beschwor mich, nichts zu sagen. Er legte mir eine Geschichte zurecht – ein Raubüberfall – und setzte mich vor dem Krankenhaus ab, wie einen Hund. Das war der Moment, in dem ich verstand, dass er mich eines Tages töten würde. Er schreckte vor nichts zurück. Ich vertraute mich einer Krankenschwester an, sie vermittelte einen Kontakt zum Frauenhaus. Völlig mittellos verließ ich die Klinik bei Nacht und Nebel und wartete an einem fremden Bahnhof auf die Sozialarbeiterin, die mich dort abholen sollte. Ich wollte sichergehen, dass er mich nicht findet. Aber er hat nie nach mir gesucht, mir nie aufgelauert. Ich war ihm nicht wichtig genug, war beschädigte Ware. Oder er hatte zu viel Angst, dass ich ihn doch noch anzeige. Verrückterweise hat mich das am meisten verletzt. Weil ich trotz allem geglaubt habe, dass er mich liebt und um mich kämpft. Ist das nicht erbärmlich?«

Ron schüttelt den Kopf. Es ist keine verneinende, eher eine verzweifelte Geste. »Es tut mir leid, Helen. So leid, dass dir das passiert ist.«

»Ich habe gelernt, damit umzugehen. Aber es ist schwer. An manchen Tagen ... manchmal komm ich morgens nicht mal aus dem Bett. Und ständig muss ich mir Vorwürfe anhören, dass ich nichts aus meinem Leben mache. Von Frieda, meinen Eltern ...«

Wütend stehe ich auf, um rastlos auf und ab zu tigern. Heißer Zorn wabert in meinen Eingeweiden. Ich rede mich in Rage. »Frieda wollte, dass ich bei meiner Mutter einziehe, kannst du das glauben? Mich um sie kümmere, weil ich ja kein eigenes Leben habe. Nicht wie *sie*. Sie hat es nie verstanden. Sie war ja noch ein Kind.« Ich fahre mir durch das Haar, bleibe stehen. »Ich habe mich geweigert, weil ich meiner Mutter nicht verzeihen konnte, dass sie weggesehen hat. Und jetzt ... jetzt ist sie tot. TOT! Ich hab mich nicht mal verabschiedet.«

Meine Knie werden weich, ich lasse mich auf den Boden sinken. Meine Schultern beben unkontrolliert. Alles kommt hoch. Es ist zu viel. Viel mehr, als ich ertragen kann. Doch Ron ist da, hält mich fest. Wir sitzen auf dem Boden, ich kralle meine Hände in seine Unterarme, lehne mich gegen seine Brust. Mit dem Klopfen seines Herzens an meinem Ohr komme ich langsam zur Ruhe und das wogende, schwarze Meer in mir zieht sich zurück. Ich atme ein paar Mal tief ein und aus, ein und aus. Ron bewegt sich hinter mir, etwas raschelt, dann hält er mir ein Taschentuch vor das Gesicht. Beklommen lasse ich seinen Arm los und wische mir die Tränen aus dem Gesicht. Ich traue mich kaum, mich zu ihm umzudrehen, so peinlich ist mir das Ganze. Dass Ron kein Wort sagt, macht es auch nicht besser. Wieder einmal bleibt mir nur eins zu sagen: »Danke.«

»Geht es dir jetzt besser?«

Ich nicke, obwohl ich mir dessen keineswegs sicher bin. Ron steht auf. Panik kocht in mir hoch. Ich will nicht, dass er geht! Er verlässt den Raum, ich höre das Klappern meiner Küchenschränke, dann den Wasserhahn. Mit einem Glas

Leitungswasser kehrt er zu mir zurück. Ich nehme es und trinke in kleinen Schlucken.

Er setzt sich auf die Couch, stützt wieder die Unterarme auf die Knie und beobachtet mich. Lange sagt keiner etwas. Ich nehme an, nach so einem Klopper ist es schwer, die richtigen Worte zu finden. Ich beschließe, es leichter für ihn zu machen. Bedächtig stelle ich das Wasserglas auf den Couchtisch und stehe auf. »Danke, dass du vorbeigekommen bist, Ron. Und dass du mir zugehört hast.«

»Wirfst du mich jetzt raus?«

»Ich habe dich lange genug aufgehalten.«

»Was, wenn ich nicht gehen will?«, fragt er und es fühlt sich an, wie zu fallen.

Ich versuche, seine Absichten hinter den Worten zu ergründen. Es gelingt mir nicht, er gibt es nicht preis. Aber mein Herz, mein Herz gibt *meine* Absichten preis. Es schlägt auf einmal so laut, so hart.

»Dann bleib.«

Habe ich das gesagt? Ist es das, was ich will? Ich beiße mir auf die Lippe. Ja, verdammt! Ich hungere nach seiner Nähe, seiner Berührung, vielleicht auch nur *irgendjemandes* Nähe. Ich weiß es nicht, ich war so lange allein. Ich stehe auf und gehe zu Ron, setze mich neben ihn.

»Bitte bleib.«

Ich lege die Hände auf die Schlaufen meines Bademantels und lockere sie etwas, dann öffne ich mit den Fingern den Kragen, sodass die Ansätze meiner Brüste zu sehen sind. Rons Kehlkopf hüpft auf und ab. »Helen ... was machst du da?«

Ich strecke das Kinn vor, öffne den Bademantel noch etwas weiter. »Es ist ziemlich lange her, seit ich mit einem Mann .... Tobias hat immer gesagt, dass niemand sonst mich wollen würde. Weil ich nur ein hässliches Stück

Dreck sei.« Die Erinnerung daran ist so stark, so präsent, dass ich kurz die Augen schließen muss, um dem Impuls zu widerstehen, den Bademantel zu schließen. Aber ich schaffe es, besiege meine Zweifel und sehe Ron ins Gesicht.

Seine Augen sind dunkel, die Wimpern lang und hübsch geschwungen. »Was denkst du?«, frage ich ihn leise. »Findest du mich hässlich?«

»Nein. Du bist nicht hässlich.« Er überzeugt mich nicht. Sein Blick, seine Haltung. Er ist auf Abwehr. Die Scham überrollt mich. Abrupt ziehe ich den Bademantel zusammen und stehe auf, drehe ihm den Rücken zu.

»Du solltest gehen«, sage ich.

Die kaputte Feder in meinem Sofa knarzt, als er aufsteht. »Helen ...«, beginnt er.

Ich hebe die Hände. »Lass mich!«

Er stellt sich hinter mich, dreht mich zu sich herum. Seine Finger tanzen über meine Wange, streichen mein Haar zurück. »Du bist wunderschön. Wenn du wüsstest, *wie* schön.«

Tränen rollen über meine Wangen, schon wieder. Er küsst sie weg. Kurz bin ich wie erstarrt, dann drehe ich den Kopf. Seine Lippen, so viel wärmer als meine, finden meinen Mund. Sein Kuss ist zart und doch leidenschaftlich. Wann bin ich zuletzt so geküsst worden? Bin ich jemals so geküsst worden?

Er legt seine Hände an meinen Po, zieht mich näher zu sich heran. Unter seiner Jeans ist er steinhart. Ich keuche vor Verlangen, meine Welt dreht sich schneller. Ich grabe meine Hände in sein Haar, während ich ihn küsse, küsse, küsse ...

Dann ist es vorbei. Seine Lippen fort. Er verharrt Millimeter vor mir, ich überwinde die Distanz. Ein Fehler – er versteift sich und tritt einen Schritt zurück, die Hände jetzt an meinen Schultern, wie um mich abzuwehren. »Wir sollten das nicht tun.«

Sein Blick sagt etwas anderes. Sein schneller Atem auch. Er will mich. Innerlich juble ich. Ich löse abermals den Knoten meines Bademantels und lasse ihn diesmal ganz über meine Schultern gleiten. Er folgt mit den Augen der Bewegung. Nackt stehe ich vor ihm und lasse zu, dass er mich betrachtet. Es gibt nicht viel, was mir an meinem Körper gefällt. Ich bin zu mager, zu sehnig. Aber meine Brüste sind genau richtig. Nicht zu groß und nicht zu klein und gerade jetzt recken sie sich dank des Kusses keck und äußerst vorteilhaft in die Höhe.

»Warum nicht?«, will ich wissen.

Sein Blick gleitet von mir ab, zu dem Bademantel. Er bückt sich danach und hält ihn mir entgegen. »Du würdest es morgen früh bereuen.«

»Na und? Ist nicht dein Problem.«

Stoisch hält er mir das Kleidungsstück hin. »Zieh dich an, bitte.«

Enttäuscht nehme ich es entgegen. Was hatte ich denn erwartet? Einen Mitleidsfick? Ja! Warum eigentlich nicht? Die halbe Stadt ist immerhin schon in den Genuss gekommen!

»Bin ich dir zu alt?«

Er runzelt die Stirn. »Was? Nein! So ein Blödsinn!«

»Warum dann?«

»Bitte, Helen, willst du nicht erst ...?« Er deutet auf meinen nackten Körper.

Ich denke gar nicht daran. »Warum? Sag es mir!«

Ron bläst die Backen auf. Langsam geht er rückwärts. »Ich will es ja. Es ist bloß ... deine Mutter ist heute gestorben! Und was du mir da gerade erzählt hast ... ich glaube, das ist 'ne Nummer zu groß für mich!«

Es ist wie ein Schlag ins Gesicht. *Beschädigte Ware.* Natürlich. Genau, wie Tobias immer gesagt hat. Ron ist inzwischen beim Sofa angelangt und angelt nach seinem Mantel. Er meidet den Blick in meine Richtung. Mir ist plötzlich furchtbar kalt.

»Verstehe«, sage ich bemüht ruhig. »Aber ich will, dass du auch etwas verstehst: Wenn du jetzt gehst, brauchst du nicht wiederzukommen. Machst du diese Tür zu, bleibt sie für immer verschlossen.«

Melodramatischer hätte ich es nicht ausdrücken können. Gott! Tränen brennen in meinen Augen. Doch Ron scheint tatsächlich zu zögern. Er schließt seine Hand zur Faust, öffnet sie wieder, sieht mich an. »Es tut mir leid.«

Ich taumle ein wenig, als er sich umdreht und das Wohnzimmer verlässt. Kurz darauf höre ich die Wohnungstür. Er ist gegangen. Ich bin allein.

12. Kapitel

Es hat endlich getaut. Der Schnee ist einem unappetitlichen Matschwetter gewichen, der Himmel ist so grau und bleiern wie meine Stimmung. Den Worten des Pfarrers am Grab meiner Mutter kann ich kaum folgen. Kalt und schneidend ist der Wind, der durch meinen dünnen Mantel weht.

Frieda schnieft neben mir, Tom hat den Arm um sie gelegt.

Ich ziehe die Schultern hoch und unterdrücke mein Zittern, so gut es geht. Mir war klar, dass der Mantel sich nicht für dieses Wetter eignen würde, aber er ist das einzige schwarze, schicke Kleidungsstück, das ich im Schrank habe, und ich hatte einfach gehofft, der Pfarrer würde sich mit seinen Gebeten kurzfassen.

Endlich, endlich ist er fertig und wir dürfen nacheinander ans Grab treten. Frieda hat weiße Rosen besorgt und wirft eine hinein. Dann bleibt sie kurz stehen, bevor sie zur Seite tritt und mir Platz macht. Ich nehme mir ebenfalls eine Blume aus der Schale, werfe sie in das finstere Loch mit dem Sarg darin und bleibe auch noch ein paar Augenblicke stehen, wobei ich im Geiste von zehn rückwärts zähle. Ich spüre die Blicke der Trauergäste im Rücken. Was wird in so einer Situation von einem erwartet? Soll ich weinen, beten, mich bekreuzigen? Ich beschränke mich auf ein stummes Nicken mit gefalteten Händen, bevor ich mich neben Frieda stelle. Eine nicht enden wollende Armada an Beileidsbekundungen folgt, Floskel jagt Floskel. Menschen, die ich im Leben noch nicht gesehen habe, erzählen mir, wie gern sie meine Mutter gemocht haben, wie sehr sie sie vermissen werden. Nicht einen von ihnen habe ich im letzten halben Jahr, seit es Margo schlechter ging und sie das Haus kaum noch verließ, bei ihr zu Besuch gesehen. Nicht einen.

Frieda macht ihre Sache deutlich besser als ich. Sie schüttelt Hände und spricht Einladungen zum Leichenschmaus aus. Allmählich löst sich die Trauergemeinde auf und die Gäste steigen in ihre Autos. Teil eins wäre geschafft. Ich klettere auf den Rücksitz von Toms Wagen und genieße die warme Luft, die aus dem Gebläse strömt. Leider ist die Fahrt bis zum Haus unserer Mutter ziemlich kurz, dort tummeln sich schon die ersten Besucher vor der Haustür. Ich schließe auf und lasse alle rein. Frieda und ich haben schon am Abend alles vorbereitet und den Caterer hat Tom heute früh hereingelassen, um das Brötchenbüfett und die Gulaschkanone aufzubauen. Ich lasse meinen Mantel an, während ich in die Küche gehe und Kaffee aufsetze. Lieber wäre es mir gewesen, das Ganze in einer Gaststätte abzuhalten, aber Frieda fand es schöner so. Persönlicher.

Als die große Leihkaffeemaschine ihren Dienst aufgenommen hat, schäle ich mich aus dem Mantel und setze mich an den Küchentisch. Erschöpft reibe ich mir über die Stirn. In den letzten zwei Wochen habe ich nicht besonders gut geschlafen, trotz der Medikamente, die der Hausarzt mir verschrieben hat. Die ganze Sache mit Ron, mit Tobias, meiner Mutter hat mich total aus der Bahn geworfen. Ich habe mich gleich nach dem Todesfall bei Frau Bauer gemeldet und sie gebeten, mit den Sozialstunden ein paar

Wochen aussetzen zu dürfen, bis ich alles geregelt habe. Sie versprach, dass ich mir die Zeit nehmen dürfe, die ich bräuchte. Ich habe keine Ahnung, ob Ron inzwischen weitergearbeitet hat. Insgeheim hoffe ich es, damit ich ihm nach meiner Rückkehr nicht mehr allzu oft über den Weg laufen muss.

Seit jener Nacht habe ich ihn nicht mehr gesehen. Anscheinend geht er mir ebenso aus dem Weg wie ich ihm. Vor ein paar Tagen fand ich eine Karte von ihm im Briefkasten. *In stiller Anteilnahme* ... ein paar bedeutungslose Floskeln darunter gekritzelt, wie leid es ihm täte. Was genau ihm leidtut, steht da nicht. Dass meine Mutter tot ist? Dass er mich geküsst hat? Dass ich mich bis auf die Knochen blamiert habe? Oder gleich alles zusammen?

Ich habe die Karte in den Müll geworfen und beschlossen, nicht mehr darüber nachzudenken. Und doch sitze ich hier und tue genau das.

»Helen? Ach, hier steckst du! Alles in Ordnung?« Frieda steckt den Kopf zur Tür herein.

Ich stehe auf. »Ja, ich brauchte nur einen Moment für mich.«

Mitfühlend verzieht Frieda den Mund. »Es ist seltsam, dass all diese Leute hier sind, oder? Die meisten kenne ich nicht einmal. Schon peinlich. Was macht der Kaffee?«

»Ist fast fertig.«

Sie drückt kurz meine Schulter und verschwindet wieder ins Wohnzimmer, wo lautes Geplauder und Gelächter ausgebrochen ist. Als wären wir auf einer Party, unglaublich! Aber ich schätze, das ist der Lauf der Dinge. Menschen sterben, Nachbarn und Bekannte drücken ihr Beileid aus und schlagen sich auf Kosten der Angehörigen die Bäuche voll, um dann in ihr Leben zurückzukehren. Es ist so traurig, wie es wahr ist: An den Meisten geht der Tod spurlos vorbei.

Mit einem gequälten Lächeln mische ich mich unter die Trauergäste. Frieda hat einen Beamer organisiert, der Fotos unserer Familie an die Wohnzimmerwand strahlt. Leise Musik läuft im Hintergrund, überall stehen Blumensträuße. Es ist wirklich schön geworden. Man merkt, wie viel Frieda an unserer Mutter lag. Und es sorgt dafür, dass ich mich noch ein wenig mieser fühle.

Etwa eine Stunde lang halte ich es in dem Trubel aus. Dann beschließe ich, dass es Zeit für eine Zigarettenpause ist. Im Garten stehen ein paar unserer Onkel und Großcousins in einem Grüppchen zusammen. Nein, danke. Ich schleiche zurück ins Haus und gehe nach vorne raus, bewaffnet mit einer Tasse Kaffee.

Der Vorgarten wird durch eine niedrige Mauer abgegrenzt, auf die ich mich setze, auch wenn mein Hintern davon nass wird. Seufzend stelle ich die Tasse auf der Mauer ab, stecke die Zigarette in den Mund und krame das Feuerzeug hervor.

»Na, na, das steht dir aber gar nicht, Helen.«

Ich erstarre, ebenso mein Herz. Dann blicke ich langsam auf. Tobias steht schräg vor mir, in einem schicken, dunklen Dreiteiler, die Hände in den Taschen seines Mantels vergraben. Sein Nasenrücken schimmert noch immer leicht grünlich von Rons Fausthieb.

»Bist du schon beim Nuttenfrühstück gelandet – Kaffee und Zigarette?« Er schmunzelt und schlendert auf mich zu.

Um mich von meiner Furcht abzulenken, zünde ich die Zigarette an. Es gelingt mir erst beim dritten Anlauf. »Das geht dich einen Dreck an«, murmle ich. Es klingt nicht annähernd so fest, wie ich gern hätte. »Was willst du hier?«

»Dir und deiner Familie mein Beileid aussprechen. Ich hab's aus der Zeitung erfahren. Du hättest mich anrufen können, immerhin waren wir verheiratet.«

Innerlich zucke ich zusammen, aber äußerlich bleibe ich ruhig. »Du hast dich nie auch nur einen Hauch für meine Eltern interessiert. Als letztes Jahr mein Vater starb ...«

»Ich wollte dich sehen«, unterbricht er mich. »Das ist die Wahrheit.«

Ich zwinge mich, weiter zu atmen. Die Zigarette verglimmt zwischen meinen Fingern. Tobias geht vor mir in die Hocke, seine Hände liegen auf meinen Knien. Ich kann nichts tun, kann mich nicht bewegen, nichts sagen. Wie das sprichwörtliche Kaninchen vor der Schlange.

»Seit ich dich neulich in dem Pub gesehen habe, mit diesem Jüngling«, er verzieht angewidert das Gesicht, »seither denke ich an dich. Ich weiß, dass ich damals viele Fehler gemacht habe ...«

»Lass mich los«, flüstere ich erstickt.

Er blinzelt. »Wie bitte?«

»Deine Hände. Nimm deine Hände von mir.«

Tatsächlich, er tut es. Ich schnappe nach Luft. »Und jetzt geh. Lass dich nie wieder in meiner Nähe blicken.«

Tobias lacht. »Ach Helen, Helen. So widerspenstig geworden? Gefällt mir irgendwie, diese neue Helen. Sag, ist dein Toyboy auch hier irgendwo?«

Er kommt wieder näher, bringt sein Gesicht ganz nah an meins. Ich stoße ihm die glimmende Zigarette ins Auge. Sein Schrei gellt durch die Nachbarschaft, er taumelt zurück. »Du Schlampe!«

Ich springe auf, versuche, ins Haus zu gelangen, aber er reißt mich am Ärmel zurück. Diesmal bin ich es, die schreit. Eine Hand aufs Auge gepresst, die andere an meinem Mantelaufschlag, zerrt er mich vom Haus weg. Menschen strömen vor die Tür, reißen die Mäuler auf, schlagen die Hände vor ihre Gesichter. Tobias zerrt mich weiter. Keiner tut etwas. *Keiner tut etwas!*

»Helft mir doch!«, kreische ich.

Frieda kämpft sich durch die Schaulustigen. Sie hält etwas in der Hand, ich kann nicht erkennen, was. Doch dann ...

»Keine Bewegung, du Arschloch! Lass sie auf der Stelle los!«, brüllt sie. Ein Schuss knallt durch den Nachmittag, scheucht Vögel aus den Bäumen und Nachbarn aus den Häusern.

Tobias lässt mich los und ich renne. Renne zu meiner Schwester, die dasteht wie eine Furie, mit Papas Schreckschusspistole in den Händen, die sie nun sinken lässt, um die Arme auszubreiten und mich zu empfangen. »Er tut dir nichts mehr, Helen. Es ist vorbei.«

◆●◆

Frieda und Tom schicken die Gäste nach Hause. Der Beamer läuft die ganze Zeit weiter, wirft fröhliche Familienszenen an die Wände. Ich sitze in der Küche, eine Tasse Tee vor meiner Nase und eine Decke über den Schultern.

Jemand klopft an den Türrahmen. Ich blicke auf.

»Die Polizei ist jetzt da. Bist du so weit?«, fragt Frieda.

Ich nicke. Zwei Beamte betreten den Raum und setzen sich auf die freien Stühle. Zunächst sprechen sie mir ihr Beileid zum Tod meiner Mutter aus, dann wollen sie wissen, was passiert ist. Ich erzähle ihnen alles, von Anfang an. Aber ich blicke dabei nicht auf.

Sie fragen mich, seit wann ich geschieden sei. Ich antworte, seit sechs Jahren. So lange schon. Und doch bin ich nicht frei.

Sie reden von Verjährungsfristen, von fehlenden Beweisen, da ich nie zur Polizei gegangen sei. Ich denke an damals, im Krankenhaus. Die behandelnde Ärztin wollte mich dazu bewegen, eine Aussage zu machen, damit sie Tobias wegen schwerer vorsätzlicher Körperverletzung drankriegen. Aber ich dumme Kuh habe mich geweigert. Ich wollte einfach alles hinter mir lassen, nicht daran rühren. Warum ist er zurückgekommen? Ist er so krank, dass er es nicht ertragen hat, mich mit einem anderen Mann zu sehen?

Die Polizisten raten mir, Anzeige zu erstatten und ein Näherungsverbot zu erwirken. Außerdem solle ich einen Sperrvermerk beim Einwohnermeldeamt beantragen. Ich höre zu, nicke, verspreche, all dies zu tun. Aber es kommt mir vor wie Hohn. Was soll das denn bringen? Wenn er mich kriegen will, dann kriegt er mich. Das hat er heute bewiesen.

Frieda steht die ganze Zeit im Türrahmen und hört uns zu. Sie ist kreidebleich.

»Meine Schwester bekommt doch keinen Ärger ... wegen der Waffe, meine ich?«, frage ich zuletzt.

Die Polizisten sehen sich an. »Es wird natürlich eine Untersuchung geben, da der Schuss in der Öffentlichkeit abgefeuert wurde. Aber ich denke, es gibt genug Zeugen, die bestätigen können, dass es sich um einen Notwehrakt gehandelt hat?«

Frieda nickt. »Ich habe in die Luft geschossen, ich wollte ihm bloß Angst einjagen.«

»Das ist Ihnen offenbar gelungen. Von Herrn Schürer fehlt bis jetzt jede Spur.«

Ich muss an Tobias' Schrei denken, an das Geräusch, das die Zigarette auf seiner Haut gemacht hat. Davon habe ich der Polizei nichts erzählt. Ich gehe nicht davon aus, dass Tobias es weiterverfolgen wird. Wenn Details unserer Ehe an die Öffentlichkeit kommen, kann er seine schicke Kanzlei bald schließen. Aber ein mulmiges Gefühl bleibt.

Die beiden erheben sich. »Sollen wir Sie nach Hause fahren, Frau Hartmann?«

Frieda schüttelt den Kopf. »Das übernehmen wir. Vielen Dank, dass Sie so schnell gekommen sind.«

Die Beamten verabschieden sich, Tom bringt sie zur Tür und Frieda und ich bleiben allein in der Küche zurück.

»Möchtest du noch etwas mit uns hierbleiben?«

Ich schüttle den Kopf. »Nein. Wenn's dir recht ist, würde ich jetzt gern nach Hause.«

Tom bleibt, um weiter aufzuräumen, während Frieda und ich in den Wagen steigen. Die gesamte Fahrt über sagt Frieda kein Wort, auch ich starre aus dem Fenster und hänge meinen Gedanken nach.

Das Erlebnis hat mich irgendwie betäubt. Ich hätte erwartet, dass ich panisch werden würde, aber im Gegenteil. Ich bin ganz ruhig.

Erst, als Frieda am Bordstein vor meinem Wohnhaus hält, finde ich meine Sprache wieder. »Ich danke dir für das, was du heute getan hast.«

»Ich wusste es nicht!«, platzt Frieda heraus. »Warum ... wie konnte ich etwas so Schlimmes aus deinem Leben nicht wissen?«

Langsam atme ich aus. »Es ist nichts, womit ich hausieren gegangen bin, weißt du? Und du warst noch ein Kind. Also ...«

»Hat Mama es gewusst? Sie wusste es, oder?«

Ich nicke.

Wütend presst Frieda die Lippen aufeinander. Sie kämpft mit den Tränen, will vor mir stark sein. Ich beuge mich zu ihr hinüber und gebe ihr einen Kuss auf die Wange. »Ist schon okay, Frieda. Wirklich.«

Gar nichts ist okay. In meinem Inneren brodelt es. Nicht einmal Frieda hat es gewusst? Und ich habe immer geglaubt, sie wäre einfach genauso ignorant wie meine Eltern. Frieda zieht mich an sich und hält mich fest. Ich erwidere die Umarmung, nachdem ich meine erste Überraschung überwunden habe. So nah waren wir uns noch nie.

»Es tut mir so leid, dass dir das passiert ist«, schluchzt sie in mein Haar. »Und wie ich dich behandelt habe. Hätte ich es gewusst ...«

Ich tröste sie, so gut ich kann, dabei fühle ich mich so erschöpft wie selten zuvor.

»Was hast du jetzt vor?«, will Frieda wissen, nachdem sie sich beruhigt hat.

»Ich werde tun, was die Polizei mir rät. Was sonst?«

»Aber er wird damit davonkommen, Helen! Wer weiß, wem er noch alles wehgetan hat? Oder noch wehtun wird! Irgendwann bringt er vielleicht wirklich mal eine um.«

Hilflos hebe ich die Schultern. »Du hast es doch selbst gehört, das Ganze ist längst verjährt. Und es stünde Aussage gegen Aussage. Ich habe keine Beweise. Es würde bloß alte Wunden aufreißen. Glaub mir, Frieda. Ich will nicht, dass er davonkommt. Aber was kann ich schon ausrichten?«

Sie nagt auf ihrer Unterlippe, dann nickt sie widerwillig. Wir umarmen uns noch einmal zum Abschied. Ich steige aus und blicke ihrem Auto nach, bis es sich meiner Sicht entzieht.

Im Treppenhaus begrüßt mich der vertraute Klang von Rons Gitarre. Dazu Gesang. Ich bleibe kurz stehen, meine Kehle brennt, ich schlucke das Gefühl hinunter, kralle mich am Geländer fest und zwinge mich, die letzten Stufen zu überwinden. Hinter Rons Wohnungstür ertönt Gepolter, eine Frauenstimme. »Mit Peperoni oder ohne?«

Bitte nicht rauskommen, nicht jetzt! Ich beeile mich, krame in der Tasche nach meinem Schlüssel, überlege sogar, mich ein Stockwerk höher zu verstecken. Zu spät, die Tür öffnet sich. Mit dem Rücken zu ihr bleibe ich stehen und ziehe meinen Schlüssel endlich hervor.

»Helen?«

Die Stimme kenne ich doch. Langsam drehe ich mich um. Da steht Hanni, geöffnetes Haar, gerötete Wangen, schlecht geknöpfte Bluse. Ihre Augen so groß und rund und unschuldig wie immer.

»Wie ... wie geht es dir?«, will sie wissen. »Ich hab das von deiner Mutter gehört.« Leise zieht sie die Tür hinter sich zu.

»Gut«, erwidere ich und blicke ihr ins Gesicht. Ich habe keinen Grund, eifersüchtig zu sein. Oder wütend. Oder mich betrogen zu fühlen. Ich hatte nie eine Chance.

»Wir haben dir eine Karte geschrieben auf der Arbeit. Wollen sie dir geben, wenn du wiederkommst.«

»Danke.«

Wir schweigen uns an, hinter Rons Tür ertönt wieder die Gitarre. Hanni blickt über die Schulter und errötet. »Also ... ich muss dann los.«

»Essen holen, klar«, sage ich. »Lasst es euch schmecken.« Es sollte nicht bitter klingen, wirklich nicht. Aber Hanni wirkt nun noch bedröppelter als zuvor. Schnell drehe ich mich um und schließe meine Tür auf. Erst, als ich die Sicherheit meiner Wohnung betreten habe, bekomme ich wieder Luft.

13. Kapitel

Dienstagmorgen um halb sieben schwinge ich mich dick eingepackt auf mein altes Fahrrad und mache mich auf den Weg zum Pflegeheim. Es ist an der Zeit, mich wieder meinem Alltag – meinem Leben – zu stellen. Immerhin habe ich Pläne und nun sogar die Zeit und Mittel, um sie zu realisieren.

Am Sonntag hat Frieda mir eröffnet, dass sie und Tom in das Haus meiner Eltern einziehen und mich auszahlen wollen. Das versetzt mich in die glückliche Lage, mich nicht um den Verkauf des Hauses kümmern zu müssen. Obendrein erwartet mich auch noch ein Geldregen, mit dem ich meine Ausbildung finanzieren kann.

Der Weg zum Pflegeheim zieht sich, mir war gar nicht bewusst, dass es die ganze Zeit bergauf geht, der Wind ist kalt und schneidend und die Sicht durch meinen dicken Schal eher dürftig. Dummerweise habe ich meine Handschuhe nicht gefunden und deshalb sind meine Finger auch noch halb erfroren, als ich endlich ankomme. Vergeblich mühe ich mich mit dem Fahrradschloss ab, meine Finger sind einfach zu steif. Ich richte mich auf und puste hinein, um sie beweglich zu machen, da rollt Rons Auto an mir vorbei auf den Parkplatz. Natürlich habe ich mich darauf vorbereitet, ihm zu begegnen, aber ausgerechnet jetzt?

Er steigt aus und schließt ab, während ich mich erneut an dem Schloss versuche.

»Warum hast du nicht gesagt, dass du heute zurückkommst? Ich hätte dich doch mitgenommen«, sagt er zur Begrüßung.

»Ich will mich mehr bewegen. Neujahrsvorsatz«, erwidere ich, ohne ihn anzusehen. Der Schlüssel gleitet mir aus den Händen. »Oh, verdammt!«

»Warte, lass mich mal.« Schon drängt er mich zur Seite und greift nach dem Schloss. »So, das war's schon.« Er lächelt mich schief an, als wäre nie etwas gewesen. »Wie geht es dir?«

»Ich bin es leid, dass alle Welt mich danach fragt«, schnaufe ich und schultere den Rucksack. »Wie geht es *dir* denn? Und Hanni? Ich hoffe, ihr habt euch gut amüsiert, während ich meine Mutter beerdigt habe.«

Ich kann es mir einfach nicht verkneifen, auch wenn ich mir geschworen habe, kein Sterbenswort darüber zu verlieren. Bilde ich es mir ein oder wird er tatsächlich rot? Jedenfalls erlebe ich Ron Bäumer zum ersten Mal um Worte verlegen. Kopfschüttelnd schiebe ich mich an ihm vorbei und eile ins Warme.

Auf der Station werde ich herzlich empfangen. Natürlich komme ich um die berühmte Frage nach meinem Befinden auch hier nicht herum, aber zumindest Frau Stelzer und Mike scheinen es ehrlich zu meinen. Verstohlen blicke ich auf den Dienstplan. Hanni hat Spätdienst – zum Glück! Ich begleite Frau Stelzer wie immer auf ihrer Runde durch die Zimmer, helfe beim Wechsel der Bettwäsche, beim Waschen und Ankleiden, kontrolliere Pillendöschen und bringe die Bewohner zum Frühstück. Frau Hülster scheint sich ehrlich zu freuen, mich zu sehen. Sie hakt sich bei mir unter und redet auf dem Weg unentwegt von ihren Enkeln.

Im Frühstücksraum ist Ron dabei, die Tische einzudecken. Ich vermeide jeden Kontakt zu ihm, sei es mit Blicken oder Worten, platziere Frau Hülster bei ihren Pokerfreundinnen und kehre zu Frau Stelzer zurück. Als Nächstes ist das Zimmer von Didi Scheuer an der Reihe. Er schläft noch, als wir nach dem Anklopfen eintreten.

»Verschwindet! Das is ja wie bei der Stasi hier!«

»Sie verpassen das Frühstück, Didi.« Ungerührt zieht Frau Stelzer die Vorhänge zurück.

»Herzloses Weibsstück«, brummelt der alte Mann und setzt sich unter Ächzen auf.

»Helen, helfen Sie ihm bitte in den Stuhl.«

»I-Ich?«

Didi Scheuer wackelt mit den Augenbrauen. »Komm ruhig, Mädel, ich beiß auch nur manchmal.«

»Sie schaffen es, Helen. Ich habe Ihnen gezeigt, wie es geht.«

Widerstrebend erfasse ich die Griffe des Toilettenstuhls und schiebe ihn ganz nah an das Bett heran. Didi Scheuers Geruch nach Alter und Zigaretten zieht mir in die Nase. Ich habe kein Problem damit, die Bewohner zu waschen oder ihnen auf die Toilette zu helfen – ein Umstand, der mich anfangs selbst überrascht hat – aber dieses alte Ekel ist mir einfach zuwider. Es ist vielleicht sein lüsterner Blick oder die Tatsache, dass er mich permanent angräbt – nicht nur mich, sondern jedes weibliche Wesen in seiner Nähe, weshalb normalerweise Mike die Pflege übernimmt, wenn er Dienst hat. Ich schiebe meine Abneigung beiseite und entsinne mich dessen, was Frau Stelzer mir neulich erklärt hat. Mit meiner Hilfe setzt Didi sich auf den Rand seines Bettes. Ich stelle mich vor ihn und klemme mein linkes Bein zwischen seine Beine. Er grinst, seine Zähne sind braun vom jahrzehntelangen Tabakkonsum.

»Legen Sie bitte die Hände um meinen Rücken«, sage ich und ergänze gepresst: »Weiter oben«, als ich seine Hände tief auf meiner Hüfte spüre.

»Herr Scheuer«, mahnt Frau Stelzer sanft von hinten.

»Schon gut, schon gut«, murmelt er.

Ich greife mit meinen Armen unter seine Achseln. Diese Berührungen sind unfreiwillig intim und erinnern mich an meine Mutter. Wie oft habe ich ihr auf diese Weise aufgeholfen? Tränen steigen in mir auf, eine zentnerschwere Last drückt auf meine Lungen, ich schnappe gequält nach Luft.

»Was ist, Mädel? Soll ich mir hier in die Hosen scheißen? Ich hab's eilig, verstehste?«

»Okay, auf drei.« Ich zähle mit, während ich uns sanft vor und zurück schaukle und ihn dann mit Schwung aufstelle und auf dem Toilettenstuhl absetze. Er keucht, genau wie ich. Für einen Augenblick tut er mir leid. Einst muss er ein großer, starker Mann gewesen sein, eine Unterweltgröße, bestimmt gutaussehend. Was ist davon übrig geblieben? Ein gebrochener alter Mann, der mit seinen Schandtaten von einst angibt. Ob Ron recht hat? Ist Didi in den Medikamentendiebstahl verwickelt? Immerhin hat er Kontakte ins Milieu. Einmal Gauner, immer Gauner. Sagt man das nicht so?

Aber im Grunde kann es mir egal sein. Ich mache meinen Job und in einer freien Minute werde ich mit Frau Stelzer über meine mögliche Zukunft hier im Stift sprechen. Ich weiß, sie wird ein gutes Wort für mich bei der Leitung einlegen.

Nachdem Didi seine Morgentoilette erledigt hat und gewaschen und angezogen ist, bringe ich auch ihn zum Frühstück.

Unterwegs kommt uns Mike im Flur entgegen. Didi formt mit dem Finger eine Pistole und sagt: »Peng.«

Zuckt Mike tatsächlich zusammen? Oder sehe ich etwa schon Gespenster?

»Denk dran. Heute«, murmelt der alte Mann, dann sind wir an Mike vorbei.

»Was ist heute?«, frage ich so unschuldig wie möglich. »Die nächste Fast-Food-Lieferung?«

»Hä?«

»Ach nichts.« Zum Glück sind wir da. Didi zeigt in gewohnter Befehlsmanier auf seinen Fensterplatz, ich stelle seinen Stuhl fest und wünsche ihm einen guten Appetit.

Doch bevor ich Reißaus nehmen kann, hält er mich am Handgelenk fest. »Hab das von deiner Mutter gehört. Wenn du irgendwas brauchst ...?«

Ich schlucke gegen mein Unbehagen an. »Was ... was sollte ich denn brauchen?«

»Ich kenn da ein paar Muntermacher.« Jetzt zwinkert er auch noch!

Wie auch immer ich das verstehen soll. Eisern beherrscht befreie ich mich aus seinem Griff. »Das ist ... sehr nett. Danke. Aber nein, danke.«

Didi zuckt bloß mit den Schultern und widmet sich seinem Kaffee. Auf dem Weg nach draußen reibe ich mir unauffällig das Handgelenk. Dabei fange ich Rons Blick ein. Er runzelt die Stirn. Ich flüchte aus dem Frühstücksraum.

»Helen, warte mal.«

Genervt drehe ich mich um. »Was ist?«

Allein der Gedanke daran, dass ich mich ihm an den Hals geworfen habe und er mich stehen gelassen hat! Jedes Mal, wenn ich daran denke, schäumt es in mir. Wut, Enttäuschung, Scham! Und dann Hanni, die aus seiner Wohnung kam, am Tag der Beerdigung. Ich verschränke die Arme. Soll er sagen, was er zu sagen hat, und dann verschwinden.

Ron hebt die Hände. »Ich wusste nicht, wann die Beerdigung ist, Helen, ehrlich! Ich dachte ... ach, verdammt! Ich weiß nicht, was ich dachte. Vermutlich gar nichts.« Er wirkt zerknirscht, als würde das etwas ändern. »Was hat der Alte von dir gewollt?«

»Hat mir sein Beileid ausgesprochen«, antworte ich knapp. Von dem zwielichtigen Angebot sage ich lieber nichts. Das war eh nur wieder eine seiner schmierigen Anmachen.

»So sah es aber nicht aus.«

»Du kennst ihn doch. Er hat einen dummen Spruch gebracht, nichts weiter.«

Ron wirkt nicht überzeugt. Dann tritt er näher an mich heran und senkt die Stimme. »Da geht irgendwas vor sich. Ich hab Mike heute Morgen mit so einem Typen zusammen vor dem Heim gesehen.«

»Na und?«

Er kommt noch näher, spricht noch leiser. »Ich glaube, das war Didis Bruder.«

»Woher willst du das wissen? Kennst du ihn etwa?«

»Hab mal ein Foto gesehen, in Didis Zimmer. Die beiden zusammen vor einem Casino. Da waren sie natürlich noch jünger.«

Ich nage auf der Unterlippe. Das Foto kenne ich. »Bestimmt ging es bloß um diesen doofen Zigaretten-Fast-Food-Deal, den die drei am Laufen haben.«

Aber irgendwie kann ich selbst nicht dran glauben. Mike wirkte heute früh eingeschüchtert, ja, beinahe ängstlich, als er Didi auf dem Flur begegnete.

Ron schüttelt den Kopf. »Wusstest du, dass keine Mülltüten mehr geöffnet wurden, seit ich nicht mehr beim Rosnowski arbeite?«

»Woher? Ich war seither nicht mehr hier.«

»Stattdessen passieren Dinge hier auf der Station.« Er flüstert jetzt. So besorgt habe ich ihn noch nie erlebt. »Neulich war dieser Dingens ... Palliativdienst hier, weil die Schmerzmittel von einer Patientin nicht mehr wirkten. Sie bekommt hochdosiertes Morphin und schreit trotzdem vor Schmerzen. Bei der Dosis, die sie bekommen hat, müsste sie aber total ausgeknockt sein. Hab gehört, wie die beiden Pfleger sich darüber unterhalten haben. Sie haben die Morphinampullen dann ausgetauscht und siehe da ... die Patientin schlief wie ein Baby.«

Ein ungläubiges Schnauben entfährt mir. »Vielleicht war das Medikament abgelaufen.«

»Oder vielleicht hat jemand es ausgetauscht, gegen etwas Harmloseres«, schießt er zurück.

Ein beklemmendes Gefühl breitet sich in meinem Brustkorb aus. »Das war nicht zufällig bei Frau Lambert, im dunkelgrünen Zimmer?«

Er legt den Kopf schief und kneift die Augen zusammen. »Warum fragst du das? Weißt du etwas?«

»Nein, nein, reine Neugier. Ich muss jetzt weiterarbeiten, habe keine Zeit für deine Verschwörungstheorien.«

Ich entwische ihm, bevor er mir weitere Fragen stellen kann. Mein Herz hämmert wie wild und das liegt nicht nur an Rons Nähe.

Ich habe Mike gesehen, als er bei Frau Lambert war und eine Spritze aufgezogen hat. Mit NaCl – Kochsalzlösung! Sollte ich mich wirklich so in ihm geirrt haben?

Wäre ja nicht das erste Mal. Mit Männern habe ich kein Glück.

Den ganzen Morgen über schwirrt mir der Kopf von diesen ganzen Verdächtigungen. Bis zum Mittag habe ich einen Entschluss gefasst. Ich erwische Mike im Aufenthaltsraum, wo er sich gerade einen Kaffee holt. Leider sitzt Ron ebenfalls am Tisch. Die beiden plaudern. Nichts deutet darauf hin, dass Ron Mike für verdächtig hält.

Ich bin drauf und dran, einen Rückzieher zu machen, als Mike mich entdeckt. »Helen, willst du auch einen Kaffee?«

»Nein, danke.« Nervös knete ich meine Hände und bemühe mich, Rons Blick auf mir nicht zu beachten. »Ich wollte bloß ... falls dein Angebot noch steht, mit dir auszugehen ...?«

Mike wirkt ehrlich verblüfft. Vermutlich hat er es längst wieder vergessen. Dann lächelt er. »Ja! Natürlich, ich würde mich freuen. Wann hast du Zeit?«

»Heute Abend? Oder morgen, falls es dir lieber ist.«

Ron hat sich leicht aufgerichtet. Seine Miene bleibt verschlossen.

»Heute passt hervorragend!« Er strahlt förmlich. Mir fällt ein Stein vom Herzen. Obwohl ich mir einrede, dass ich ihn nur treffe, um meinen Verdacht zu zerstreuen, fühlt es sich gut an. Als würde ich wieder einen Schritt vorwärtsgehen.

»Super! Dann gebe ich dir meine Nummer und du rufst mich an und sagst mir, wann und wo?«

»Ja, klar!«

Ich sehe mich nach Stift und Zettel um. Beides finde ich auf dem Tisch. Hastig kritzle ich meine Nummer auf das Blatt und reiche es Mike. Dann streiche ich mir das Haar hinter die Ohren. »Okay ... dann ...«

Da ich nicht weiß, was ich sagen soll, mache ich kehrt und verlasse den Raum. Ein Grinsen schleicht sich in meine Mundwinkel. Allein Rons Blick war es wert!

Frau Stelzer kommt mir entgegen. »Helen, Sie wollten doch mit mir sprechen. Ich hätte jetzt kurz Zeit.«

Das hatte ich völlig vergessen. »Ja, natürlich, gern. Können wir irgendwo in Ruhe reden?«

»Gehen wir ins Büro.« Sie schließt die Tür neben dem Aufenthaltsraum auf. Durch die Scheibe sehe ich Ron und Mike miteinander reden. Ron sieht düster aus, die Lippen schmal, die Stirn gefurcht, während Mike sich an seiner Kaffeetasse festklammert. Ron wird ihn doch wohl nicht mit seinem Verdacht konfrontieren?

Ich versuche, nicht auf die beiden zu achten, konzentriere mich stattdessen auf Frau Stelzer, die mich höflich anlächelt. »Also? Worum geht's?«

Ich räuspere mich, meine Stimme ist auf einmal belegt. Es fühlt sich an wie ein Vorstellungsgespräch. Mein letztes ist ewig her. »Ich habe seit Jahren nicht mehr in meinem Job als Bibliothekarin gearbeitet. Es ist schwer, dort etwas zu finden. Die Arbeit hier im Stift bereitet mir sehr viel Freude. Der Umgang mit den Menschen, auch die Pflege. Ich denke über einen Branchenwechsel nach. Und ich habe mich gefragt, ob Sie mir vielleicht helfen würden. Mit einem Ausbildungsplatz?« So, nun ist es raus. Ich fühle mich leicht und tonnenschwer zugleich. Alles, alles hängt von ihrer Antwort ab.

Frau Stelzer lächelt weiter, als sie sagt: »Sind Sie wegen dieser Sache mit Herrn Bäumer vorbestraft?«

»Nein«, erwidere ich schnell. »Der Staatsanwalt wird darauf verzichten, uns anzuklagen, wenn wir die Sozialstunden machen. Und die Mediation.«

Frau Stelzer schiebt ihre Brille zurecht und beugt sich vor. »Ich will ganz ehrlich zu Ihnen sein: Ich mag Sie, Helen. Und ich schätze Ihre Arbeit hier. Aber ich habe so meine Zweifel an Ihrer Belastbarkeit.«

Ich weiß nicht, was ich darauf erwidern soll. Lange sage ich nichts, während meine Gedanken rotieren. Natürlich hat sie recht. Welcher normale Mensch wirft einem anderen einen Putzeimer ins Gesicht? Ich bin depressiv, nehme

Medikamente, gerate in Panik, sobald mir jemand zu nahe kommt. Ich bin *beschädigte Ware.* Aber soll ich deshalb mein Leben an den Nagel hängen? Mit fünfunddreißig Jahren?

»Ich will ebenfalls ehrlich zu Ihnen sein«, sage ich leise und ohne sie anzusehen. »Bevor ich hier angefangen habe, gab es für mich keine Perspektive. Mein Lebensinhalt bestand in der Pflege meiner kranken Mutter. Ich habe ein paar schlimme Jahre hinter mir, wirklich schlimm. Das soll jetzt keine Ausrede sein ... und ich will auch kein Mitleid von Ihnen. Es klingt vielleicht verrückt, aber etwas Besseres als diese Sozialstunden hätte mir nicht passieren können. Ich will mein Leben in den Griff bekommen. Ich will in der Pflege arbeiten, weil ich gut darin bin. Sie wissen es, Sie haben es ja selbst gesagt. Alles, was ich will, ist eine Chance. Bitte.«

Nun sehe ich sie doch an.

Ihr Lächeln ist verschwunden, aber sie hat sich mir auch nicht verschlossen. Ich erkenne es an dem Funkeln in ihren Augen.

»Reichen Sie Ihre Bewerbungsunterlagen ein, Helen. Ich werde sehen, was ich tun kann.«

Vor Erleichterung stoße ich heftig die Luft aus. »Danke, Frau Stelzer. Vielen, vielen Dank!«

Sie schmunzelt. »Es liegt allein bei Ihnen.«

»Ich werde Sie ganz bestimmt nicht enttäuschen.«

Frau Stelzer steht auf und ich folge ihr hinaus. »Dann wünsche ich Ihnen einen schönen Feierabend«, verabschiedet sie mich und geht zurück an die Arbeit.

Ich bleibe im Flur stehen und lehne mich gegen die Wand. In meinen Eingeweiden breitet sich ein warmes Glimmen aus. Ich bekomme eine Chance! Und ich werde sie nutzen!

Beschwingt betrete ich den Aufenthaltsraum, um meine Sachen zu holen. Mike ist inzwischen gegangen, aber Ron sitzt immer noch am Tisch und schlürft seinen Kaffee. »Ein Date mit Mike, also?«

»Das wolltest du doch.« Ich öffne meinen Spind und zerre die Jacke hervor.

»Hab's mir anders überlegt.«

»Deine Meinung ist hier unerheblich.«

Ein Stuhl wird zurückgeschoben. Bemüht unbeeindruckt ziehe ich die Jacke an, ohne mich zu ihm umzudrehen.

»Ich glaube, er ist gefährlich.« Ron steht direkt hinter mir. Bilder überschwemmen meinen Kopf, Bilder von ihm und mir, wie wir uns küssen, seine Hände auf mir ... Ich schüttle sie ab und drehe mich um. Er macht keine Anstalten, zurückzutreten.

»Du hattest deine Chance«, sage ich. »Du wolltest mich nicht. Jetzt wag es nicht, die Sache mit mir und Mike zu sabotieren!«

»Die Sache mit dir und Mike? Dann meinst du das wirklich ernst?«

»Warum nicht? Er mag mich.«

»Er ist ein Drogendealer.«

»Das sind bloß Behauptungen! Und jetzt geh mir aus dem Weg!«

Er verschränkt die Arme, seine Brauen senken sich. »Sag ihm ab.«

»Was? Nein!«

Er kommt noch näher, ich weiche gegen den Spind zurück.

»Ron, lass das«, warne ich ihn, doch meine Stimme ist nur noch ein dünnes Piepsen.

»Ich wollte dich nicht? Hat es für dich etwa so ausgesehen?«

»Genauso! Ich bin dir zu anstrengend, zu kompliziert. Du hast es lieber einfach, wie mit Hanni. Nicht wahr? Deshalb hast du mich stehengelassen, nachdem ich ... nachdem ...« Meine Stimme versagt, kommt nicht mehr gegen meinen Zorn an.

Er schüttelt den Kopf. »Ich wollte dir nicht wehtun.«

»Hast du aber!«

»Wenn ich mit dir geschlafen hätte, wäre es noch schlimmer gewesen.«

»Ich bin froh, dass du es nicht getan hast! Ich danke dir dafür!«, fauche ich, um nicht zu schreien. »Und jetzt: Lass. Mich. Durch!«

Er bewegt sich noch immer keinen Millimeter, ist mir so nah, dass ich seinen Atem im Gesicht spüre. Sekundenlang starrt er mich an, ich habe keinen Schimmer, was er eigentlich will. Oder was ich will.

»Ach, scheiß drauf!« Er legt seine Hände an mein Gesicht und küsst mich. Sein Mund fordert mich heraus, spielt mit mir, jagt mir heiße Schauder über den Rücken. Sein Körper drückt mich gegen den Spind, es gibt kein Entkommen. Also Flucht nach vorn. Ich erwidere den Kuss, unsere Zungen umtanzen einander wie zwei Kämpfer, die ihren Gegner einzuschätzen versuchen. Meine Gefühle fahren Achterbahn. Ich will ihn von mir stoßen, schlagen, an mich ziehen, nie mehr loslassen. Warum küsst er mich? Was will er? Wird er mir wehtun?

Ja, verdammt, wird er! Und es ist mir egal!

Seine Lippen wollen sich von meinen lösen, ich komme ihnen nach. Nichts da! Er lässt sich erneut darauf ein, sein Kuss ist tief, verlangend. Lässt mich vergessen, wo ich bin. Und mit wem.

»Helen ...«, stöhnt er gegen meinen Mund. »Wir sollten ... woanders ...«

»M-hm«, mache ich und küsse ihn weiter. Ein rationaler, ziemlich mickriger Teil von mir ermahnt mich, dass es unvernünftig ist, im Aufenthaltsraum meines potenziellen Arbeitsplatzes wie ein Teenager herumzuknutschen, aber ein viel größerer, wahnsinnig gewordener Teil schreit ihn nieder. Ron hat diesen kratzigen Dreitagebart. Ich mag es, ihn in meinem Gesicht zu spüren, meine Finger hindurchgleiten zu lassen. Und wie er riecht ...

Jemand öffnet die Tür. Wir fahren auseinander, ich hebe meine Hand ans Gesicht, als könnte ich den Kuss verstecken. Hitze erfasst meine Wangen, als ich sehe, wer uns erwischt hat.

»Hanni«, murmelt Ron und ballt seine Hand zur Faust. »Ich wollte noch mit dir reden, wegen neulich ...«

»Spar dir das«, unterbricht sie sein unwürdiges Gestammel. »Ich versteh schon.« Dann dreht sie sich herum und knallt die Tür hinter sich zu. Ich zucke von dem lauten Geräusch zusammen und raffe meine Jacke vor der Brust zu. Rons geballte Faust schlägt sanft gegen die Spindtür.

»Shit! Das war so nicht geplant.« Sein schiefes Lächeln erreicht mich nicht. Innerlich bin ich wie zugeschnürt. Wie konnte ich nur? Wie konnten *wir*?

»Entschuldige, ich muss nach Hause.« Ich schultere meinen Rucksack.

»Ich kann dich mitnehmen.«

»Bin mit dem Fahrrad, schon vergessen?«

»Helen, warte doch mal ...«

Doch ich warte nicht, flüchte zur Tür hinaus und den Flur entlang. Hanni ist nirgends zu sehen. Da ich nicht auf den Aufzug warten will, nehme ich die Treppe. Erst, als sich die elektrische Glasschiebetür des Foyers hinter mir schließt, bleibe ich stehen und atme durch. Meine Hände zittern, meine Lippen brennen. Rons Geruch hängt in meiner Nase. Was für eine Bauchlandung. Wenn Hanni nicht reingekommen wäre ...

Ich mache mich auf den Weg zum Fahrradständer. Als ich um die Ecke biege, entdecke ich Mike in ein Gespräch mit einem älteren Herrn vertieft, den ich noch nie gesehen habe. Vielleicht ein Angehöriger. Die beiden bemerken mich nicht. Ich bin auch nicht gerade scharf drauf, Mike jetzt zu begegnen. Nicht, dass er mir irgendwie ansieht, was passiert ist. Also ziehe ich mich zurück und warte, auch auf die Gefahr hin, dass Ron mir hinterherkommt.

»Ich hab getan, was ihr wolltet! Jetzt ist Schluss damit!«, höre ich Mikes Stimme. Er klingt sehr aufgebracht.

»So einfach ist das nicht, Freundchen«, ruft der andere ihm hinterher.

Im letzten Moment, bevor Mike um die Ecke biegt, springe ich hinter einem Buchsbäumchen in Deckung. Doch Mike hätte mich nicht mal bemerkt, wenn ich vor ihm einen Handstand gemacht hätte. Wutschnaubend stürmt er einfach an mir vorbei nach drinnen. Ich warte noch einen Moment, bevor ich zum Fahrradständer gehe. Der Unbekannte ist verschwunden.

14. Kapitel

Pünktlich um halb sieben stehe ich vor der Tür und warte auf Mike. Ich habe mich schick gemacht, trage einen kurzen Jeansrock, den ich seit Jahren nicht mehr anhatte, darunter eine dicke Strumpfhose und Stiefel. Mein Oberkörper steckt in einer viel zu dünnen Seidenbluse, deren Blau meinem Teint schmeichelt – sagte zumindest damals die Verkäuferin, die mir das viel zu teure Teil angedreht hat. Es ist ein Relikt aus meiner Ehe. Damals habe ich mir oft schöne Sachen gekauft, um Tobias zu gefallen. Ich habe heute Nachmittag lange vor dem Schrank gestanden und über meine Kleiderwahl gegrübelt. Das Tragen der Bluse bereitet mir Unbehagen, aber in Anbetracht der fehlenden Alternativen habe ich trotzdem danach gegriffen.

Ob ich das Date hätte absagen sollen? Ist es nicht unfair Mike gegenüber, nachdem ich Ron geküsst habe? Ich begrabe meine Zweifel, als ich Mikes Auto die Straße entlangrollen sehe. Er reckt den Kopf auf der Suche nach mir. Ich hebe die Hand, er lächelt und parkt am Straßenrand.

»Hi!«, sage ich, während ich in das Auto steige.

»Du siehst toll aus.« Sein Blick gleitet an mir auf und nieder.

Nervös streiche ich eine Strähne hinters Ohr. »Vielen Dank. Wohin fahren wir?«

»Ich hab uns einen Tisch reserviert. Ich hoffe, du magst Italienisch?«

Oh nein, bitte nicht das, was ich glaube! »Ich liebe Italienisch«, erwidere ich lächelnd und lasse mir nichts anmerken.

Es gibt bestimmt dutzende Italiener in der Stadt. Das Letzte, was ich brauche, ist Ron, der mich auf meinem Date mit Mike bewirtet.

Ich entspanne mich, als der Wagen tatsächlich eine andere Route einschlägt und lehne mich zurück. »War es noch ein anstrengender Dienst heute?«

»Nur das Übliche.«

Er setzt den Blinker und blickt beim Abbiegen über die Schulter. Sehr löblich. »Ich hab dich auf dem Parkplatz mit jemandem sprechen sehen«, sage ich wider meinem guten Vorsatz, die Klappe zu halten.

»Echt?« Er rutscht hin und her. »Ach so, bestimmt mit dem Scheuer. Also, dem anderen Scheuer.«

Ich richte mich auf. »Das war Didis Bruder?«

Mike nickt und hält den Blick auf die Straße gerichtet. Das ist etwas, was mich bei Ron immer nervös macht: Ständig lenkt er den Blick von der Straße weg, während er fährt. Schaut aufs Radio, aufs Handy, auf mich, wenn ich mit ihm spreche. Und den Blinker hat er sowieso noch nie benutzt. Würde mich wundern, wenn er überhaupt weiß, wo er ist.

»Ach, du kennst ihn ja gar nicht. Der kommt sonst erst mittwochs. War heute früher dran.«

Ich zwinge meine Gedanken zurück zu unserem Gespräch. »Dann ... ging es um euren Deal?«

»Unseren ...? Ja, genau!« Dann schweigt er und ich lasse es dabei beruhen. Ganz klar ist da etwas faul, aber das muss nicht gleich bedeuten, dass Mike ein gefährlicher

Drogendealer ist. Meine Nervosität hat ganz bestimmt andere Gründe.

Mike stellt den Wagen in einem der innenstädtischen Parkhäusern ab und wir schlendern gemeinsam durch die Fußgängerzone. Krampfhaft suche ich nach Gesprächsthemen. Es ist seltsam, abseits der Arbeit mit ihm zusammen zu sein. »Seit wann arbeitest du schon im Stift?«, frage ich ihn, als das Schweigen peinlich wird.

»Seit zehn Jahren.«

»So lange?«

»Seit der Eröffnung, ja. Ich stamme aus Süddeutschland, habe mir extra eine Stelle hier in der Region gesucht.«

»Wieso?«

Er zuckt mit den Achseln. »Der Liebe wegen. Ich hab meine Ex-Frau im Internet kennengelernt. Als wir uns trafen, hat es sofort gefunkt.«

»Gibt es das also wirklich? Internetliebe?«

Er schnaubt amüsiert. »Hat jedenfalls nicht lange gehalten. Da vorne ist es.« Er deutet auf ein kleines Lokal, das sich in einer Reihe mit vielen anderen befindet.

»Sieht gemütlich aus«, lobe ich seine Wahl.

Er hält mir die Tür auf, nimmt meinen Mantel und schiebt sogar den Stuhl zurück, als ich mich setzen will. Offenbar gibt er sich Mühe, mich zu beeindrucken. Ich muss sagen, es gelingt ihm. Nachdem das erste Eis gebrochen ist, plaudern wir völlig unbefangen. Er erzählt von der missglückten Ehe und den Eltern in Süddeutschland, die ihn drängen, zurückzukommen. Das Mountainbikefahren ist sein Hobby, genauso wie das Wandern. Überhaupt hält er sich gern im Freien auf. Mit Büchern und Musik kann er nicht viel anfangen, was mich etwas enttäuscht. Dafür ist er witzig und galant, ich habe lange nicht mehr so viel gelacht. Er will etwas über mich erfahren, fragt mich nach meiner Vergangenheit. Ausweichend erzähle ich von einer gescheiterten Ehe, von meiner Ausbildung und der Schwangerschaft meiner Schwester.

Der Abend vergeht wie im Flug und schon bald sind wir beim Espresso angelangt. Die Frage, wie es nun weitergeht, drängt sich mir auf. Es ist offensichtlich, dass Mike völlig angetan von mir ist. Seine Augen leuchten, wenn er mich ansieht, immer wieder streift mich wie zufällig seine Hand und er gießt mir mehr Wein nach, als gut für mich ist. Auch ich spüre ein warmes Kribbeln, besonders wenn er lacht. Er hat ein herzliches Lachen und schöne Zähne. Ich hatte nicht erwartet, dass es so gut läuft. Hatte mich auf eine Enttäuschung eingestellt. Mike bezahlt die Rechnung und auf dem Weg zum Auto hake ich mich bei ihm unter.

»Ich wohne übrigens gleich hier um die Ecke«, sagt er beiläufig. »Komm doch noch auf einen Kaffee mit rauf. Wenn du willst, zeige ich dir die Bilder aus meinem letzten Wanderurlaub, von dem ich dir erzählt habe.«

Gleich um die Ecke? Ich bin nicht so naiv, zu glauben, dass er mir wirklich nur seine Fotos zeigen will. Aber er wirkt auch nicht wie jemand, der kein ›Nein‹ akzeptiert. Und vielleicht ergibt sich so eine Gelegenheit, Rons abstrusen Verdacht ein für alle Mal zu widerlegen.

»Ich komme gern mit«, sage ich nach kurzem Zögern. Dann ergänze ich mit erhobenem Zeigefinger: »Auf einen Kaffee!«

Mike lacht und schüttelt den Kopf. »Keine Sorge, ich kann mich benehmen.«

Zufrieden folge ich ihm bis zu seiner Wohnung und werde dann doch nervös, als ich ihm den engen Hausflur hoch folge, Rons Stimme in meinem Kopf, die flüstert: *Ich glaube, er ist gefährlich* ...

»So, da wären wir! Herein in die gute Stube.«

Mikes Wohnung ist klein, um nicht zu sagen, beengt. Er hat keine Bücherregale, dafür jede Menge technisches Equipment. Alles ist mit einer Staubschicht überzogen. Offenbar hat er nicht geplant, mich mit raufzunehmen, denn es ist ziemlich unaufgeräumt. Das beruhigt mich etwas. Ich sehe mich um, während er Kaffee kocht. An den Wänden hängen Fotos von ihm mit seinen Freunden und Arbeitskollegen. Es sind fröhliche Schnappschüsse, Mike scheint ein unternehmungslustiger Mensch zu sein. Ganz anders als ich.

»Nimmst du Milch?«, ruft er aus der Küche.

»Ja, bitte.«

Mit zwei Tassen kehrt er ins Wohnzimmer zurück. »Setz dich doch, dann hole ich die Alben.«

Brav folge ich der Bitte und puste in den Kaffee. Plötzlich bin ich wieder befangen. Was habe ich mir nur gedacht, mit ihm hochzugehen? Die blöden Fotos interessieren mich gar nicht. »Darf ich kurz ins Bad?«

»Natürlich, es ist gleich neben der Eingangstür.«

Ich stelle die Tasse auf den Tisch und gehe in den schmalen, dunklen Flur. Außer der zum Badezimmer kann ich keine weitere Tür entdecken, offenbar ist das Wohnzimmer zugleich auch das Schlafzimmer. Das Bad ist gerade groß genug, um sich um die eigene Achse zu drehen. Waschbecken mit Spiegel- und Unterschrank, Dusche, WC, überquellender Wäschekorb, das ist alles. Ich denke an meine eigene, hübsche Wohnung und bekomme ein schlechtes Gewissen. Mike arbeitet hart für sein Geld und kann sich nur das hier leisten? Andererseits wohnt er in der Innenstadt, da bezahlt man ja allein schon für die Lage.

Ich benutze die Toilette und kontrolliere im Spiegel meinen Lippenstift. Dann gebe ich meiner Neugier nach und öffne leise den Oberschrank. Er quietscht etwas, ich halte kurz inne und lausche. Mike hat im Wohnzimmer Musik angestellt. Fotos ansehen? Dass ich nicht lache! Mein Blick huscht über das Innenleben des Schranks. Rasierwasser, Deo, Ibuprofen, Kondome, ein Zahnputzbecher. Dann noch sein Rasierer und ... was ist das? Ich nehme das Pillendöschen in die Hand und studiere es genauer. Viagra!? Peinlich berührt stelle ich das Döschen zurück, schließe die Schranktür und denke darüber nach, wo ich sonst noch nachsehen könnte. Seit wann bin ich eine Schnüfflerin? Das ist allein Rons Schuld, er hat mir diesen Floh mit den Medikamenten ins Ohr gesetzt. Und zugegeben – Mike verhält sich seltsam, wenn das Gespräch auf die Scheuers kommt.

Nach kurzem Zögern öffne ich auch noch den Unterschrank. Toilettenpapier und WC-Reiniger. Nichts Auffälliges. Das hier ist lächerlich! Schnaubend werfe ich die Tür zu und gehe zurück zu Mike ins Wohnzimmer. Er sitzt mit einem dicken Fotoalbum auf den Knien auf dem Sofa. Innerlich seufzend setze ich mich neben ihn.

»Hör zu, Mike. Wenn ich es mir recht überlege, ist es doch recht spät geworden. Ich bin müde, würdest du mich nach Hause fahren?« Ich lächle liebenswürdig.

Mike lächelt zurück, aber seine Enttäuschung kann er nicht verbergen. »Ach so? Ja, natürlich.«

Ich lege meine Hand über seine. »Es war wirklich ein sehr schöner Abend. Das würde ich gern mal wiederholen.«

Jetzt strahlt er wieder. »Ja, das fand ich auch. Natürlich fahr ich dich, lass mich noch mal kurz ins Bad, ok?«

Ich nicke und warte, bis er weg ist, dann springe ich auf und beginne, fieberhaft den Raum abzusuchen. Es ist vermutlich die einzige Chance, meine Zweifel zu zerstreuen. Wenn ich ein Drogendealer wäre, wo würde ich meine Ware verstecken? Ich hebe die Sofakissen, schaue in Schränke und Schubladen. Überall herrscht das reinste Chaos. Hier finde ich niemals etwas. Die ganze Zeit über lausche ich auf Mike im Bad, erwarte das Rauschen der Toilettenspülung. Ich husche durch den Raum und wäre beinahe auf dem kleinen Läufer vor dem Kleiderschrank ausgerutscht. Wer legt einen Teppich ohne Anti-Rutsch-Matte auf Laminatboden? Doch dann werde ich stutzig. Der Teppich ist etwas verrutscht, darunter befindet sich eine kleine Luke, nicht größer als ein Buch. Ich lausche noch einmal in Richtung Bad, dann öffne ich vorsichtig das Fach. Entsetzt schnappe ich nach Luft: Dort drin befinden sich Gefrierbeutel mit unterschiedlich großen Pillen, dutzende von Pillen. Außerdem ein paar mit Flüssigkeit gefüllte Ampullen. Morphin? Oder Fentanyl, ausgekocht aus Frau Hülsters benutzten Pflastern? Ich habe genug gesehen. Angewidert schließe ich die Luke und schiebe den Teppich darüber. Genau im richtigen Moment. Die Toilette rauscht und die Tür zum Bad öffnet sich. Schnell schnappe ich meine Jacke von der Couchlehne und tue so, als hätte ich die ganze Zeit gewartet. »Können wir?«, strahle ich ihm entgegen, während es in meinem Inneren wütet und brodelt. Ron hatte recht! Mike ist ein Drogendealer, ein Krimineller! Ich möchte ihn am liebsten zur Rede stellen, aber vermutlich ist es besser, mich brav nach Hause fahren zu lassen. Mike soll nicht merken, dass ich etwas herausgefunden habe. Wer weiß, wie er dann reagiert?

Wir gehen nach unten und zum Parkhaus. Mein Herz klopft wie verrückt. Nichts anmerken lassen!

Krampfhaft suche ich nach Gesprächsthemen, aber meine Unbefangenheit ist endgültig dahin. Auch Mike scheint um Worte verlegen zu sein, vielleicht denkt er darüber nach, wie er mich vergrault haben könnte. Ein- oder zweimal beginnen wir ein Gespräch, verlieren aber gleich wieder den Faden und geben schließlich ganz auf. Als er vor meiner Haustür anhält, bin ich erleichtert. »Also dann ... Mike«, sage ich und lege die Hand an den Griff der Beifahrertür.

»Warte mal.« Er beugt sich zu mir herüber und drückt mir einen Kuss auf die Wange.

Ich muss mich beherrschen, um nicht zusammenzuzucken, und presse die Lippen fest aufeinander.

»Es war ein sehr schöner Abend«, säuselt er dann noch in mein Ohr.

»Ja, das fand ich auch.« Ich zwinge mich zu einem Lächeln und steige aus. »Dann bis Freitag?«

Er tippt sich an die Stirn und wartet, bis ich die Haustür aufgeschlossen habe, bevor er fährt.

Ich hechte nach oben und denke gar nicht nach, während ich meinen Finger auf Rons Klingelknopf platziere und erst loslasse, als er schimpfend die Tür öffnet.

»Du hattest recht mit Mike!«, erkläre ich atemlos.

»Komm rein.« Er öffnet die Tür ganz und lässt mich vorgehen. Seine Wohnung ist genauso geschnitten wie meine, nur spiegelverkehrt. Im Wohnzimmer bleibe ich stehen, sehe mich um. Es ist überraschend aufgeräumt. Die Möbel sind hell und modern, Marke schwedisches Möbelhaus. Es gibt sogar Pflanzen. An den Wänden hängen Konzert- und Filmposter und – wer hätte es gedacht? – Gitarren. Auch auf dem Sofa liegt eine Gitarre, daneben ein Notenheft und Schreibutensilien. Ich erkenne hastig hingekritzelte Musiknoten. »Ich habe dich gestört, tut mir leid«, sage ich und zeige auf die Gitarre.

Ron schüttelt den Kopf. Er trägt Jogginghose und T-Shirt, auf dem Couchtisch steht eine Flasche Bier. »Macht nichts. Bin selbst gerade erst von der Arbeit gekommen. Willst du dich nicht setzen und erzählen, was passiert ist?«

Ich schäle mich aus der Jacke, während er Gitarre und Notenheft wegräumt.

Ich wüsste zu gern, woran er gerade arbeitet, aber ich will nicht fragen. Also setze ich mich und warte, bis er zurückkommt. Er bringt eine weitere Flasche Bier mit, öffnet sie und stellt sie kommentarlos vor mir ab. Dann setzt er sich in die andere Couchecke und betrachtet mich von oben bis unten. Unbehaglich schlage ich die Beine übereinander.

»Und? War's schön?«

»Die Bissigkeit kannst du dir sparen. Ich habe sein Drogenversteck gefunden.«

»Du warst in seiner Wohnung?«

»Es ist in einer Luke im Fußboden. Er hat dort haufenweise Pillen gebunkert. Und Ampullen. Du hattest recht, er steckt bis zum Hals mit drin. Und ich glaube, Didis Bruder ebenfalls. Ich hab die beiden heute Mittag zusammen auf dem Parkplatz gesehen.«

»Wen? Didi und seinen Bruder?«

Ich schnaube ungeduldig. Macht er das extra? »Den Bruder und Mike natürlich!«

Ron runzelt die Stirn. »Und da gehst du noch mit ihm mit? Verdammt, Helen! Wie kannst du nur so unvorsichtig sein?«

Ich klammere mich an die Bierflasche und hebe das Kinn. »Du wolltest doch, dass ich für dich spioniere. Was ist dein Problem?«

»Was mein Problem ist?« Er reibt sich die Augen und sagt nichts mehr, aber seine Kiefermuskeln mahlen.

Ich knibble das Etikett meiner Flasche ab. »Was sollen wir jetzt machen?«

»Keine Ahnung. Hast du irgendwelche Beweise?«

Beklommen schüttle ich den Kopf.

»Dann können wir gar nichts machen. Melden wir es im Heim, werden sie ihn darauf ansprechen und er lässt das Zeug verschwinden. Selbst wenn sie die Polizei darauf ansetzen, werden sie vermutlich nichts finden. Oder sie finden etwas und verhaften ihn ...«

»... aber die Drahtzieher laufen weiter frei herum«, beende ich den Satz und seufze. »Also brauchen wir mehr Beweise. Gegen Didi und seinen Bruder.«

Ron sieht zweifelnd zu mir auf. »Das könnte etwas zu groß für uns sein. Ich meine, das sind echte Verbrecher.«

Frustriert trinke ich einen Schluck aus der Flasche. »Was schlägst du denn vor, was wir tun sollen?«

»Du tust gar nichts. Sitz es aus, bis du deine Stunden abgeleistet hast. Nicht dein Problem.«

Im Grunde hat er ja recht. Ich habe weiß Gott genug eigene Probleme und keinen Bedarf, mir die Drogenmafia auf den Hals zu hetzen. Aber dennoch widerstrebt es mir zutiefst, Ron damit allein zu lassen. Etwas, das ich ihm nicht unbedingt auf die Nase binden will.

Ich beobachte ihn verstohlen. Er hat den Blick zu Boden gerichtet, die Stirn wie so oft nachdenklich gefurcht, was ihn grimmiger wirken lässt, als er eigentlich ist. Mir fällt auf, dass ich viel zu wenig über ihn weiß. Außer, dass er verdammt gut küssen kann. Bei dem Gedanken an unser Geknutsche vom Vormittag fangen meine Lippen an zu prickeln. Als hätte er meine Gedanken erraten, sieht er mich plötzlich an und lächelt. »Du siehst heute Abend wirklich hübsch aus. Ich hoffe, Mike wusste es zu schätzen.«

Unwillkürlich mache ich mich größer. »Wusste er.«

»Habt ihr euch geküsst?«

Ich schüttle den Kopf. »Nein. Oder ... doch. Zum Abschied auf die Wange, aber da wusste ich ja schon, was mit ihm los ist.«

»Und wenn nicht? Hätte er dich dann auf den Mund küssen dürfen?«

»Vielleicht«, erwidere ich kess. »Es war ziemlich nett mit ihm. Er ist höflich, charmant, witzig ...«

»Ach ja?« Ron schnaubt abfällig und beißt sich auf die Lippe.

»Eifersüchtig?«

Jetzt sieht er wirklich düster aus. »Auf diesen Kasper?«

Ich stelle meine Bierflasche ab und rutsche etwas näher an ihn heran. »Ron, können wir nicht aufhören mit diesen Spielchen? Was willst du von mir? Zuerst dachte ich, du hasst mich. Dann bist du auf einmal total nett zu mir, dann küsst du mich ...«

»Damit hast du angefangen. Die Aktion mit dem Bademantel ... das war kein Fairplay, Süße«, unterbricht er mich schmunzelnd.

»Du hättest gehen können«, fahre ich unbeirrt fort. »Aber du hast mich geküsst und dann einfach stehen gelassen! Keine zwei Wochen später fängst du was mit Hanni an. Und dann küsst du mich heute wieder?« Ich hole nach dieser Aufzählung tief Luft. »Ich erwarte keine Liebesschwüre, darüber bin ich lange hinaus. Aber bitte spiel nicht mit mir.«

Sein Schmunzeln ist verblasst, er schüttelt ganz leicht den Kopf. »Das würde ich niemals. Nicht nach allem, was ...«

»Oh, hör auf!«, fahre ich ihn an und stehe auf. »Hör auf, das zu sagen! Das bin ich nicht! Ich bin nicht, was *er* getan hat. Was er aus mir gemacht hat! Hörst du? Wenn du das nicht ausblenden kannst, dann ...!«

Er steht ebenfalls auf, legt seine Hände auf meine Schultern. »Ich kann es *nicht* ausblenden. Kannst du es denn? Ich hasse dieses Arschloch dafür! Und irgendwann wird er dafür bezahlen, das verspreche ich! Aber ich habe die echte

Helen gesehen. An dem Abend im Pub, als wir getanzt haben ... weißt du noch? Das warst *du*. Und was ich eigentlich sagen wollte, war: Ich werde nicht mir dir spielen, weil ich dich verdammt noch mal mag, Helen! Und das hat nichts damit zu tun, was dir passiert ist. Kapiert?«

Vor Erstaunen bleibt mir der Mund offen stehen, ich kann nur nicken.

Seine Hände rutschen von mir ab, er sieht weg. »Ich habe dich in dieser Nacht stehen gelassen, weil ich ein Feigling bin. Ich hab Schiss gekriegt.«

»Wovor?«, flüstere ich.

Er lächelt verzagt. »Vor dir. Du bist 'ne Wucht. Das macht mir Angst.«

Ist das jetzt gut oder schlecht? Ich kann kaum begreifen, was er da sagt. Zu sagen versucht. »Ron, ich weiß nicht, was ich darauf antworten soll ...«

»Dann halt einfach die Klappe. Mach mein spektakulär mieses Geständnis nicht kaputt und versuch stattdessen das Bademantelding nochmal. Okay?«

Das ... was? Dann dämmert es mir. »Du willst eine zweite Chance?«

»Ich schwöre, diesmal laufe ich nicht weg.«

Mein Herz schlägt einen Salto, Rons Blick brennt auf mir, als ich den oberen Knopf meiner Bluse öffne. Ohne nachzudenken, ich tue es einfach. Dann noch einen. Darunter trage ich die gute Wäsche. Nicht, weil ich vorgehabt hätte, etwas mit Mike anzufangen, sondern einfach, weil es dazugehört. Jetzt bin ich froh darüber. Der schwarze Spitzen-BH dessen Ansatz hervorblitzt, je weiter ich knöpfe, bringt meine Brust hübsch zur Geltung.

Ron sieht mir zu, während ich einen Knopf nach dem anderen öffne und fährt sich mit der Zunge über die Lippe. »Setz dich«, sage ich. »Entspann dich.«

Er lächelt. »Wie soll ich mich entspannen, wenn du dich vor mir ausziehst?« Doch dann tut er es. So ist es besser. So blicke ich auf ihn hinab, nicht umgekehrt. Ich lasse mir Zeit, streife die Bluse von den Schultern und stehe nun in BH und Rock vor ihm.

»Jetzt du«, fordere ich ihn auf.

Ron zieht sich das T-Shirt über den Kopf. Ich habe ihn schon so gesehen, aber noch niemals wirklich *an*gesehen. Er ist kein Muskelpaket, bekleidet wirkt er sogar eher schmächtig. Die Muskeln unter der Haut sind jedoch gut definiert, sein Kreuz ist breit und die Hüfte schmal. Die Jogginghose sitzt ziemlich tief und gibt den Blick auf den Bund seiner Boxershorts frei. Ein schmaler Streifen Haar verschwindet darunter. Ich richte die Augen wieder auf sein Gesicht, in das ein Ausdruck ehrfürchtigen Ernstes getreten ist. Seine Lippen sind einmalig, sinnlich und doch hart in ihrer Kontur. Ich will sie küssen, will sie mit der Zunge nachfahren, mit den Zähnen daran knabbern. Ich will ihn.

»Komm her«, raunt er und ich folge ihm, setze mich auf seinen Schoß, die Beine rechts und links von ihm, sodass mein Rock hochrutscht. Ich küsse ihn. Es ist etwas, das ich ewig tun könnte. Ihn schmecken, ihn riechen. Seine Hände fahren meinen Rücken hoch und runter, jagen Gänsehaut über meinen Körper. Dann lösen sie geschickt den BH und schon fliegt er in die Ecke. Sein Mund wandert meinen Hals entlang bis zum Schlüsselbein und weiter bis zu meiner Brust. Ich schließe die Augen, lehne mich zurück, lasse ihn machen. Er weiß verdammt genau, was er tut, wie weit er gehen kann, bevor die Lust zum Schmerz wird. Vielleicht nimmt er sich zurück, vielleicht hat er ebenso viel Angst wie ich? Angst ist mein steter Begleiter, ich weiß nicht mal mehr, wie sich das Leben ohne sie anfühlt. Aber das hier ist anders. Ich habe keine Angst vor ihm, keine Angst vor

Schmerz oder Demütigung. Ich habe Angst vor dem, was er mit meinem Herzen anstellt. Wozu er alles in der Lage sein könnte.

»Helen? Alles okay?«

Ich blinzle und sehe ihn an. Sein Blick ist verklärt, die Lippen gerötet. Er atmet schneller. Ich nehme sein Gesicht in die Hände, küsse ihn wieder. Mehr als okay. Er legt die Hände unter meine Oberschenkel, hebt mich hoch – woher nimmt er diese Kraft? – und trägt mich in sein Schlafzimmer. Schlagartig holt die Realität mich ein. Wie viele Frauen hat er hier flachgelegt? Hat er die Wäsche gewechselt, seit er mit Hanni ...?

»Warte, warte, warte« murmle ich an seinem Mund, bevor er mich auf das Bett werfen kann.

Er hält inne. »Was?«

»Können wir rübergehen? Ich fühle mich irgendwie wohler in meinen eigenen vier Wänden.«

Er runzelt die Stirn, dann nickt er. »Klar, wo hast du deine Schlüssel?«

»Wohnzimmer. In meiner Handtasche.«

Mit mir auf dem Arm kehrt er ins Wohnzimmer zurück.

»Moment, du willst mich 'rübertragen?«

»Dachtest du, ich lass dich nochmal los?« Mit dem Fuß angelt er nach meiner Handtasche. Ich klammere mich an ihm fest, als er sich nach vorne beugt, um sie aufzuheben.

»Aber ich bin fast nackt!«

»Und das wirst du auch schön bleiben. Du wolltest nach drüben gehen, jetzt beschwer dich nicht.«

Ich kichere wie ein Teenager, presse meinen nackten Oberkörper gegen seinen, während wir das dunkle Treppenhaus durchqueren. Er drückt mich mit dem Rücken gegen meine Wohnungstür und küsst mich, während er eine Ewigkeit am Schloss herumfummelt. Endlich geschafft.

Wir stürzen gemeinsam in die Wohnung, er schließt die Tür, hört nicht auf, mich zu küssen. Ich geleite ihn blind ins Schlafzimmer, wir fallen auf mein schönes, sauberes, jungfräuliches Bett. Seine Daumen haken sich in den Bund meines Jeansrocks, er zerrt ihn zusammen mit der Strumpfhose bis zu meinen Knöcheln hinunter, den Rest erledige ich, während er seine Hose auszieht. Wir halten kurz inne, betrachten einander. Es bedarf keiner Worte mehr. Er lächelt und beugt sich über mich, seine Körperwärme umfängt mich wie ein warmer, behaglicher Mantel. Nicht mehr nachdenken, nicht mehr zweifeln. Mein Körper übernimmt ab hier, er hat es nicht vergessen, auch nicht nach all den Jahren.

◆●◆

Der leise, melancholische Klang einer Gitarre weckt mich auf. Ich hebe den Kopf aus dem Kissen und blinzle in Richtung Wecker. Schon zehn Uhr, wow. Ich habe geschlafen wie ein Baby, tief und traumlos. Mein Körper ist entspannt und schwer, behaglich räkle ich mich unter der Decke und schiebe meinen Kopf zurück ins Kissen, das anders riecht als sonst. Es riecht nach ihm. Mein Herz klopft schneller bei dem Gedanken an letzte Nacht, ein Grinsen stiehlt sich auf mein Gesicht. Wenn ich eine beste Freundin hätte, würde ich sie jetzt anrufen oder ihr eine Nachricht schicken und von dem Wahnsinnstypen erzählen ... Apropos, wo ist er eigentlich?

Ich schwinge die Beine aus dem Bett und wickle mich in die Bettdecke, bevor ich auf nackten Sohlen zur Tür schleiche. Leise öffne ich sie einen Spalt. Ron sitzt im Schneidersitz auf dem Sofa und wirkt ganz versunken in sein Gitarrenspiel. Die Melodie ist mir neu, vielleicht hat er sie sich gerade ausgedacht. Er summt leise vor sich hin, seine Lippen bilden stumme Worte, die ich zu gern entziffern würde, die Augen sind geschlossen und die Stirn leicht gerunzelt, völlig vertieft. Er trägt die Jogginghose von gestern Abend und sonst nichts. Ich beiße mir auf die Lippe, um nicht albern zu jauchzen. Ich kann verstehen, warum Hanni und Co. völlig durchdrehen bei seinem Anblick. Ich benehme mich selbst nicht besser. Langsam, um ihn nicht zu stören, schließe ich die Tür wieder und ziehe mich an, ebenfalls Jogginghose und T-Shirt. Dann räume ich ein bisschen auf. Das Bett sieht wüst aus, zerwühlte Laken, meine Klamotten auf dem Boden, leere Kondompackungen auf dem Nachttisch. Erst jetzt frage ich mich, wann er die Dinger eigentlich eingesteckt hat. Bevor wir rübergegangen sind? Oder hat er etwa immer ein paar in der Hosentasche, für den Fall der Fälle? Der Gedanke ist mir unbehaglich, ich will nicht darüber nachdenken, was ich für Ron bin. Was wir sind. Sind wir überhaupt ein ›Wir‹?

Nachdem ich das Bett gemacht habe, gehe ich ins Wohnzimmer. Diesmal räuspere ich mich, sobald ich den Raum betrete. Das Gitarrenspiel bricht ab, er dreht sich zu mir um, ein tiefes, warmes Lächeln breitet sich auf seinem Gesicht aus. »Hey.«

»Gut geschlafen?« Ich streiche mir die Haare hinter das Ohr und trete von einem Fuß auf den anderen.

»Und wie.«

»Willst du einen Kaffee?«

»Hab ich schon gekocht, warte, ich hol ihn dir.« Er hechtet über die Couchlehne in die Küche und kehrt mit einer dampfenden Tasse zurück. Seufzend sinke ich auf das Sofa und schnuppere genüsslich. »Genau das brauche ich jetzt. Was hast du gerade gespielt?«

»Ach nichts«, er winkt ab. »Nur so einen Song, an dem ich gerade arbeite.«

»Spiel ruhig weiter, ich höre dir gern zu.«

Doch er schüttelt den Kopf. »Ich, ähm, übe lieber allein.«

Ich kneife die Lippen zusammen. Bei seinen anderen Eroberungen hörte sich das aber nicht so an. Doch dann lächle ich bemüht. »Wenn du zum Üben deine Ruhe brauchst, hättest du auch rübergehen können.«

Er zupft an einer Fluse im Stoff der Couch. »Du hast noch geschlafen. Ich wollte nicht, dass du glaubst, ich würde mich verdrücken.«

Ich stelle meine Tasse ab. »Ron, du musst mich nicht wie ein rohes Ei behandeln. Wir hatten Sex, weil wir es beide wollten. Was ist schon dabei?«

Während ich es sage, schreit mein Herz: Verlass mich nicht! Aber ich darf ihn nicht wissen lassen, wie viel Macht er über mich hat. Wie verletzlich ich durch ihn bin. Ich muss die Ruhe bewahren, Distanz gewinnen. Die Oberhand behalten. Meine Gefühle dürfen nicht mein Handeln bestimmen. Ron ist ein Player und eine ganze Ecke jünger als ich. Zwischen uns herrscht ganz unleugbar eine sexuelle Anziehungskraft, aber das darf mich nicht darüber hinwegtäuschen, dass wir grundverschiedene Dinge wollen. Ich kann ihm nicht geben, was er braucht. Und umgekehrt.

Er sieht mich lange an. »Was ist schon dabei? Genau.«

Ich nicke bekräftigend. »Willst du Frühstück?«

»Nein.« Er nimmt meine Handgelenke und zieht mich zu sich heran. »Ich will dich.«

Einer wilden Knutscherei auf der Couch folgt eine weitere Runde Sex. Diesmal auf dem Fußboden. Und unter der Dusche. Am Ende landen wir wieder im Bett. Hätte ich mir das Aufräumen auch sparen können.

Ich kuschle mich an seine Brust und kraule durch das drahtige, dunkle Haar, das darauf sprießt. »Musst du eigentlich auch irgendwann mal zur Uni?«, nuschle ich.

»Nö. Hab's geschmissen.«

Ich hebe den Kopf, um ihn ansehen zu können. Er liegt ganz entspannt auf dem Rücken, eine Hand unter dem Kopf, die andere in meinem Nacken, den er sanft streichelt. Unter halb geöffneten Lidern lächelt er mich träge an. »Guck nicht so entsetzt. Mir geht's gut. Mehr als gut.«

»Was sagst du da? Warum schmeißt du die Uni? Warst du nicht fast fertig?«

»Jup.« Er zieht mich zu sich heran. »Und jetzt *bin* ich fertig.« Seine Lippen finden meinen Mund. Diese ganze Küsserei hat ihn ganz wund und spröde werden lassen. Überhaupt fühle ich mich, als hätte mich jemand kopfüber in zähen Sirup gesteckt. Ich kann mich kaum bewegen, geschweige denn denken. Trotzdem weiche ich ein Stück zurück. »Das ist nicht witzig, Ron. Was ist passiert?«

Er nimmt seine Hand aus meinem Nacken und reibt sich seufzend die Augen. »Nichts ist passiert. Es war einfach nicht das Richtige. Ich hab mich gefangen gefühlt.«

»Was sagen deine Eltern denn dazu?«

Er schnaubt verärgert. »Ich bin erwachsen! Ist mir doch egal.«

Doch ich kann sehen, wie ihn das Thema belastet. Seine Laune ist von jetzt auf gleich in den tiefsten Keller gesunken. Unbehaglich rutsche ich etwas von ihm ab. »Tut mir leid. Ich wollte bloß ...«

»Ist schon gut«, unterbricht er mich. Seine Hand liegt wieder auf meinem Rücken und streicht sacht auf und ab. Ich kuschle mich in seine Armbeuge, atme seinen Duft nach frischem Schweiß und Duschgel ein. Ich könnte den ganzen Tag so liegen, etwas anderes brauche ich nicht.

»Ich hab das Studium nur ihnen zuliebe begonnen«, sagt er leise. »Mein Vater hat eine sehr erfolgreiche Import-Export-Firma hochgezogen, als er in meinem Alter war. Ganz allein, mit seiner eigenen Hände Arbeit.« Er sagt es so, als wäre es etwas, das er regelmäßig vorgehalten bekommen würde. Seufzend dreht er sich zu mir um, wir liegen Nase an Nase. Seine Augen sind so dunkel, dass man die Pupille darin kaum sieht, und doch liegt so unglaublich viel Ausdruck darin.

»Lass mich raten: Du sollst die Firma irgendwann übernehmen?«

Ron nickt grimmig. »Wir sind stinkreich, musst du wissen. Geld war kein Thema für mich. Ich konnte Musik machen und nebenbei studieren. Sie haben mir nie reingeredet. Ich dachte, es ist ein guter Deal, ein sicherer Job. Und ich wusste nicht, was ich sonst tun soll. Also?«

Er seufzt schwermütig.

»Was hat sich verändert?«

»Ich – schätze ich. Je weiter das Studium voranschritt, umso mehr Zeit ließ ich mir damit. Ich *wollte* nicht fertig werden. Meine Zukunft in der Firma machte mir Angst. Mein Vater fing an, mich zu nerven, er würde mir den Geldhahn zudrehen. Also nahm ich den Job in der Pizzeria an und begann mit der Hochzeitssingerei.

Ich wollte ihm beweisen, dass ich es auch ohne seine Unterstützung schaffe. Es fühlte sich gut an. Ich wollte mehr davon.«

»Du bist deinem Herzen gefolgt. Daran ist nichts Falsches. Wie haben deine Eltern reagiert? Hast du es ihnen überhaupt schon gesagt?«

Er schüttelt den Kopf. »Nein. Die Sache mit den Sozialstunden hat ihnen gereicht. Macht sich nicht besonders gut auf dem Firmenprofil.« Er lacht bitter.

Schmunzelnd stütze ich den Kopf auf die Hand. »Dann bist du also ein Rebell. Verwegen.«

»Findest du?«

»Aber ja.« Ich beuge mich vor und küsse ihn.

»Es macht dir nichts aus?«, fragt er unsicher. »Viele würden sagen, dass es dumm ist, was ich tue. Dass ich die Musik nebenbei machen und was Anständiges lernen soll.«

»Es ist doch deine Sache. Dein Leben. Tu, was dich glücklich macht.«

Er grinst. »Du bist eine weise Frau.« Dann wirft er mich auf den Rücken. »Wenn ich nicht so ausgepowert wäre ...«

»Ausgepowert, in deinem Alter?«, necke ich ihn.

»Hey, ich bin auch keine zwanzig mehr. Ich brauche Nahrung, Weib!«

Lachend schiebe ich ihn von mir und stehe auf. »Ich seh mal, was ich tun kann, okay?«

Nackt husche ich ins Wohnzimmer und schlüpfe in T-Shirt und Hose, bevor ich in der Küche nach etwas Essbarem suche. Eier und Toast, perfekt! Summend schlage ich Eier in die heiße Pfanne und rühre sie um. Kaffee ist auch noch da. Aus dem Schlafzimmer höre ich keinen Ton, vielleicht ist er wieder eingeschlafen?

Doch dann öffnet sich die Tür und er kommt raus, vollständig bekleidet. »Helen, ich muss leider los.«

Enttäuscht lasse ich den Löffel sinken. »Was? Warum denn?«

»Ich habe einen Anruf bekommen. Vom Pflegeheim. Ich soll mich sofort dort melden.«

Ein ungutes Gefühl beschleicht mich. »Haben sie gesagt, worum es geht?«

Ron hebt die Schultern. »Nur, dass es wichtig sei und ich so schnell wie möglich kommen soll.«

Ich beiße mir auf die Unterlippe. Das klingt gar nicht gut. Entschlossen stelle ich die Pfanne vom Herd und schalte ihn aus. »Ich komme mit.«

»Das brauchst du nicht.«

»Ich weiß. Warte kurz, bin sofort fertig.«

Ich eile ins Bad, wasche mich im Eiltempo, putze die Zähne und schlüpfe in die frische Unterwäsche, die ich vor unserer gemeinsamen Dusche rausgelegt habe. Auf dem Wäschekorb liegen noch Jeans und Pullover von gestern. Ich ziehe mich an und bin im Rekordtempo wieder draußen. Doch Ron ist weg. Auf dem Couchtisch liegt ein Zettel.

Sorry, das mach ich lieber allein. Sehe dich später. Gruß, Ron.

15. Kapitel

Ich esse das Rührei allein. Dann stelle ich mich nochmal unter die Dusche, mache nochmal das Bett, räume nochmal auf. Immer wieder schaue ich auf mein Handy, in der Hoffnung, dass Ron mir schreibt. Tut er aber nicht. Nachdem die ganze Wohnung blitzblank ist, weiß ich nicht mehr, wie ich mich noch beschäftigen soll. Also setze ich mich an den PC und beginne mit dem Schreiben der Bewerbung für das Pflegeheim. Ich lade mir Vorlagen und Formulierungshilfen aus dem Internet runter und brüte bis in den Nachmittag über ein paar lächerlichen Zeilen. Noch schwieriger wird es beim Lebenslauf, der aufgrund meiner langen Lücke ziemlich mickrig aussieht. Und was schreibe ich wegen der Sozialstunden rein? Ich meine, die Heimleitung weiß natürlich, dass es sich nicht um ein Praktikum handelt, aber kann ich es wirklich so schreiben? Je länger ich darüber nachdenke, umso lächerlicher erscheint mir mein Vorhaben.

Wer will dich schon?, fragt die kleine, boshafte Stimme in meinem Kopf. Und das Handy schweigt weiterhin.

Als die Sonne untergeht, denke ich darüber nach, zu Ron zu gehen. Einfach an seine Tür zu klopfen und ihn zu fragen, was passiert ist. Vielleicht will er sich bloß nicht aufdrängen? Immerhin habe ich ihm deutlich zu verstehen gegeben, dass zwischen uns nichts läuft außer Sex. Aber was, wenn *ich* mich aufdränge? Habe ich das Recht dazu, bei ihm aufzukreuzen? Niemals habe ich auch nur eine seiner Liebschaften zweimal gesehen. Sollte es bei mir anders sein, nur weil ich nebenan wohne?

»Nein, sondern weil er es gesagt hat, du dumme Nuss«, murmle ich ins Halbdunkel meines Schlafzimmers. Er hat gesagt, dass er mich gern hat und es ihm Angst macht ... All die schönen Sachen, die Männer so sagen, wenn sie eine Frau ins Bett kriegen wollen.

Bevor meine Zweifel überschäumen, stehe ich auf, durchquere die Wohnung, schnappe meinen Schlüssel und gehe nach nebenan. Schon bevor ich klingle, weiß ich, dass niemand da ist. Kein Laut, kein Licht dringt unter der Tür hindurch.

»Wo bist du, verdammt?«

Ich kehre in meine eigene Wohnung zurück und wähle seine Nummer. Die Mailbox geht ran, also hinterlasse ich eine knappe Nachricht, in der ich ihn bitte, mich zurückzurufen. Danach komme ich mir vor wie eine Glucke. Was geht es mich an, wo er hin ist? Vielleicht muss er arbeiten? Vielleicht probt er mit der Band? Oder hat ein Rendezvous? Wer weiß? Nicht meine Angelegenheit.

Da ich keine Lust mehr auf Grübeln habe, ziehe ich meine Sportsachen an und gehe joggen. Bei Dunkelheit laufe ich grundsätzlich nur auf beleuchteten Wegen, am liebsten mitten durch die Stadt. Ich bin kein überängstlicher Mensch, aber man muss es ja auch nicht herausfordern. Heute habe ich das Gefühl, verfolgt zu werden. Doch wenn ich über die Schulter sehe, ist da niemand. Trotzdem laufe ich schneller, komme außer Atem, werde mit Seitenstechen bestraft. In meinem Kopf läuft ein Film. Tobias, der mir im Gebüsch vor meinem Haus auflauert, um sich an mir zu rächen. Mike, der auf dem Kiez Tabletten vertickt, Ron in Handschellen, verhaftet wegen Medikamentendiebstahls. Ich bleibe stehen, stütze die Arme auf die Knie und atme tief und keuchend ein und aus. Was, wenn Mike ihm etwas angehängt hat? Ich muss im Pflegeheim anrufen!

Ich hole das Handy aus dem Bauchgurt. Das Display erleuchtet die Dunkelheit. Meine Finger scrollen durch die Kontaktliste. Frau Stelzer will ich nicht fragen. Wenn sie mich nun mit der Sache in Verbindung bringt? Dann kann ich meine Bewerbung vergessen. Und Mike? Ausgeschlossen. Bleibt noch Hanni. Sie hat mir sogar ihre Handynummer gegeben, neulich im Pub. Ich beiße mir auf die Lippe, dann überwinde ich mich und wähle ihre Nummer. Nach dreimaligem Freizeichen hebt sie ab.

»Helen?«

»Hi, ja. Ich bin's. Ich ... ich wollte bloß ... Hanni, es tut mir leid, was passiert ist. Ich hätte das nicht tun dürfen. Wir hätten nicht ...«

»Ach Helen«, unterbricht sie mich seufzend. »Mir tut es auch leid. Ich wusste, dass du ihn magst, und trotzdem habe ich, haben wir, na ja ... es hat sich einfach ergeben. Ich hatte ihn nach dir gefragt und er beteuerte, da sei nichts zwischen euch.«

Ich beiße die Zähne zusammen. Natürlich kann Hanni von uns dreien am wenigsten dafür, aber so genau wollte ich es dennoch nicht wissen.

»Trotzdem. Es tut mir leid, Hanni. Ich wollte dir nicht wehtun.«

Wieder seufzt sie. »Das hat *er* getan, Helen. Nicht du. Und irgendwie war ich auch selbst schuld, du hattest mich ja vor ihm gewarnt. Aber er war so lieb und aufmerksam. Als wäre ich was Besonderes. Doch letztlich war ich auch nur 'ne Nummer für ihn. Das waren wir beide, schätze ich.«

Das waren wir beide ... Ihre Stimme klingt in meinem Kopf nach, mir wird schlecht.

»Hanni? War heute irgendwas los im Stift? Irgendwas Außergewöhnliches?«

»Dann hast du was mitbekommen, ja?«

»Nur beiläufig. Ron ...«

»Ron!«, schnauft sie. »Ich hätte ihm ja viel zugetraut, aber das?«

Ich umklammere das Handy und presse es gegen das Ohr. Mein Körper kühlt langsam aus, ein heftiges Frösteln erfasst mich. »Was hat er getan?«, flüstere ich.

»Er hat Medikamente mitgehen lassen. Betäubungsmittel. Die ganz harten Sachen. Ist natürlich sofort aufgefallen.«

»Er hat ... bist du sicher, dass er es war?«

»Na ja, ich war nicht dabei, als sie ihn befragt haben. Aber sie haben die Polizei gerufen und die hat ihn mitgenommen.«

»Mitgenommen?« Meine Knie werden weich. Also hat mich mein Gefühl nicht getrogen.

»Zur Befragung, ja. Hier braucht er sich natürlich nicht mehr blicken zu lassen, ganz klar. Wie gut, dass Mike ihn beim Stehlen gesehen hat. Sie haben dann Rons Spind geöffnet und leere Kochsalzampullen darin gefunden. Sonst hätte man noch einen von uns verdächtigt.«

Mike also! Ich fange an, vor Kälte zu zittern. Oder vor Wut? »Danke, Hanni. Sehen wir uns am Freitag?«

»Ja, klar! Bis dann.«

Wir legen auf, ich bleibe in der Dunkelheit stehen, bis die ersten schweren Tropfen vom Himmel fallen und sich bald zu einem eisigen Guss verstärken. Im Eiltempo laufe ich nach Hause und komme völlig durchnässt und am Ende meiner Kräfte dort an. Noch immer kein Licht bei Ron. Ob sie ihn wirklich festgenommen haben? Wie lange dürfen sie ihn vernehmen, so ganz ohne Beweise? Oder reichen die leeren Ampullen am Ende schon aus?

Nachdem ich zurück in der Wohnung bin, stelle ich mich erstmal unter die heiße Dusche, bis meine Haut sich nicht mehr taub anfühlt. Ob ich jemanden anrufen soll, der ihm helfen könnte? Seine Eltern, einen Anwalt? Ich steige aus der Dusche und zittere immer noch. Gekleidet in Jogginghose und dem wärmsten Pullover, den ich finden konnte, hocke ich mich aufs Sofa. Schon wieder bin ich auf einen Mann reingefallen. Dabei hatte ich wirklich an Mikes Unschuld geglaubt!

Wut und Scham überrollen mich, verbissen blinzle ich die Tränen weg. Ich muss etwas unternehmen. Entschlossen stehe ich auf, um mich noch einmal umzuziehen. Irgendwo tief unten in einer Schublade im Schlafzimmer finde ich mein Pfefferspray. Mit zitternden Fingern packe ich es ein, bevor ich die Wohnung verlasse und mich auf den Weg zu Mike mache.

❦

Ich habe Schwierigkeiten, seine Wohnung wiederzufinden. Eine Zeitlang irre ich durch die Innenstadt, dann erkenne ich den kleinen Italiener von gestern wieder. Von dort aus ist es nicht mehr weit.

Mit klopfendem Herzen stehe ich vor der Tür, während der Regen von meiner Kapuze tropft. Ich hebe die Hand, um zu klingeln.

Was mache ich hier? Das ist Wahnsinn! Aber Ron braucht einen Beweis, der ihn entlastet. Und ich weiß, wo ich einen finde. Gerade, als ich den Knopf drücken will, legt sich eine Hand auf meine Schulter. Der Schreck fährt mir direkt in die Eingeweide, lässt sich als bleiernes Gewicht dort nieder. Ich fahre herum. Eine weitere Hand presst sich auf meinen Mund und erstickt meinen Schrei.

»Helen«, raunt eine vertraute Stimme. Meine Knie drohen, einzuknicken. Doch er hält mich aufrecht, zerrt mich von Mikes Wohnung weg und hinter ein parkendes Auto. Erst jetzt lässt er mich los. Schluchzend wie ein Kleinkind sinke ich gegen seine Brust.

»Ron! Was machst du hier?«

»Das Gleiche wollte ich dich fragen«, schnaubt er und legt zugleich seine Arme um mich. Ich lehne mich an ihn, noch immer zitternd vor Furcht.

»Du hast mich beinahe zu Tode erschreckt.«

Er drückt mich an den Schultern ein Stück von sich weg, um mir ins Gesicht sehen zu können. »Das wollte ich nicht. Aber ich musste dich aufhalten.«

Nachdem der erste Schock überwunden ist, werde ich wieder wütend.

Wut ist gut. Wut ist Energie. Energie ist besser als diese lähmende Furcht, die mich so sehr schwächt. »Ich habe mit Hanni telefoniert.«

Bilde ich es mir ein oder wird er rot? Auf jeden Fall blickt er weg. »Ich weiß, dass ich dich verletzt habe. Und sie auch. Ich wollte nicht …«

»Ach, hör doch auf!«, unterbreche ich ihn. »Nicht deswegen. Du bist nicht nach Hause gekommen. Ich habe mir Sorgen gemacht und wollte wissen, was los ist. Würde es dich umbringen, ab und zu mal auf dein Handy zu schauen?«

Ron grinst. »Du klingst wie meine Mutter.«

Ich hebe die Hand, um ihm eine zu kleben, doch er hält sie fest und zieht mich an sich. Ehe ich mich versehe, liegt sein Mund auf meinem, nass und warm. »Nicht streiten, Süße. Wir haben Wichtigeres zu tun.«

»Ach ja? Und das beinhaltet, mitten in der Nacht im Regen hinter einem parkenden Auto zu hocken?«

Ron nickt ernst. »Das Dreckschwein versucht, mir was anzuhängen. Ich will ihn drankriegen.«

Fröstelnd umschlinge ich meinen Oberkörper mit den Armen. »Das will ich auch.«

»Und da dachtest du, du klingelst einfach mal fröhlich und bittest ihn, mich zu entlasten? Gott, Helen!«

Verlegen beiße ich mir auf die Lippe. »Er mag mich! Ich dachte, wenn ich ...«

Da legt Ron erneut seine Hand auf meinen Mund und den Finger der anderen an die eigenen Lippen. »Da kommt er«, flüstert er.

Er lässt mich los, ich drehe mich um und spähe durch die Scheiben des parkenden Autos zu Mikes Wohnung hinüber.

Mike steht mit dem Rücken zu uns und schließt gerade ab. Auf seinem Rücken der Rucksack, den er auch immer mit zur Arbeit bringt. Er guckt nach rechts und links, bevor er die Straße überquert und den Weg zur U-Bahn einschlägt.

Ron steht auf. »Geh nach Hause, Helen. Wir treffen uns später.«

Entschlossen richte ich mich ebenfalls auf. »Nichts da! Ich komme mit.«

Natürlich ist er damit nicht einverstanden, das sehe ich ihm an, aber er hat keine Zeit zu diskutieren, wenn wir Mike nicht aus den Augen verlieren wollen.

»Lass die Kapuze oben«, grollt er und zieht sich selbst die Mütze tief ins Gesicht. Dann hasten wir Hand in Hand durch den Regen. Tausend Fragen schwirren mir durch den Kopf, aber ich habe keine Zeit, sie Ron zu stellen. Was wollte die Polizei von ihm? Wie kamen die Ampullen in seinen Spind? Woher weiß er, wo Mike wohnt?

Wir laufen die Treppe zur U-Bahn hinunter und sehen gerade noch, auf welches Gleis Mike abbiegt. Etwas langsamer folgen wir ihm und bleiben auf dem letzten Absatz stehen, bevor die Bahn einfährt.

»Er steigt ein, los.« Ron zieht mich weiter.

Kurz bevor die Türen schließen, schlüpfen wir in eines der hinteren Abteile. Keuchend und frierend lasse ich mich auf einem Vierersitz nieder. Ron nimmt mir gegenüber Platz, Blick nach vorn.

»Siehst du ihn?«

Er nickt. »Nicht hinsehen. Bleib einfach sitzen.«

Ich tue, wie befohlen. Mein Herz klopft kräftig bis in meine Kehle. Gleichzeitig strömt Hitze durch meine Glieder. Angst und Aufregung sind ein berauschender Cocktail. Ich grinse Ron an. »Machst du sowas eigentlich öfter?«

Er grinst zurück, auch wenn es seine Augen nicht erreicht. Er sieht müde aus. »Eigentlich nicht. Gefällt es dir?«

»Ich hätte andere Pläne für den Abend gehabt.«

Sein Lächeln gerät nun leicht anzüglich, er neigt sich vor und legt seine Hände auf meine Knie. Wie Tobias bei der Trauerfeier. »Ah ja? Was denn zum Beispiel?«

Augenblicklich gefriert mein Blut, die Luft wird zäh, ich kann kaum atmen.

»Lass mich los«, keuche ich und schiebe seine Hände weg. Mit der Berührung verschwindet auch die Panik. Flashbacks kenne ich von früher, von kurz nach der Scheidung. Ich hatte lange keinen mehr. Warum jetzt? Liegt es an der plötzlichen Intimität, die in mein Leben zurückgekehrt ist? An der Begegnung mit Tobias? Oder daran, dass ich gerade einen Drogendealer observiere? Ron lehnt sich zurück und betrachtet mich nachdenklich. Ich frage mich, was hinter seiner Stirn vorgeht. Ob er es schon bereut, sich auf mich eingelassen zu haben?

»Tut mir leid«, murmle ich.

Er runzelt die Stirn. »Wie bitte? Hast du dich gerade bei mir entschuldigt, weil ich dich angefasst habe?«

Meine Ohren werden heiß. »Was? Nein! Ich wollte bloß ...«

Er beugt sich wieder vor, achtet jedoch darauf, seine Hände bei sich zu behalten. »Entschuldige dich nie wieder dafür, wenn du etwas nicht willst. Kapiert? Nicht bei mir oder sonst wem.«

Dann lehnt er sich zurück und schweigt den Rest der Fahrt, während ich meine Gefühle und Gedanken sortiere.

Am Hauptbahnhof steigt Mike aus. Wir folgen ihm. Im Gedränge am Bahnsteig ist es leicht, unauffällig zu bleiben. Ohnehin blickt Mike sich nicht um, sondern schreitet zügig voran, schlägt den Weg zum hinteren Ausgang ein. Wohin kann er so spät am Abend noch wollen?

Das Viertel hinter dem Hauptbahnhof ist ein Ort, den ich alleine bei Nacht niemals betreten würde. Hier tummeln sich Junkies und Prostituierte, Kleinkriminelle und Obdachlose. Die Alkoholiker sind noch die harmlosesten unter ihnen, sie sitzen meist in Grüppchen in dem kleinen Park auf einer Bankgruppe, haben ihre Hunde, ihr Dosenbier und ihr Kofferradio und erwecken ganz den Anschein, ihr Leben in vollen Zügen zu genießen. Wären da nicht die tiefliegenden Augen, die Tränensäcke, die verfaulten Zahnstümpfe, die gelbliche Haut. Und der Gestank. Wir gehen an ihnen vorbei, neugierige und feindselige Blicke prickeln in meinem Nacken.

»Hey, ihr zwei. Wollt ihr was kaufen?« Jemand stupst mich von der Seite an, Ron versetzt ihm einen Stoß.

»Verpiss dich!«

»Schon gut, schon gut. Entspann dich, Alter.« Die Gestalt verschwindet in der Dunkelheit.

Ich taste nach Rons Hand und finde sie. Er hält mich fest und wir gehen weiter.

Nach einem kurzen Marsch verschwindet Mike in einem Etablissement der zwielichtigen Art.

»Ob das einer von Scheuers Läden ist?«, flüstert Ron.

Ich presse die Lippen zusammen. Hoffentlich müssen wir nicht da rein. Doch Ron deutet auf ein Gebüsch hinter einer Bank. »Lass uns dort warten.«

Erleichtert gehe ich neben ihm in Deckung. »Was denkst du, macht er da drin?«

»Natürlich die Tabletten loswerden, die du in seiner Wohnung gefunden hast. Er hat Schiss, aufzufliegen. Das habe ich mir gleich gedacht. Er war nervös. Deshalb bin ich ihm nach seiner Schicht zur Wohnung gefolgt.«

»Und ich dachte, die Polizei hätte dich festgenommen«, murre ich und kauere mich dicht an ihn. Es ist so kalt, ich spüre meinen Körper kaum noch. Außerdem bin ich hundemüde und sehne mich nach einem heißen Bad.

Rons Lachen vibriert an meiner Schulter. »Wo denkst du hin? Das hier ist doch nicht der Wilde Westen. Ich habe meine Aussage gemacht und dann durfte ich gehen. Im Seniorenstift habe ich allerdings Hausverbot.« Er zuckt mit den Achseln.

Ich frage mich, was das alles für unseren Prozess bedeutet. Jedenfalls habe ich kein gutes Gefühl. »Ich hätte zur Polizei gehen und ihnen alles sagen sollen, was ich gesehen habe«, sage ich kleinlaut.

»Ich habe ihnen nichts von deiner Entdeckung erzählt und du wirst es auch nicht tun.«

Entgeistert sehe ich ihn von der Seite an, doch er blickt weiter starr zu der Bar hinüber. »Bist du irre? Warum nicht?«

»Ich finde einen Beweis, keine Sorge. Aber dich halte ich da raus.«

»Ist es dafür nicht ein bisschen zu spät?«, spotte ich. Er antwortet mit einem frustrierten Prusten, dann schweigen wir. Und warten.

Nach kurzer Zeit verlässt Mike die Bar wieder. Er wirkt aufgebracht. Was auch immer da drin passiert ist, es ist nicht so gelaufen, wie er es sich vorgestellt hat. Zügig überquert er die Straße, zurück in Richtung Bahnhof.

»Was jetzt? Folgen wir ihm?«

Ron antwortet nicht gleich. Unschlüssig nagt er auf seiner Unterlippe, während er abwechselnd zu dem sich entfernenden Mike und der Bar blickt. Dann trifft er eine Entscheidung. »Ich geh mich da drin mal umsehen. Kommst du mit? Auf ein Bier?« Er zwinkert mir zu. Als wäre das hier ein ganz normales Date. Moment mal, ist es ein Date?

Ich will da nicht rein. Meine Sensoren melden Gefahr. Als ob ich mich auf diese Dinger jemals hätte verlassen können. Aber hier draußen bleiben, allein in der Kälte, in diesem spritzenverseuchten Gebüsch? Seufzend lasse ich mir von Ron hochhelfen.

In der Bar ist es nicht annähernd so voll, wie ich vermutet hätte. Voll wäre mir lieber gewesen, denn alle Blicke richten sich auf mich und Ron, als wir eintreten. Ron scheint es nicht zu stören, zielstrebig steuert er die Theke an und rückt mir einen Hocker zurecht, bevor er sich auf einem anderen niederlässt und zwei Finger in Richtung Barkeeper hebt. Ein paar leicht bekleidete Damen beäugen ihn mit regem Interesse, während ich einer deutlich kühleren Musterung unterzogen werde. Unbehaglich raffe ich meine Jacke vor der Brust zusammen. Die Wärme tut gut, aber so durchfroren, wie ich bin, wird es Stunden dauern, bis ich zu zittern aufhöre. So lange will ich nun wirklich nicht bleiben. Der Barkeeper stellt ein Pilsglas vor mir ab, mir dreht sich der Magen um. Ron hebt das Glas und prostet mir zu, dann sieht er sich in dem Schuppen um. Es handelt sich um eine Art Rockerkneipe. Alles ist aus Holz, selbst die Wände sind vertäfelt. Aus einer Jukebox dröhnt Rockmusik, von den Wänden lächeln mir leicht bekleidete Frauen, die sich auf Harleys räkeln, entgegen. Ein paar der Männer an den Tischen sehen aus, als würden sie steckbrieflich gesucht. Tattoos und Leder, so weit das Auge reicht. Ich wette, die Frauen sind allesamt Prostituierte.

»Ron, mir gefällt es hier nicht«, murmle ich.

»Mir auch nicht«, gesteht er. Dann winkt er den Barkeeper zu sich heran. »Der Typ, der gerade eben rausspaziert ist – was hat der hier gewollt?«

Der Mann kneift die Augen zusammen. »Seid ihr Bullen?«

Ron lächelt entwaffnend. »Sicher nicht. Der Typ schuldet mir nur was.«

Der Barkeeper stößt ein raues Lachen aus. »Wem nicht?« Dann beugt er sich vor, platziert seine Pranken vor uns auf der Theke. Silberne Ringe zieren jeden Finger, die Knöchel sind abgeschürft. Sicher ist Kellnern nicht sein einziger Job. »Hör zu, Junge. Wenn du ein Problem mit Mikey hast, dann wende dich an den Boss. Aber ich rate dir, deine Nase nicht zu tief in Angelegenheiten zu stecken, die dich nichts angehen.«

»Mikey?« Ron zieht spöttisch die Augenbraue hoch. »Und wo finde ich den Boss?«

»Ron!«, zische ich entsetzt und stoße ihn an. Er wird doch wohl nicht Kontakt zum Scheuer aufnehmen wollen?

Die eisblauen Augen des Barkeepers huschen zu mir herüber. Eine Narbe zieht sich über die linke Augenbraue, seine Nase sieht aus, als wäre sie schon mehrfach gebrochen gewesen.

»Hör zu, *Ron*«, sagt er und seine Augen lassen mich endlich los, »schnapp dir die Lady und verschwinde von hier, bevor es unangenehm für euch wird. Den Boss belästigt man nicht wegen irgendwelcher Kinkerlitzchen. Macht sechs vierzig.« Er streckt Ron die ausgestreckte Hand entgegen.

Widerwillig kramt Ron einen Fünfer und etwas Kleingeld aus der Tasche. »Behalt den Rest.«

Ich bin froh, als ich von dem Barhocker rutschen darf und den Ausgang ansteuere. Mein Bier habe ich nicht angerührt.

Rons Hand liegt warm und fest in meiner, aber ich spüre seine Anspannung wie eine Bogensehne, aus der sich jeden Augenblick ein Pfeil lösen wird. Erleichtert atme ich auf, als wir draußen sind, auch wenn die Kälte mich wieder einmal sofort umklammert. Wenigstens hat es aufgehört zu regnen.

»Was sollte das?«, will ich sofort von Ron wissen, während wir über den spiegelglatten Gehweg eilen. Bloß weg von hier!

»Ich wollte wissen, mit wem wir es zu tun haben«, entgegnet er grimmig, ohne mich anzusehen.

»Ah ja? Und jetzt weißt du es?«

Abrupt bleibt er stehen und dreht sich zu mir um. »*Mikey* hat Schulden bei diesen Typen. Offensichtlich verkauft er die gestohlenen Medikamente an sie, um sie abzubezahlen.«

»Was du nicht sagst. Und jetzt wissen sie obendrein, dass wir ihn suchen. Was, wenn sie ihm von uns erzählen?«

»Hättest du mich nicht beim Namen genannt, wäre das kein Thema«, knurrt er mich an.

Beschämt sehe ich weg. »Und was machen wir jetzt?«

Ron zuckt mit den Schultern. »Nach Hause gehen.«

Die beste Idee des Abends. Ich hake mich bei ihm unter. »Tut mir leid, dass ich dich beim Namen genannt habe. Ich hab nicht nachgedacht.«

»Wir hatten beide schon bessere Abende, schätze ich.«

Beklommenes Schweigen begleitet uns auf dem Weg zur U-Bahn. Wenn Mike Geschäfte mit diesen Typen aus der Bar macht, dann wäre es vermutlich wirklich das Beste, sich da rauszuhalten.

Aber was wird dann aus Ron? Er könnte für etwas verurteilt werden, was er nicht getan hat. Seine gesamte Zukunft ist in Gefahr.

Wir biegen um die Ecke zum Bahnhofseingang, da reißt Ron mich unsanft zurück. Stolpernd krache ich gegen die Wand. »Was ...?«

»Mike«, flüstert er.

Sofort verstumme ich und schiebe mich vorsichtig um die Ecke, um einen Blick zu riskieren. Mike steht mit ein paar Typen vor dem Bahnhofsportal. Sie unterhalten sich. Bei genauerem Hinsehen erkenne ich, dass es sich um sehr junge Männer, fast noch Kinder, handelt. Struppiges Haar, ausgemergelte Gesichter, abgetragene Klamotten. Junkies. Mein Herz zieht sich bei ihrem Anblick zusammen.

»Was siehst du?«, raunt Ron.

Mike kramt etwas aus seinem Rucksack hervor, ein Umschlag wechselt den Besitzer. Anstatt Ron zu antworten, strecke ich meine Hand in seine Richtung aus. »Hat dein Handy eine Kamera?«

»Ja, klar.« Er kramt in seiner Jackentasche herum und entsichert das Display. »Sei vorsichtig, nicht, dass sie dich sehen.«

Ganz langsam schiebe ich das Handy um die Ecke, während ich selbst in Deckung bleibe. Als ich Mike und die Kids auf dem Bildschirm habe, betätige ich mehrmals hintereinander den Auslöser. Das künstliche Klicken der Kamera verursacht mir beinahe einen Herzinfarkt. Sofort ziehe ich die Hand mit der Kamera zurück. »Und jetzt?«, flüstere ich.

»Wir warten, bis sie weg sind.«

»Wir sollten zur Polizei gehen.«

Ron schüttelt den Kopf und lächelt grimmig. »Das wird nicht annähernd reichen. Was ist auf den Bildern schon zu sehen?«

»Das ist doch egal! Wir sind Zeugen, wir müssen es wenigstens versuchen!«

»Was denn versuchen?« Beim Klang der fremden Stimme wirbeln wir gleichzeitig herum. Wir sind umzingelt. Es sind die drei Jungs, mit denen Mike gesprochen hat. Mike selbst ist nirgends zu sehen.

Mein Magen krampft sich zusammen, ich presse mich gegen die Wand und blicke mich hilfesuchend um. Zwei Passanten hasten an uns vorbei, mit gesenkten Köpfen, tief in ihre Mäntel vergraben. Niemand wird uns helfen.

»Hab ich doch recht gehabt«, sagt ein anderer. Er trägt einen schwarzen Kapuzenpulli, viel zu kalt für diese Jahreszeit, und eine Baseballkappe dazu.

»Is’ ja gut Alter, willst du ’nen Orden? Rück das Handy raus, Schlampe«, sagt der Dritte im Bunde. Langes, schmieriges Haar lugt unter seiner Strickmütze hervor.

Unwillkürlich presse ich Rons Smartphone gegen meine Brust. Ich kann mein Herz darunter spüren. Es flattert wie ein eingesperrter Kolibri.

»Wir wollen keinen Ärger mit euch«, sagt Ron. Wie kann er nur so ruhig bleiben? Ich kriege keinen Ton heraus.

»Dann sag deiner Alten, sie soll hinne machen!«, faucht der mit der Kappe.

»Na los, gib ihm das Handy«, sagt Ron sanft.

Doch ich kann nur eines denken: Auf der Speicherkarte sind nicht nur die Beweisfotos, sondern auch Rons sämtliche Kontakte, unter anderem meiner. Wenn ich es ihnen überlasse, können sie dann rausfinden, wer ich bin? Wo ich wohne? Oder zeigen sie das Handy Mike und der zählt eins und eins zusammen?

»I-ich kann die Bilder einfach löschen. S-Seht ihr?« Hastig wischen meine gefrorenen Finger über das Display, da macht der mit der Strickmütze einen Schritt nach vorn und schlägt mir das Handy aus der Hand. Es kracht auf das gefrorene Pflaster und schlittert ein paar Meter davon. Ich hechte ihm nach, ohne nachzudenken, ohne zu zögern, und trete mit dem Stiefel darauf, bevor ich es in den nächsten Gully kicke. Etwas trifft mich an der Schulter, schleudert mich zu Boden. Ich beiße mir auf die Zunge und schmecke Blut. Alles dreht sich, ich höre Schreie, ein gedämpftes Keuchen.

»Lasst uns verschwinden! Komm schon, Alter!« Schnelle Schritte, die sich entfernen.

»Helen! Alles ok?«

Ich rapple mich auf und unterdrücke einen Würgereiz, indem ich den Handrücken auf meinen Mund presse. »Mir ist schlecht«, stöhne ich.

Ron reicht mir seine Hand. »Komm, steh auf. Wir müssen weg.«

Ich lasse mir hochhelfen und folge Ron in die Bahnhofshalle. Auf dem gesamten Weg zum U-Bahngleis sagt er kein Wort, lässt mich aber auch nicht los. Mir fällt auf, dass er seltsam läuft. Nach vorn gebeugt, als hätte er Schmerzen. Ich traue mich nicht, etwas zu sagen. Ich glaube, ich kriege den Mund erst wieder auf, wenn ich mich in der Sicherheit meiner Wohnung befinde. Mit verriegelter Tür und vorgelegter Kette. In der U-Bahn beginne ich zu zittern.

Noch immer den Geschmack von Blut im Mund. Ron setzt sich neben mich und legt seinen Arm um meine Schulter. »Das war mutig, Helen. Mutig und dumm«, murmelt er in meinen Scheitel und ich muss irritierenderweise kichern. Leise glucksend beuge ich mich im Sitz nach vorn, bis meine Stirn die Knie berührt, während zugleich Tränen über mein Gesicht laufen.

◆◆◆

Frisch geduscht und in meinen gemütlichsten Pullover gekuschelt, klopfe ich gegen Rons Tür. Er öffnet sofort, als hätte er mich bereits erwartet, und zieht mich in eine warme, lange Umarmung. Er hat Tee gekocht und während er uns zwei Tassen eingießt, mache ich es mir mit einer Wolldecke auf dem Sofa bequem.

»Willst du was essen?«, fragt er mich.

»Nein. Du?«

Er schüttelt den Kopf und wippt etwas befangen auf seinen Fußballen.

Ich klopfe auf den Platz neben mir. »Komm her.«

Er bewegt sich vorsichtig und verzieht das Gesicht, während er sich neben mir niederlässt.

»Du bist verletzt. Lass mich sehen.«

»Das ist nichts weiter.« Doch auf meinen schneidenden Blick hin hebt er den Sweater und zeigt mir einen großen Bluterguss in Form eines Fußabdrucks auf dem Hüftknochen.

Ich schlage die Hände vor den Mund. »Ron!« Vorsichtig lege ich den Finger auf die Stelle und er zischt vor Schmerz. »Ich hol dir was zum Kühlen. Warum hast du das nicht eher gezeigt?«

»Wollte dich nicht beunruhigen«, murmelt er, während ich aufstehe und in die Küche gehe. Im Gefrierfach finde ich einen Eiswürfelbeutel und wickle ihn in ein Handtuch.

Dann kehre ich zu Ron zurück. Er hat den Hinterkopf gegen die Couch gelehnt und die Augen geschlossen. Vorsichtig lege ich das Handtuch auf den Bluterguss. Ron hebt träge die Lider.

»Du solltest jetzt schlafen gehen. Morgen überlegen wir uns, wie es weitergeht«, sage ich und will aufstehen, um in meine eigene Wohnung zurückzukehren. Ein Teil von mir möchte einfach nur die Decke über den Kopf ziehen und diesen ganzen Wahnsinn vergessen. Zurück in mein altes, langweiliges Leben kehren. Und dann ist da dieser andere Teil, der sich in den letzten beiden Tagen so lebendig wie nie gefühlt hat, trotz allem, was geschehen ist. Dieser Teil schreit nach mehr, schreit nach Ron. Und Ron hört hin.

»Nichts da, du bleibst schön hier.« Er zieht mich am Handgelenk zu sich heran. Ich lande auf seinem Schoß und bemühe mich, nicht gegen seine Verletzung zu stoßen.

»Dieser Tag war die Hölle. Zumindest die Hälfte davon«, sagt er. »Die andere Hälfte allerdings …« Er lächelt vielsagend und legt seine Hand an mein Gesicht, um es zu sich heranzuziehen. Seine Lippen streifen meine, ganz sacht nur, und trotzdem erwärmt sich mein ganzer Körper. »Ich hab die ganze Zeit an dich gedacht. Wie du dich anfühlst, wie du schmeckst.«

»Dann hast du noch nicht genug von mir?«, flüstere ich und möchte vor Freude schreien.

»Noch lange nicht.« Er küsst mich intensiv, hungrig. Und doch gemächlich.

Leider muss ich seinen Enthusiasmus ausbremsen. »Da ist noch etwas«, ich räuspere mich. »Es geht um dein Schlafzimmer. Dein Bett, um genau zu sein.«

Er runzelt die Stirn. »Was ist damit?«

»Hm, wie sage ich es am besten? Es ist kontaminiert.«

»Kontami ...?« Seine Miene erhellt sich. »Du meinst ...? Hältst du mich für ein Schwein? Ich hab 'ne Waschmaschine!«

Ich spüre, wie meine Wangen sich rot färben. »Ich wollte dir nicht zu nahe treten, ich dachte nur ...«

Ron unterbricht mein Gestammel, indem er schallend loslacht und dann vor Schmerzen das Gesicht verzieht. »Aua, Helen. Das ist ... du bist ... unglaublich.«

Peinlich berührt streiche ich mir das Haar zurück. »Ich fühle mich bloß nicht wohl dabei, wenn wir in diesem Bett ...«

»Ich nehme niemanden mit in mein Bett«, unterbricht er mich.

Ich stutze. »Nicht? Aber wo ...?«

»Na hier, auf dem Sofa. Schlaffunktion.«

»Iih!« Angewidert will ich aufspringen, doch er hält mich abermals fest.

»Ich kauf ein neues, wenn du willst.«

»Wovon, Hochzeitssänger?«

»Autsch, du Biest!« Er grinst und küsst mich wieder.

Schleunigst verlassen wir die Couch und diesmal wehre ich mich nicht, als er mich in sein Schlafzimmer führt.

16. Kapitel

Die halbe Nacht liege ich grübelnd wach, während Ron neben mir tief und fest schläft. Wie kann er schlafen, während sein Leben zusammenbricht? Aber er tut es, hat seinen Arm um mich gelegt und atmet in meinen Nacken. Ich versuche, mich zu entspannen, kuschle mich an den warmen, nackten Mann hinter mir, aber nichts hilft. Meine Sorgen überschatten alles.

Warum will Ron meine Hilfe nicht annehmen? Ist Mike wirklich gefährlich? Und wenn Didi und sein Bruder dahinterstecken? Bisher haben wir dafür noch keine Anhaltspunkte gefunden. Wohl aber dafür, dass Mike nur das untere Ende einer sehr gefährlichen Organisation markiert. Hoffentlich haben wir da heute Nacht nichts losgetreten. Fröstelnd schiebe ich mich näher an Ron heran. Er brummt und wälzt sich auf den Rücken. Ich muss ihm irgendwie helfen. Ich könnte ohne sein Wissen zur Polizei gehen, das würde ihn zumindest entlasten und die Spur auf Mike lenken. Über alles Weitere können wir dann später nachdenken. Nur was, wenn Mike dadurch alarmiert wird und alle Beweise vernichtet? Dann steht sein Wort gegen meins. Wem werden sie glauben?

Nein, Ron hat recht, wir brauchen Beweise …

Über diesen Gedanken schlafe ich dann doch endlich ein.

Gefühlte fünf Minuten später bin ich wieder wach. Es ist Morgen, die Sonne scheint durch die Jalousien. Was mich geweckt hat, ist Rons Hand zwischen meinen Schenkeln und seine Zähne an meinem Ohrläppchen. So kann jeder Morgen beginnen.

◆◆◆

Beim Frühstück sitzen wir uns gegenüber am Küchentisch. Ron löffelt seine Cornflakes – das zuckersüße Zeug, von dem man Karies bekommt – und scrollt auf seinem Smartphone herum. Ich lese ganz altmodisch lieber die Zeitung und studiere Stellenanzeigen. Es ist ein einträchtiger, seltsam intimer Moment, der mich kurz innehalten lässt. Über den Rand meiner Zeitung sehe ich ihn an. Und begegne seinem Blick. Er sieht ernst aus.

»Was ist?«

»Ich habe dich nicht mal gefragt, wie es dir geht. Wegen deiner Mutter.«

»Und das fällt dir jetzt ein?«

»Ich bin eben ein Arsch.«

Ich lasse die Zeitung sinken. »Bist du nicht. Du hattest bloß deine eigenen Probleme. Mir geht es gut.«

»Ich hätte wenigstens zur Beerdigung kommen sollen, anstatt ...« Er bricht ab.

»Besser nicht«, knurre ich hinter meiner Zeitung. »Tobias war dort.«

Es klirrt heftig, ich lasse die Zeitung wieder sinken. Ron hat den Löffel in die Cornflakes-Pampe geschmettert und sie dabei über den Tisch verteilt. Sein Gesicht wirkt wie eingefroren. »Dein Ex war auf der Beerdigung deiner Mutter?«

Hätte ich doch nichts gesagt! Innerlich seufze ich. »Es war halb so wild.«

»Du lügst.«

»Möglicherweise.«

»Warum?«

Ich beuge mich zu ihm vor, ergreife seine Hand. »Wir haben andere Probleme. Und ich habe einen Plan.« Mit einem triumphierenden Lächeln lehne ich mich wieder zurück.

Er starrt weiter ziemlich düster. »Du willst nicht drüber reden?«

Es ist das Letzte, was ich will.

»Hast du mich gehört? Ich sagte: Ich habe einen Plan.«

Ron schließt die Augen und schüttelt den Kopf. »Okay und der wäre?«

»Wir haben geglaubt, er hätte alle Medis in der Bar abgeliefert, um mögliche Beweise gegen ihn loszuwerden. Hat er aber nicht, denn kurz darauf hat er Tabletten an diese Jugendlichen verkauft, richtig? Also haben sie entweder sein Zeug nicht gewollt oder ...«

»Oder er hat etwas für sich selbst abgezwackt, für seine eigenen Geschäfte«, führt Ron den Gedanken zu Ende. »Klingt logisch. So würde ich es machen.«

Er zwinkert mir zu, als er mein Entsetzen bemerkt.

Ich schüttle den Kopf und fahre fort: »Die Fotos hätten uns helfen können, Mike unter Druck zu setzen. Damit er den Verdacht gegen dich zurücknimmt.«

»Aber meine SIM-Karte ist leider hinüber«, murrt Ron.

»Wir brauchen einfach neue Beweise. Also holen wir sie uns.«

Als er keine Miene verzieht, mir aber auch nicht widerspricht, fahre ich fort. »Ich war schon einmal in Mikes Wohnung. Ich könnte mich nochmal mit ihm verabreden und Fotos von seinem Versteck machen.«

»Nein«, sagt er kategorisch.

»Ron, jetzt lass mich doch erst mal ...«

»Ich sagte Nein!« Er springt auf und verzieht das Gesicht.

»Du musst langsam machen, deine Verletzung ...«

»Es kommt nicht infrage, dass du dich in Gefahr begibst, Helen.«

Wütend verschränke ich die Arme. »Ach nein? Warum nicht? Wegen meiner *schlimmen*Vergangenheit? Oder weil nicht in deinen Machokopf rein will, dass du meine Hilfe brauchst?«

»Keins von beidem«, knirscht er und lässt sich zurück auf den Stuhl fallen. »Ich will einfach nicht, dass dir was passiert.«

Die Ehrlichkeit in seinem Blick versöhnt mich etwas. Trotzdem gebe ich nicht auf. »Das lass mal meine Sorge sein, ja? Gib einfach zu, dass es funktionieren könnte.«

Nach langem, nachdenklichen Schweigen nickt er. »Könnte es. Aber wir machen es auf meine Art, du gehst nicht mehr zu ihm in die Wohnung. Triff dich mit ihm an einem öffentlichen Ort. Ich gehe rein.«

Ein erschrockenes Keuchen entweicht mir. »Du willst einbrechen? Damit machst du dich strafbar!«

Trotzig hebt er das Kinn. »Denkst du, Mike zeigt mich an, wenn ich ihm die halbe Unterwelt auf den Hals hetzen kann? Sieh du nur zu, dass er mich nicht erwischt. Und, na ja, wenn du irgendwie an seinen Schlüssel kämst, dann wäre es ja kein Einbruch mehr.« Er zwinkert mir auf diese unverschämte Art zu, die mich noch vor Tagen zur Weißglut getrieben hat. Heute schmelze ich dahin. Toll, Helen! Ich seufze übertrieben. »Also schön, ich sehe, was ich tun kann.«

───◆◆◆───

Mike ist sofort einverstanden, sich nochmal mit mir zu verabreden. Diesmal suche ich das Restaurant aus. Mit einem mulmigen Gefühl im Bauch mache ich mich für das Date fertig. Ich habe darauf bestanden, dass wir uns diesmal direkt vor Ort treffen, ich will ihn nicht einmal in der Nähe meiner Wohnung wissen.

Ron und ich haben alles bis ins kleinste Detail abgestimmt. Es wird gut gehen. Das rede ich mir jedenfalls ein, als ich aus dem Bus steige und das letzte Stück bis zum Restaurant laufe.

Mike ist noch nicht da. Soll ich schon reingehen? Nein, besser wir gehen zusammen. Kurze Zeit später joggt er um die Ecke. »Tut mir leid! Wartest du schon länger?« Dieses Lächeln. Wie konnte ich darauf nur hereinfallen?

Das hat bei Tobias doch auch geklappt, wispert die zynische, kleine Stimme. Und bei Ron? *Du fällst doch immer wieder drauf rein ...*

»Nein, gar nicht. Bin auch gerade erst gekommen«, beruhige ich ihn.

Zur Begrüßung gibt er mir einen Kuss auf die Wange. »Ich habe mich sehr gefreut, als du angerufen hast. Nach dem letzten Treffen war ich mir da nicht so sicher.«

»Tut mir leid, dass ich so schnell weg bin. Ich glaube, ich habe das Essen nicht vertragen.«

»Dann wagen wir einen neuen Versuch?« Er deutet auf das Lokal. Ich nicke lächelnd und lasse mir von ihm die Tür aufhalten. Drinnen ist es behaglich warm. Ich reibe die Hände aneinander und sehe mich um. Ron steht hinter dem Tresen und schenkt Wein aus. Er tut so, als hätte er mich noch nicht bemerkt.

»Na großartig«, flüstere ich Mike zu. »Ich wusste nicht, dass der hier arbeitet.«

Mike wird mit einem Schlag ziemlich blass.

»Geht es dir nicht gut?«, frage ich unschuldig.

Er schüttelt den Kopf, lächelt. »Nein, nein, alles in Ordnung. Willst du woanders hin? Wegen ihm, meine ich ...«

Ich tue, als würde ich darüber nachdenken, da tritt ein weiterer Kellner zu uns. »Guten Abend, haben Sie reserviert?«

»Auf Hartmann«, erwidere ich. Dann lege ich meine Hand auf Mikes Arm. »Wir bleiben. Von ihm lassen wir uns den Abend nicht verderben.«

Ron sieht auf und begegnet meinem Blick. Dann sieht er zu Mike und seine Miene wird sehr, sehr finster.

»Folgen Sie mir bitte«, fordert der Kellner uns auf. Ich lächle in mich hinein. Mike sitzt auf glühenden Kohlen und er schafft es kaum, es zu verbergen. »Darf ich Ihnen die Jacken abnehmen?«, fragt der Kellner. Ich reiche ihm meinen Mantel und auch Mike zieht den Parka aus.

»Oh, Moment, meine Schlüssel«, hält Mike den Kellner auf, als er mit unseren Jacken davongehen will.

»Den kann ich in meine Handtasche stecken, wenn du magst«, biete ich ihm an. »Wir dürfen ihn dann nur nicht vergessen. Es sei denn, du nimmst mich mit zu dir.«

Ich zwinkere ihm zu. Mike wird rot und leckt sich über die Lippe. »Das würde mich freuen.« Er schiebt mir seine Schlüssel herüber. Mein Herz macht einen triumphalen Sprung, als ich ihn in die Tasche gleiten lasse.

Kurz darauf entschuldige ich mich und husche zur Toilette. Anstatt hineinzugehen, trete ich durch die Tür, auf der »Nur für Personal« steht. Ron folgt mir. Er drückt mich gegen die Wand und küsst mich sehr gründlich.

»Wofür war der denn?«, frage ich etwas atemlos.

Er zuckt mit den Achseln. »Nur so. Wenn ich dieses Arschloch schon sehe ...«

Ich lege meine Hand auf seine Brust. »Ganz ruhig, ich hab es im Griff.«

»Hast du die Schlüssel?«

Ich hole sie aus der Tasche.

Ron nickt grimmig. »Ich versuche, so schnell wie möglich hier rauszukommen. Hab beim Chef schon rumgejammert, ich hätte Bauchschmerzen. Jetzt gerade glaubt er, ich wäre auf der Toilette.« Er wackelt mit den Augenbrauen.

Ich pruste leise vor Lachen, doch Ron wird schnell wieder ernst. »Pass auf dich auf, versprochen? Hast du meine neue Nummer?«

Ich hebe die Hand zum Pfadfinderehrenwort. »Hab ich. Pass du auch auf dich auf.«

Wir küssen uns noch einmal, dann gehe ich zurück zu Mike an den Tisch. »Also? Was wollen wir trinken?«

Wir bestellen auf meinen Wunsch eine Flasche Wein und ich trinke sehr langsam. Auch bei der Auswahl des Essens lasse ich mir Zeit, bestelle sogar eine Vorspeise. Irgendwann zwischen dem ersten und zweiten Gang durchquert Ron in seinen Mantel gehüllt das Lokal und verschwindet nach draußen. Er ist tatsächlich etwas blass um die Nase. Verständlich, wenn er ebenso nervös ist wie ich.

Mike sieht ihm nach. »Weißt du, was er getan hat? Hat er's dir erzählt?«

»Nein, was denn?« Es war klar, dass Mike versuchen würde, mich einzuspannen, ich bin trotzdem auf der Hut.

»Hat Betäubungsmittel von den Palliativpatienten gestohlen.«

»Nein!« Ich reiße die Augen auf und trinke einen Schluck Wein. »Ich hätte ihm ja vieles zugetraut. Aber das?«

Mike nickt eifrig. »Ich hab ihn selbst dabei erwischt.«

»Wie hat er es denn angestellt? Die Betäubungsmittel werden doch akribisch dokumentiert, du hast es mir selbst erklärt.«

»Der Idiot hat tatsächlich geglaubt, es fiele nicht auf, wenn er Morphinampullen gegen Kochsalzlösung austauscht.« Er schüttelt den Kopf und kichert vor sich hin.

Dieses schleimige, widerliche, verlogene Subjekt.

»Wer weiß, was der sonst noch alles hat mitgehen lassen. Die Bedarfsmedis von Frau Gantner waren auch ständig leer. Und letzte Woche beim Didi – eine ganze Packung Tramal, einfach weg!«

»Dann hat er auch den Müll durchwühlt? Nach diesen Pflastern?«

»Ist anzunehmen. Nachdem er versetzt wurde, hörte das jedenfalls auf. Dafür hat Frau Hülster ständig ihre Pflaster vermisst.«

Mit welcher Unverfrorenheit er hier sitzt und mir seinen ganzen miesen Plan offenlegt. Ich muss mich zusammenreißen, um nicht vor Abscheu zu würgen.

Stattdessen schüttle ich den Kopf. »Unglaublich. Ich hoffe, sie sperren ihn weg!«

Ein selbstzufriedenes Lächeln zieht durch Mikes Gesicht. »Ist anzunehmen. Er ist ja kein unbeschriebenes Blatt. Ah, da kommt unser Essen!«

Ich stochere ohne viel Appetit in meinem Salat herum. Meine Gedanken sind bei Ron. Ob er schon was gefunden hat?

»Was ist denn, Helen? Du bist so still.«

»Es ist nichts.«

»Hab ich die Stimmung versaut mit meinem Gerede über diesen Kriminellen?« Er greift nach meiner Hand. Ich zwinge mich, sie nicht wegzuziehen. »Das tut mir leid. Möchtest du lieber gehen?« Sein Blick wird anzüglich, der Daumen streicht über meinen Handrücken.

Ich beiße die Zähne zusammen, schüttle den Kopf. »Nein. Wir haben doch noch gar nicht aufgegessen.« Ich häufe eine große Portion Salat mit Hähnchenbrust und Pinienkernen auf meine Gabel und schiebe sie demonstrativ in den Mund. »Hmm, das Dressing ist köstlich!«

Mike nimmt lächelnd seine Hand weg und widmet sich dem Steak.

Eine Stunde später brummt mein Handy in der Handtasche. Ich entschuldige mich bei Mike und verschwinde auf die Toilette. Eine SMS von Ron!

Erledigt. In 30 Min zurück. Halt durch! R.

Ich atme tief ein. Noch eine halbe Stunde. Wir sind schon beim Kaffee. Ich trödle auf der Toilette, doch irgendwann muss ich zurück. Mike blickt leicht ungeduldig auf die Uhr.

»Hast du noch was vor?«, frage ich ihn augenzwinkernd.

Ertappt zuckt er mit den Schultern. »Ich würde dir einfach gern endlich meine Alben zeigen.«

Natürlich. Ich nicke wissend. »Und ich würde sie sehr gern sehen.«

»Wollen wir dann?« Er zieht sein Portemonnaie aus der Gesäßtasche und winkt nach dem Kellner.

»Warte, ich ... der Wein ist noch nicht leer!« Panisch deute ich auf die Flasche. »Wäre doch schade drum.«

Mike lässt die Hand sinken und verkneift säuerlich das Gesicht. Spätestens jetzt hätte er mich verloren, wenn er sich nicht schon früher disqualifiziert hätte.

»Wir haben doch Zeit«, beschwichtige ich ihn. »Es ist so ein schöner Abend.«

»Ich hab morgen Frühdienst«, knirscht er schlecht gelaunt und füllt mein Weinglas auf. Danach ist die Flasche leer.

Ich verschränke die Arme und lege den Kopf schief. »Ah ja? Na und? Willst du nun Zeit mit mir verbringen oder mich für eine schnelle Nummer in die Kiste kriegen, damit du morgen ausgeschlafen bist?«

Mikes Kopf nimmt die Farbe einer reifen Tomate an. »Nein, Helen, das hast du völlig falsch verstanden.«

Ich greife nach dem Weinglas. »Ich denke, ich habe es richtig verstanden.«

Er schweigt zerknirscht und betrachtet seine Hände. »Es tut mir leid«, murmelt er schließlich. »Es ist bloß, ich mag dich wirklich sehr! Und du bist wunderschön. Ich würde so gern, na ja, mehr von dir sehen.«

»Aber so läuft es nicht, Mike. Nicht mit mir.«

»Das habe ich jetzt verstanden. Kannst du mir noch eine Chance geben? Wenn du willst, bestelle ich dir noch etwas zu trinken!«

Ich tue so, als müsste ich darüber nachdenken, bevor ich huldvoll nicke. »Also schön. Ich nehme einen Cappuccino.«

Er ruft den Kellner und bestellt für mich den Kaffee und für sich selbst noch ein Bier. Ich schaue auf die Uhr. Noch zwanzig Minuten. Hoffentlich beeilt Ron sich und kommt etwas früher.

Mike gibt sich charmant, macht mir Komplimente. Vermutlich erhofft er sich, dass doch noch was geht. Den Zahn werde ich ihm schon sehr bald ziehen. Tatsächlich brodelt es in mir, ich kann mich kaum beherrschen, möchte ihm am liebsten alles an den Kopf knallen, was ich weiß. Nur, um sein Gesicht zu sehen.

Noch zehn Minuten. Ich gehe nochmal zum Klo. Wegen der vielen Getränke. Mike hat nun eindeutig genug. Als ich wiederkomme, steht der Kellner an unserem Tisch. Mike schiebt seine EC-Karte in das Lesegerät. Ich blicke zur Tür. Da steht Ron am Fenster und gibt mir Zeichen.

»Ich gehe schon mal raus. Eine rauchen«, entschuldige ich mich, während das Gerät die Transaktion noch verarbeitet. Ohne Mikes Antwort abzuwarten, schnappe ich meine Tasche und verlasse das Lokal.

Ein schneller Blick rechts und links, Ron ist nirgends zu sehen. Doch dann höre ich einen Pfiff, rechts um die Ecke.

Ich muss mich zwingen, nicht zu rennen. Ron wartet im Schatten der Hausecke und klimpert mit dem Schlüssel.

»Das war knapp«, murmle ich und reiße ihm den Schlüssel aus der Hand.

»Sorry, ging nicht eher.«

Der Schlüssel wandert in die Tasche. Ich hole eine Packung Zigaretten hervor. »Sehen wir uns später?«

Er lächelt. »Na klar, sieh zu, dass du ihn loswirst. Soll ich hier warten?«

»Nein, verschwinde von hier, wir treffen uns zu Hause.«

In diesem Moment bimmelt die Eingangstür des Lokals. »Helen?«

Ich trete aus dem Schatten.

»Du hast deinen Mantel vergessen.«

»Ich Schussel.« Lächelnd gehe ich ihm entgegen und lasse mir in den Mantel helfen. »Ich hatte kein Feuer, wird nichts aus der Zigarette.« Mit einem Schulterzucken lasse ich die Packung in die Manteltasche gleiten. »Wir dürfen deine Schlüssel nicht vergessen.« Ich hole sie heraus und strecke sie ihm entgegen.

Mikes Mundwinkel sinken herab. Doch er fängt seine Enttäuschung gut ab und kommt einen Schritt näher. »Ich dachte, falls du doch noch Lust hast, mit zu mir zu kommen ...?«

Ich trete zurück. »Mike, ich glaube nicht, dass das eine gute Idee ist. Ich habe vor, mich bei euch zu bewerben, das solltest du vielleicht wissen.«

Seine Freude wirkt echt. »Das ist ja großartig, Helen. Ich drücke dir die Daumen.«

»Danke.« Ich sehe zu Boden, dann wieder zu ihm. »Das bedeutet, falls es klappt, werde ich eure Auszubildende. Es käme bestimmt nicht so gut, wenn du ... wenn wir ...«

Er kommt mir nach, nimmt meine Hände in seine. Ich lasse beinahe die Schüssel fallen. »Das ist kein Problem, wenn du in einer anderen Wohngruppe arbeitest. Helen, stell dir mal vor, wir beide!« Dann küsst er mich.

Vor Überraschung bin ich erst einmal völlig gelähmt. Dann weiche ich zurück, hole aus und verpasse ihm eine Ohrfeige. Ich denke nicht nach, tue es einfach. Mike hält sich die Wange und starrt mich an. »Was ...?«

Ich mache einen Schritt zurück, hole tief Luft. »Warum ziehst du Ron in deinen Mist mit rein?«, bricht es aus mir hervor. Ich beiße mir auf die Lippe. Zu spät.

»Ich ... was?«

»Du weißt genau, wovon ich rede! Die Medikamente! Ron hat sie nicht gestohlen. Das warst du!«

Beinahe kann man ihm beim Denken zusehen. Sein Blick rutscht von mir ab, die Pupillen zucken nervös hin und her. Auf seiner Oberlippe bilden sich trotz der Kälte Schweißperlen.

»Hat er das etwa gesagt?«

»Ich habe es gesehen! Neulich in deiner Wohnung. Mike! In was bist du da verwickelt?«

Bevor ich begreifen kann, wie mir geschieht, hat er mich an den Handgelenken gepackt und zieht mich zu sich heran. »Wenn du irgendwem was sagst ...«

Mir wird schlecht vor Angst, trotzdem hebe ich das Kinn. »Was dann?«

Er schüttelt den Kopf, seine Augen sind schmale Schlitze. »Du spielst mit dem Feuer. Verbrenn dich nicht!«

»Bedrohst du mich etwa?« Meine Stimme zittert. Vergeblich versuche ich, mich zu befreien.

»Nein, nicht ich.« Unvermittelt lässt er mich los. Ich stolpere rückwärts und reibe meine pochenden Handgelenke.

»Ich mag dich, Helen. Das war nicht gelogen. Es täte mir leid, wenn dir etwas passiert. Halt die Klappe, sonst kriegst du Probleme, aber nicht mit mir.«

»Klar! Weil du dann im Gefängnis sitzt, du dummes Arschloch!«, brülle ich ihn an.

Unser Kellner streckt den Kopf aus dem Lokal und mustert mich besorgt. »Alles in Ordnung bei Ihnen? Brauchen Sie Hilfe?«

Ich schüttle den Kopf. »Nein, nur eine kleine Meinungsverschiedenheit ... danke.«

Er scheint zu zögern, doch letztlich ist es ihm vermutlich zu kalt hier draußen. Er geht wieder rein.

Mike und ich stehen uns gegenüber wie zwei Kampfhunde, die sich belauern. Fehlt noch, dass er knurrt. Dann wechselt er die Taktik, sein Blick wird weich, er lässt die Arme sinken. »Helen, bitte. Ich ... ich habe es doch nicht für mich getan. Meine Mutter ist krank, die Behandlung kostet viel Geld. Die Rechnungen stapeln sich. Ich brauchte einen Ausweg, nur eine Übergangslösung.«

»Wer arbeitet mit dir zusammen?«

Mike schüttelt den Kopf. »Mit diesen Leuten spaßt man nicht. Je weniger du weißt, umso besser.«

»Sind es die Scheuers?«

Er reißt die Augen auf, wird blass.

Ich zucke mit den Achseln. »War nicht schwer herauszufinden, was hinter eurem ›Fast-Food-Deal‹ steckt. Hältst du mich für eine Idiotin?«

»Wer weiß noch davon? Dieser Ron?«

Ich schweige stoisch. Mir schwant, dass ich einen Riesenfehler gemacht habe. Nicht den ersten in meinem Leben. Aber vielleicht den letzten? »Niemand weiß es. Mit Ron hab ich nichts zu schaffen.«

Er macht wieder einen Schritt auf mich zu. Ich weiche zurück. »Ach wirklich?«

Ich nicke inbrünstig. »Er hat mir lediglich gesagt, dass er unschuldig ist. Den Rest habe ich mir selbst zusammengereimt.«

»Warum wolltest du dich mit mir treffen?« Er treibt mich weiter weg vom Lokal, direkt in die Gasse. Scheiße!

»Ich wollte dich aushorchen.«

»Zufällig in dem Lokal, wo dieser Kerl arbeitet? Ich bin auch kein Idiot, Helen!«

Mir fällt sein Schlüssel wieder ein, den ich immer noch festhalte. Ich schleudere ihn Mike ins Gesicht und renne los. So schnell ich kann, remple Fußgänger zur Seite, überquere eine rote Ampel. Reifen quietschen, eine Hupe tönt, ich laufe weiter. Meine Seite sticht, ich keuche, sehe mich nicht um. Eine Haltestelle. Ein Bus! Ich springe hinein, bevor sich die Türen schließen, und zeige mit zitternden Händen meine Fahrkarte vor. Dann erst erkundige ich mich, wohin der Bus eigentlich fährt.

Falsche Richtung! Aber Hauptsache, erstmal weg von Mike. Ich krame mein Handy hervor, um Ron anzurufen. Mit abgehackter Stimme erzähle ich ihm, was passiert ist. Das Zittern wird immer stärker, mir wird schwindlig. Ich will heulen.

Seine Stimme beruhigt mich. Er will wissen, wo ich bin. Ich nenne ihm die Buslinie und wir vereinbaren einen Treffpunkt, wo er mich abholen kommt. Danach sinke ich in den Sitz und schließe die Augen. Mein Herz hämmert in meiner Kehle. Angst, Wut, Enttäuschung, alles schwemmt auf mich ein. Bis zuletzt habe ich geglaubt, dass Mike in Wirklichkeit kein schlechter Mensch ist, bloß weil er etwas Falsches getan hat. Wie habe ich mich geirrt!

17. Kapitel

Zwei Stationen weiter steige ich am Bahnhofsplatz aus. Ron ist noch nicht da, aber ich bin nicht allein. Der Platz ist wie immer gut belebt, selbst um Mitternacht. Etwas mulmig wird mir bei dem Gedanken an die drei Kids, die uns gestern aufgelauert haben.

Ich setze mich in das Haltestellenhäuschen und fühle mich wie eine Gestrandete. Nervös blicke ich mich um. Wo bleibt Ron denn bloß?

Ich versuche, ihn noch einmal zu erreichen, doch wie so oft bei ihm, geht nur die Mailbox ran. »Hey, ich bin jetzt am Bahnhof. Wo bleibst du?« Dann lege ich auf. Die Minuten verstreichen. Kein Ron weit und breit. Keine Anrufe, keine Nachrichten.

Zwanzig nach zwölf. Wenn ihm was passiert ist?

Ich starre das Handy an, beschwöre es, zu klingeln. Und dann – endlich! – vibriert es in meinen Händen. Eine Nachricht!

Auto springt nicht an. Warte zu Hause auf dich.

Ich atme durch. Okay, das ist kein Weltuntergang. Wenigstens geht es ihm gut. Ich nehme einfach den nächsten Bus, in zwanzig Minuten werde ich bei ihm sein. Inzwischen bin ich mächtig durchgefroren und habe Kopfschmerzen von dem Rotwein in meinem Blut. Zum Glück muss ich nicht lange auf den nächsten Bus warten. Es ist der letzte, der heute noch fährt. Gerade rechtzeitig. Wenn Ron sich später gemeldet hätte ... Warum hat er sich eigentlich erst so spät gemeldet? Zwischen unserem Telefonat und der SMS lag eine halbe Stunde. Hat er versucht, das Auto fit zu bekommen?

Die Erklärung scheint mir schlüssig, aber ein ungutes Gefühl bleibt. Meine Nerven drehen einfach durch.

Die Bushaltestelle liegt etwa fünfzig Meter von unserem Wohnhaus entfernt. Die Straße ist um diese Zeit dunkel und verlassen. Mein Herz wummert im Gleichklang mit meinen Schritten. Ich kann es kaum erwarten, Ron zu sehen, mich in seine Arme zu schmiegen. Nach dem Wahnsinn der letzten Stunden ist es genau das, was ich jetzt brauche. Wann genau bin ich eigentlich so anhänglich geworden?

Im Treppenhaus mache ich Licht und gehe nach oben, geradewegs zu seiner Wohnungstür. Anstatt zu klingeln, klopfe ich, damit er weiß, dass ich es bin. Innerlich bereite ich mich auf seine Umarmung vor und lächle, als die Tür sich öffnet. Aber nicht Ron macht mir auf, sondern Didis Bruder.

Schlagartig weicht alles Blut aus meinem Kopf. Ich mache auf dem Absatz kehrt, aber starke Arme umfangen mich, eine Hand presst sich so fest auf Mund und Nase, dass ich keine Luft mehr bekomme. Er schleift mich in die Wohnung, schlägt die Tür zu – peng! – zerrt mich ins Wohnzimmer, wirft mich auf den Boden. Ich kann den Sturz mit den Händen abfangen, mein rechtes Handgelenk knickt um. Schmerz brandet durch meinen Körper wie eine Welle, mir wird schwarz vor Augen.

»Helen!«

Ron!

»Halt's Maul!« Ein Schlag, ein Keuchen. Ruhe.

233

Ich öffne die Augen, blinzle benommen. Ron liegt ebenfalls auf dem Boden, seine Hände sind mit Kabelbinder vor dem Körper gefesselt, seine Lippe blutet.

»Ron« wimmere ich leise, doch er schüttelt nur stumm den Kopf, seine Augen huschen zu unserem Kidnapper.

»Du bist also Helen, die ihre Nase gern in fremde Angelegenheiten steckt.«

Seine Stimme, die Art, wie er redet. Alles an ihm ist bedrohlich. Sofort verfalle ich in eine lähmende Starre. Genau wie damals, wenn Tobias auf diese Weise mit mir sprach.

Du böses, böses Mädchen. Hatte ich nicht gesagt, du sollst heute zu Hause bleiben?

Ich mache mich klein, mein Handgelenk pocht. Auch das ist ein vertrauter Schmerz. Ich sollte jetzt ruhig bleiben, ruhig bleiben, ruhig bleiben ...

»Sieh mich an, wenn ich mit dir rede!«

Ich hebe ihm mein Gesicht entgegen. Er starrt lange auf mich hinab, dann seufzt er. »Hättet euch mal besser da raus gehalten.«

Er setzt sich auf die Sofalehne, wirkt beinahe ratlos. Dann seufzt er erneut. »Er wird mit euch sprechen wollen.«

»Er?«, fragt Ron. »Wer ist *er*?«

»Na, wer wohl? Mein Bruder, der große Didi Scheuer.«

»Sprechen?« Ron lacht bitter. »Wirklich?«

Scheuer geht neben ihm in die Knie. »Natürlich werde ich euch anschließend kaltmachen. Die Drecksarbeit bleibt nämlich immer an mir hängen.«

Ich beginne zu hyperventilieren. »Bitte, bitte. Wir verraten euch nicht. Nicht wahr, Ron? Wir sagen kein Wort. Bitte lassen Sie uns leben!«

»Wegen ein paar lächerlicher Pillen wollt ihr uns töten?«, knurrt Ron. Er klingt eher aufmüpfig als ängstlich.

Plötzlich schäme ich mich meiner Tränen. Reiß dich zusammen, Helen!

»Es sind mehr als nur ein paar Pillen. Mike ist nur ein widerliches kleines Kriechtier am Ende der Nahrungsketten.«

Nein, nein, nein, nein! Ich will das nicht wissen! Die Bösewichte erläutern ihren Feinden immer den genauen Plan, bevor sie sie kaltmachen. Ich will nicht kaltgemacht werden!

»Dass er es für einen guten Plan hielt, dich ans Messer zu liefern, ist doch wohl der Beweis dafür, was für ein Idiot er ist.«

»Wofür haben Sie ihn überhaupt gebraucht, wenn die paar Pillen so unwichtig sind?«, frage ich und weiß nicht einmal, woher ich die Kraft nehme, meine Stimme zu heben.

Scheuer zuckt mit den Schultern. »Er war es, der Didi ansprach. Wollte ein paar Geschäfte abwickeln, sich was dazu verdienen. Aber der Blödmann kriegte den Hals nicht voll, hat beim Pokern alles verzockt und sich bei uns verschuldet. Tja und dann musste er seine Schuld natürlich abarbeiten.«

Ich schließe die Augen. »Sie zwangen ihn, das Morphin zu stehlen. Er wusste, dass es irgendwann auffallen würde ...«

»Also begann er, es offensichtlich zu machen, als ihr zwei Turteltauben dort aufgetaucht seid.«

»Um mir die Schuld zuzuschieben«, presst Ron hervor.

Er sieht nicht gut aus, ist blass um die Nase. Wer weiß, was dieser Scheuer mit ihm gemacht hat, bevor ich kam.

Scheuer holt etwas aus der Tasche, es ist ein weiterer Kabelbinder. »Hände ausstrecken«, befiehlt er.

»Ich glaube, mein Handgelenk ist gebrochen«, flüstere ich.

»Sofort!«, zischt Scheuer. Ich tue es. Meine Hände zittern so stark, dass er es kaum schafft, den Binder festzuzurren. Das rechte Handgelenk ist geschwollen und klopft, aber es schmerzt nicht so schlimm, wie ich erwartet hatte.

»Los, aufstehen.« Widerwillig lasse ich mir aufhelfen, weil ich es allein nicht schaffen würde, aber Ron bietet er keine Hilfe an.

Scheuer drapiert unsere Jacken säuberlich über den gefesselten Händen. Dann zieht er eine Waffe mit Schalldämpfer aus dem hinteren Bund seiner Hose. Ich schreie auf, als die Mündung auf mein Gesicht zielt. Er wendet sich an Ron.

»Wenn du irgendwas Dummes versuchst, stirbt sie. Verstanden?«

Ron nickt widerwillig, dann richtet Scheuer die Waffe auf ihn und sagt zur mir: »Und du hältst ebenfalls schön die Klappe. Kein Geschrei, kein Geheul. Sonst ist dieser hübsche Kerl bald nur noch Brei.«

Auch ich nicke. Scheuer öffnet die Wohnungstür und treibt uns die Treppe hinunter. Um diese Zeit begegnen wir natürlich niemandem, aber selbst wenn, hätte ich nicht den Mut aufgebracht, um Hilfe zu rufen.

An der Bordsteinkante parkt ein weißer Lieferwagen mit dem Logo einer Haustechnikfirma, der mir bekannt vorkommt.

Natürlich! Dieser Wagen parkt manchmal auch vor dem Pflegeheim. Die Blinker leuchten auf, als Scheuer den Knopf der Fernbedienung drückt.

Er führt uns zum Heck des Wagens und öffnet den Laderaum. »Rein da.«

Wieder brauche ich Hilfe, um den hohen Einstieg zu bewältigen. Ich unterdrücke ein Jaulen, als Scheuer mich unsanft am Handgelenk packt.

»Tun Sie ihr gefälligst nicht weh!«, faucht Ron, doch Scheuer hat nur ein müdes Lächeln für ihn übrig, bevor die Tür zuschlägt und Dunkelheit uns umfängt.

Sofort robbe ich auf dem Hintern zu Ron hinüber. »Alles okay?«, flüstere ich.

»Ich hab zugelassen, dass er dich in die Falle lockt. Nichts ist okay.«

»Das war nicht deine Schuld.« Ich lege meinen Kopf an seine Schulter und spüre seinen Atem auf meinem Scheitel. »Denkst du, er macht es wirklich? Uns töten?«

Doch Ron antwortet nicht. Die Ungewissheit lastet auf uns, während unserer letzten Fahrt.

———◆◆◆———

Nach etwa zwanzig Minuten kommt der Wagen zum Stehen und das Motorengeräusch erlischt. Ich hebe meinen Kopf von Rons Schulter, Furcht strömt durch meine Adern wie flüssiges Feuer. »Ron«, flüstere ich und dann spüre ich seine Hände auf meinen.

»Alles wird gut, Helen. Wir schaffen es irgendwie.«

Eine gutgemeinte Lüge, aber sie hilft, ich beruhige mich etwas. Die Ladeklappe fliegt auf, eine vorgehaltene Waffe begrüßt uns.

»Aussteigen, meine Damen und Herren.«

Vorsichtig rutsche ich an den Rand des Wagens und lasse mich herab. Ich staune nicht schlecht, als ich sehe, wo wir sind.

»Showdown im Pflegeheim, ernsthaft?«, kommentiert Ron hinter mir.

»Mein Bruder ist nicht so gut zu Fuß, wie ihr wisst. Na los, wir nehmen den Hintereingang.«

Er lässt uns vorgehen. Auch wenn ich es nicht sehen kann, weiß ich, dass er seine Waffe auf uns richtet. Ich spüre es an dem unheilvollen Kribbeln in meinem Rücken.

Ansonsten bin ich völlig betäubt. Seltsam, ich habe keine Angst mehr. Vielleicht habe ich mich mit dem Unvermeidbaren abgefunden? Vielleicht ist dies das Ende, das Helen Hartmanns traurige Geschichte nehmen muss?

Wir sind da. Scheuer schiebt sich an uns vorbei und geht die drei Stufen bis zum Kellerabgang vor. Er tastet im Gestrüpp daneben herum und holt etwas hervor, einen Schlüssel. Die ganze Zeit bleibt er wachsam. Wenn es einen Moment gegeben hat, ihn zu überrumpeln, dann verstreicht er ungenutzt, als Scheuer die Tür öffnet und uns wieder vorgehen lässt.

Ich bin erst einmal in diesem Keller gewesen. Er ist riesig, verwinkelt und düster. Scheuer macht kein Licht, wir müssen uns im Dunkeln vorantasten.

»Weiter, da durch die Tür«, treibt er uns an.

Der Raum, in dem wir landen, ist klein und fensterlos. Wenigstens macht Scheuer nun Licht. Eine Funzel erleuchtet das uns umgebende Chaos ausrangierter Rollstühle, Krücken und sonstiger Hilfsmittel. Der Geruch von Medizin und muffigen Laken hängt in der Luft.

»Los, setzt euch.« Scheuer weist auf zwei Rollstühle. Langsam, um ihn nicht nervös zu machen, lasse ich mich auf den rechten Stuhl sinken, während Ron neben mir Platz nimmt.

Scheuer zieht ein Handy aus der Tasche und drückt ein paar Tasten. »Wir sind da«, sagt er bloß, bevor er wieder auflegt. Dann setzt er sich uns gegenüber auf eine Krankenliege und legt die Waffe locker in den Schoß.

Ich schlucke gegen das raue Gefühl in meiner Kehle an, das immer stärker wird. Wir warten auf Didi, das ist mir klar. Was kann er noch von uns wollen? Warum diese Show?

In der nächtlichen Stille kann man das Brummen des Fahrstuhls hören, der sich nach unten bewegt. Ich schließe die Augen, konzentriere mich auf das Schlagen meines Herzens, das Rauschen meines Blutes.

Es tut mir leid, Frieda.

Wie gern hätte ich das Baby, meine Nichte oder meinen Neffen, kennengelernt. Wie wird Frieda damit klarkommen, dass ihre Schwester ermordet wurde, kurz nachdem ihre beiden Eltern gestorben sind? Wird sie es überhaupt herausfinden? Vermutlich lassen sie unsere Körper irgendwo verschwinden. Frieda wird glauben, ich wäre mit dem heißen Nachbarn durchgebrannt. Der Gedanke gefällt mir. Obwohl die Situation völlig absurd ist, lächle ich still in mich hinein.

Ein ›Pling‹ verkündet die Ankunft des Fahrstuhls irgendwo in den Tiefen dieser Korridore. Ron atmet tief ein und aus. Ich sehe zu ihm hinüber, er starrt auf den Boden und wirkt ebenso resigniert wie ich. Das ist alles meine Schuld. Hätte ich mich bei Mike nicht verplappert ...

Didi Scheuers Ankunft unterbricht meine Gedanken. Hinter ihm betritt Mike den Raum. Ein vertrautes Bild, wie er Didis Rollstuhl schiebt. Und gerade das ist es, was plötzlichen und unerwarteten Hass in mir hochkochen lässt. So stark, dass ich nicht auf meinem Stuhl sitzen bleiben kann. Scheuer hebt die Waffe, als ich aufstehe, doch selbst das hält mich nicht auf.

»Du hast ja keine Zeit verloren, uns ans Messer zu liefern.«

Mike senkt den Blick. »Sorry, Helen. Du hast mir keine Wahl gelassen.«

Tränen schießen mir in die Augen, ich blinzle sie weg. »Und ich dachte wirklich, du magst mich.«

»Tu ich auch. Aber soll ich deshalb in den Knast gehen? Mein Leben steht auf dem Spiel.«

»Nein!«, erwidere ich heftig. »*Mein* Leben. Und seins!«

Ich sehe zu Ron, er ist ebenfalls aufgestanden. »Helen«, sagt er leise. »Helen, bitte beruhige dich.«

»Der Mann ist klug«, unterbricht Didi uns. »Hör auf ihn.« Er lächelt nachsichtig. »Um dich tut's mir leid, Mädel. Hast dich da in was verwickeln lassen, he?«

Ich setze alles auf ihn. »Bitte, Didi, Sie müssen das nicht tun. Sie wollen es nicht, das weiß ich.«

»Tut mir leid, Schätzchen. Es war nicht geplant, euch beide da mit reinzuziehen«, sagt er ganz ruhig. »Das wollt ich euch bloß noch sagen. Diesen Schlamassel habt ihr allein Mike zu verdanken.« Die Milde seiner Worte, diese ruhige Art, sie auszusprechen, die Entschlossenheit in seinem Blick – das alles bringt mich zum Zittern vor Angst. Er meint es ernst. Er lässt nicht mit sich verhandeln. Das sind eiskalte Killer. Und sie haben beschlossen, uns zu töten. Meine Knie geben nach, ich sinke zurück auf den Stuhl. Haltloses Schluchzen schüttelt meinen Körper.

»Nicht doch, Kindchen«, murmelt Didi. »Es wird nicht wehtun. Mike, erledige sie zuerst, dann hat sie's hinter sich.«

»Was ... ich?«

»Du hast es verbockt – du badest es aus.«

Didis Bruder steht auf und reicht Mike mit einem hämischen Grinsen die Waffe. »Ich würd nah rangehen, damit du sie nicht verfehlst.«

Mike blickt hilfesuchend zu Didi, dann zu mir. Ich beschwöre ihn mit meinem Blick. *Tu es nicht!*

»Wenn du sie nicht erledigst, dann tut's Harry. Und dich gleich hinterher. Also los jetzt.«

Mike hebt die Waffe, ich blicke direkt in den Lauf. So fühlt sich das an? Ich hatte mehr von diesem Moment erwartet.

»Nein«, brüllt Ron. Aus den Augenwinkeln sehe ich eine Bewegung, dann werde ich zu Boden geschleudert, lande auf dem verletzten Handgelenk und schreie. Ein gedämpfter Knall erschüttert mein Innerstes, aber ich spüre keinen Schmerz außer den in meiner Hand. Bin ich getroffen? Ich rapple mich auf.

»Shit, das war ein Fehler, Ron-Boy!«

Ron liegt auf dem Boden, eine Blutlache bildet sich unter ihm. Ich robbe zu ihm. »Nein, nein, nein! RON!«

»Hör auf zu schreien!« Wieder wird die Waffe auf mich gerichtet, ich nehme es kaum wahr. Mein Blick klebt an Rons. Seine Augen sind weit aufgerissen, er atmet schnell und abgehackt.

»Alles wird gut, alles wird gut. Das hast du gesagt«, flüstere ich ihm zu.

»Jetzt erledige sie schon endlich, Mikey. Herrgott, muss man alles selber machen?«

»Ich ... ich ... kann nicht!« Mikes weinerliches Gestammel bohrt sich durch meine Angst. Wütend fahre ich zu ihm herum.

»Du feiges Arschloch! Tue es endlich, bring es hinter uns!«, kreische ich ihn an und er taumelt tatsächlich zwei Schritte zurück.

»Herrgott, was für ein Geschrei! Sie weckt noch die Toten auf. Gib mir die Waffe«, fordert Harry und streckt Mike die Hand entgegen.

Doch der schüttelt den Kopf. Tränen laufen über sein Gesicht. »Ich hab das nicht gewollt, Helen. Es tut mir so leid.« Wieder hebt er die Waffe, wieder blicke ich in den Lauf. Diesmal schließe ich die Augen nicht, sondern sehe Mike direkt ins Gesicht. Er soll mich niemals vergessen, sein ganzes dreckiges, jämmerliches Leben lang. Ich warte darauf, dass er abdrückt. Ob ich den Knall noch hören werde? Oder ist es vorher vorbei? Mike erwidert meinen Blick, wenigstens das.

Dann dreht er sich auf einmal um, zielt nun auf Harry. Seine Hände zittern, er weicht zurück.

Didi lacht trocken auf und klatscht in die Hände. »Was für eine Wendung!«

»Das traust du dich nicht, Mikey.« Harry schüttelt lächelnd den Kopf.

Ich halte den Atem an. Kann ich es wagen? Darf ich hoffen?

Doch Mike hält Harrys Blick nicht stand. Er senkt die Waffe. Mit ihr sinkt auch meine Hoffnung. »Nein, du hast recht, ich trau mich nicht.« Sein Blick huscht kurz zu mir herüber. »Aber sie!«

Er legt die Waffe auf den Boden und schiebt sie zu mir herüber. Im selben Moment stürzt Harry sich darauf, doch ich bin schneller.

Meine gefesselten Hände erwischen den Griff, ich rolle mich auf den Rücken und ohne lange nachzudenken, richte ich den Lauf der Mündung auf ihn. »Stopp! Keinen Schritt weiter.«

Harry lacht nur. »Gut gebrüllt, Lady. Doch zum Abdrücken fehlt dir der Mumm.«

»Du glaubst nicht, wie viel Mumm ich habe. Hatte es schon mit schlimmeren Typen als euch zu tun.«

Ich sehe noch, wie Mike im Korridor verschwindet, kurz darauf knallt eine Tür. Dieser Feigling!

Harry bewegt sich ein Stück vorwärts, ich folge ihm mit dem Lauf. »Willst du's drauf ankommen lassen?«

»Mach schon, Harry. Schnapp dir die Waffe!«

Harry stürzt sich auf mich, ich schließe die Augen und drücke ab. Die Wucht des Schusses presst mich in den Boden. Meine Ohren klingeln. Von wegen, Schalldämpfer sind leise!

»Scheiße, Didi! Die hat mich getroffen!«

Ich öffne die Augen einen Spalt. Harry hält die Hand an die Wange gepresst, Blut sickert darunter hervor. Mein Herz stampft wie eine Dampfmaschine.

Zwei Schüsse ... wie viele hat so eine Waffe eigentlich?

»Raus hier oder ihr seid tot!«, schreie ich.

»Schnapp sie dir endlich!« Didi hat sich tatsächlich halb aus dem Rollstuhl erhoben. Seine dürren Arme zittern, doch sein eiskalter Blick fährt mir durch Mark und Bein.

Harry schüttelt den Kopf. »Die ist total irre. Ich verschwinde, mach deinen Scheiß allein.«

Er drückt sich an Didis Rollstuhl vorbei, der versucht, ihn festzuhalten, hat aber keine Chance. Didi sinkt kraftlos zurück und reibt sich das Gesicht. Er sieht verloren aus. Wie ein einsamer alter Mann im Rollstuhl. Ich lasse die Waffe sinken, behalte sie aber in der Hand und schussbereit.

»Und Sie? Wollen Sie nicht auch lieber abhauen?«, frage ich.

Didi schüttelt den Kopf. »Nein, Mädel. Wohin denn? Wenn du mich erschießen willst, dann tu es. Wenn nicht, auch gut. Die buchten mich schon nicht ein. Und wenn, dann krieg ich ein schönes Zimmer mit Aussicht und Privatkrankenschwester.« Er lacht heiser. »War nichts Persönliches, das weißt du doch?«

»Ja, schon klar«, knirsche ich. Mein Blick fällt auf Ron. Er atmet flach, ist aber bei Bewusstsein. Seine Haut glänzt wächsern unter den dunklen Bartstoppeln. Mein Herz wird eng vor Angst. »Er braucht einen Arzt. Wo bist du verletzt?«, frage ich und suche seinen Körper ab. Überall ist Blut.

Er antwortet nicht.

»Ron!«, herrsche ich ihn an. »Wo?«

»Schulter«, nuschelt er. Ich finde die Stelle und lege die Waffe neben mich. Der Sweater hat sich vollgesogen, aber ich traue mich nicht, ihn hochzuschieben, weil ich Ron nicht noch mehr verletzen will. Also presse ich meine Hände auf die Stelle, so fest ich kann. Ron stöhnt vor Schmerz. Ich brauche Hilfe! Wenn ich es nach oben ins Foyer schaffe ... aber ich kann Ron doch nicht allein mit Didi lassen!

»Es geht schon«, flüstert er. »Pass lieber auf den da auf.«

Doch Didi sitzt nur da, mit geschlossenen Augen, als würde er schlafen.

»Der weiß schon, wann er verloren hat«, sage ich und drücke weiter auf die Wunde. Ron verdreht die Augen.

»Nein, Ron. Bleib wach.«

»Jawoll, Chef«, murmelt er. Aus der Ferne höre ich Sirenengeheul. Also hat Mike das Richtige getan und die Polizei gerufen. Bestimmt nur, um seinen eigenen Arsch zu retten, wenn Didi und Harry eingesperrt werden, aber immerhin.

»Hilfe ist unterwegs. Halt einfach durch, okay?« Ich rede auf ihn ein, immer weiter, bloß um ihn wachzuhalten. Und trotzdem zerrinnt er zwischen meinen Händen, das spüre ich. Er hat sich zwischen mich und die Waffe geworfen. Wenn er jetzt stirbt, wie soll ich damit leben?

Nichts um mich herum nehme ich mehr wahr, alle meine Sinne konzentrieren sich auf Ron. Das Flattern seiner Augenlider, das flache, hechelnde Atmen, der kalte Schweiß auf seinem Gesicht. Das Blut, das nicht nur seine, sondern auch meine Kleidung tränkt. Die Angst, ihn zu verlieren.

Stimmen nähern sich uns. Viele. Polizisten in Kampfmontur stürmen den Raum. Didi hebt die Hände und lässt sich ohne Gegenwehr festnehmen. Jemand liest ihm seine Rechte vor, wie im Film. Ein Polizist berührt meine Schulter. Ich fahre zusammen.

»Geht es Ihnen gut? Sind Sie verletzt?«

Ich schüttle den Kopf. »Nein, aber er. Bitte, helfen Sie ihm.«

»Der Notarzt ist schon unterwegs. Bitte machen Sie Platz.«

Ich rutsche zur Seite. Zwei Polizisten beugen sich über Ron, um Erste Hilfe zu leisten. Ein dritter hebt die Waffe auf und verpackt sie in einem Plastikbeutel. Didi ist nirgends zu sehen, sie haben ihn abgeführt. Eine Polizistin hockt sich vor mir hin. »Nicht erschrecken, ich nehm Ihnen die Fesseln ab.«

Dann kommen der Notarzt und ein Sanitäterteam und es wird noch enger. Einer der Sanitäter führt mich aus dem Raum heraus, von dem ich dachte, ich würde darin sterben. Im Flur breche ich zusammen. Jemand nimmt mich auf den Arm und trägt mich nach draußen, wo zwei Krankenwagen und mehrere Polizeiautos mit flackerndem Blaulicht stehen. Die Fenster des Seniorenheims sind hell erleuchtet, hinter den Scheiben sehe ich die Schatten der Bewohner. Darüber wird man noch sehr, sehr lange sprechen. Beim Romméspiel. Ich kichere drauf los, während ich auf eine Krankentrage gehoben werde.

»Ich gebe Ihnen etwas zur Beruhigung, Frau Hartmann.«

Ein Pikser, dann beginnt der Sternenhimmel sich zu drehen. Es wird Nacht um mich herum. Doch ich lebe noch.

18. Kapitel

Ich erwache in einem Krankenbett. Das Erste, was ich sehe, ist mein bandagiertes Handgelenk. Eine Krankenschwester stellt neben meinem Bett ein Tablett mit Frühstück ab.

»Ausgeschlafen? Wie fühlen Sie sich, Frau Hartmann?«

Ich blinzle. »Etwas benommen. Was haben die mir gegeben?«

»Auf jeden Fall was Gutes.« Sie lacht. »Ich bin Schwester Agathe. Kommen Sie, ich helfe Ihnen beim Aufstehen.«

Ich bin nicht allein im Zimmer, natürlich nicht. Mein Bett steht mittig, rechts liegt eine alte Frau mit Nasenkatheter, links eine Übergewichtige mit gebrochenem Bein. Unsicher rutsche ich an den Rand des Bettes und stütze mich auf Schwester Agathe, während ich meine Beine belaste. Mir wird etwas schwindlig von der Bewegung, aber nach kurzer Zeit finde ich einen festen Stand. Vorsichtshalber bleibt die Krankenschwester in der Toilettentür stehen, während ich mich erleichtere. Anschließend führt sie mich zurück zum Bett und misst meinen Blutdruck. Das Ergebnis scheint sie zufriedenzustellen.

»Nach dem Frühstück will die Kripo mit Ihnen sprechen. Ich bringe Sie dann in einen anderen Raum.«

Ich nicke beklommen. »Was ist mit Ron? Ron Bäumer? Er wurde angeschossen.«

Sie schüttelt den Kopf. »Sind Sie eine Familienangehörige?«

»Nein. Ich bin seine ... Freundin.«

»Dann darf ich Ihnen leider keine Auskunft geben. Fragen Sie die Polizei.« Sie lächelt aufmunternd.

»Aber ist er ... er ist doch nicht tot? Oder?« Ich flehe sie mit Blicken an, es mir zu sagen.

Sie seufzt und beugt sich zu mir vor. »Nein. Er lebt. Es geht ihm gut.«

Ich lache, ein Riesenstein fällt mir vom Herzen. »Danke«, flüstere ich.

Sie lässt mich allein mit meinen Mitpatientinnen. Ich widme mich ohne viel Appetit meinem Frühstück. Keine zehn Minuten später rauscht Frieda herein.

Als sie mich sieht, bricht sie in Tränen aus. »Helen! Gott, ich bin so froh! Was ist passiert? Stimmt es, was die Polizei sagt?« Sie senkt die Stimme. »Du hast dich mit einem Drogenkartell angelegt?«

»So kann man es wohl sagen. Mir geht es gut, ich erkläre dir alles in Ruhe, okay?«

»Was ist mit deiner Hand, ist sie gebrochen?«

»Ich glaube nicht, nein.«

Sie setzt sich an den Rand meines Bettes und streicht mein Haar zurück. »Was ist nur mit dir los, Helen? Ich erkenn dich kaum wieder.«

Betreten zucke ich mit den Achseln. Ich weiß nicht, was sie hören will.

Ich erkenne mich selbst kaum wieder. Die alte Helen hätte sich niemals mit einem Didi Scheuer angelegt oder mitten in der Nacht einen Drogendealer beschattet. Sie hätte gewiss auch nicht die Waffe abgefeuert – der Schuss hallt noch jetzt in meinen Ohren – oder sich auf den viel jüngeren Nachbarn eingelassen ...

»Kann ich etwas für dich tun?«

»Ja!«, erwidere ich prompt. »Such bitte Ron und verge-wissere dich, dass es ihm gut geht. Sag ihm ... sag ihm ...«, ja, was eigentlich? »Sag ihm, dass ich bald zu ihm komme.«

In ihre Augen tritt ein neugieriger Funke. »Seid ihr zwei jetzt ...?«

Hitze flammt in meinen Wangen auf, ich kann mein Grinsen kaum zügeln. »Ich weiß nicht, was wir sind. Ich weiß nur, dass es sich gut anfühlt. Ziemlich gut sogar.«

Frieda strahlt über das ganze Gesicht. »Freut mich für dich, Helen. Wirklich. Dann bringst du ihn mit zu unserer Hochzeit, ja?«

»Hochzeit? Ihr macht Ernst?« Sie streckt mir ihre linke Hand entgegen, die von einem ziemlich beeindruckenden Verlobungsring geschmückt wird.

»Wow«, flüstere ich ehrfürchtig. »Der ist ... groß.«

»Wir heiraten im Mai. Was denkst du, willst du meine Trauzeugin sein? Ich weiß, dass wir uns nie besonders nahestanden. Aber ich habe viel nachgedacht in letzter Zeit. Wenn ich gewusst hätte, was dir passiert ist, dann hätte ich vieles besser verstanden, denke ich. Zumindest verstehe ich es jetzt. Ich will, dass wir Schwestern sind, Helen. Richtige Schwestern.«

Jetzt kommen selbst mir die Tränen. Wir nehmen uns in den Arm und ich verspreche ihr, ihre Trauzeugin zu sein. Das Auftauchen der Krankenschwester unterbricht unsere Familienzusammenführung.

»Sind Sie so weit, Frau Hartmann?«

Frieda steht auf. »Ich geh mal deinen Ron suchen.«

»Er ist nicht *mein* Ron«, widerspreche ich halbherzig, aber das Grinsen weicht nicht aus meinem Gesicht. Viel-leicht ist er doch *mein* Ron. Immerhin hat er sich für mich eine Kugel eingefangen. Welche Frau kann das schon von ihrer Affäre behaupten?

Mithilfe der Krankenschwester ziehe ich mich an. Dann führt sie mich in ein leeres Krankenzimmer, wo zwei Beamte am Besuchertisch auf mich warten. Sie stehen beide auf, um mich zu begrüßen. »Wir müssen Ihnen ein paar Fragen zum gestrigen Tathergang stellen, wenn Sie einverstanden sind.«

»Ja, natürlich.« Ich setze mich.

»Am besten, sie erzählen von Anfang an, was passiert ist. Wir klinken uns dann mit unseren Fragen ein.«

Mein Mund ist trocken, ich wünschte, ich hätte ein Glas Wasser. Aber ich beginne am Anfang. Beim ersten Tag meiner Sozialstunden.

Eine Stunde später ist die Befragung beendet und ich bin völlig erschöpft. »Was wird jetzt passieren?«, frage ich. »Werden Sie sie schnappen?«

»Wir haben Harald Scheuer bereits in Gewahrsam«, sagt einer der Beamten.

Das überrascht mich nun doch. »So schnell?«

»Er wurde am Flughafen aufgegriffen, bei dem Versuch, mit einem gefälschten Pass das Land zu verlassen. Sein Bruder gab uns den Tipp über die falsche Identität.«

Erleichtert atme ich aus. Von den Scheuerbrüdern geht also schon mal keine Gefahr mehr aus. »Und Mike – ich meine Michael Lösske?«

»Wir überwachen seine Wohnung und das Haus seiner Eltern. Aber bisher haben wir noch keine Spur von ihm. Wir melden uns selbstverständlich, wenn es Neuigkeiten gibt. Glauben Sie, er könnte Ihnen gefährlich werden?«

Ich denke wieder an die Mündung der Pistole, die sich schwarz und gähnend auf mein Gesicht richtet. Doch dann schüttle ich den Kopf. »Nein. Er hat mir die Waffe ausgehändigt und dann die Polizei gerufen. Ohne ihn wären Ron und ich jetzt tot.«

Die Beamten notieren sich etwas, dann verabschieden sie sich von mir. Als sie raus sind, sinke ich in mich zusammen und schließe die Augen. Ein klopfender Schmerz hat sich hinter meiner Stirn eingenistet. Bestimmt eine Nebenwirkung des Beruhigungsmittels.

Schwester Agathe steckt den Kopf zur Tür herein. »Ich bringe Sie zurück auf Ihr Zimmer.«

»Wann darf ich nach Hause?«

»Der Arzt will Sie noch untersuchen, aber wahrscheinlich heute Nachmittag, wenn keine medizinischen Gründe dagegen sprechen.«

Ich weiß nicht, ob ich mich über diese Information freuen soll oder nicht. Zu Hause ist der Ort, an dem es passiert ist. Er ist in unser Haus eingedrungen, einfach so. Ob ich mich jemals wieder sicher fühlen werde?

Die nächste Stunde verbringe ich mehr oder weniger schlafend. Wirklich zur Ruhe kommt man in einem Krankenhaus ja nicht.

Trotzdem döse ich immer wieder ein. Die Nacht hat mich geschlaucht. Als ich aus einem dieser Nickerchen aufwache, sitzt Frieda wieder neben meinem Bett. »Ich habe ihn gefunden«, verkündet sie.

»Wie geht es ihm?«

»Sie haben ihn heute Nacht notoperiert und die Kugel entfernt. Er ist noch ziemlich benommen. Hat viel Blut verloren und muss noch ein paar Tage hierbleiben.«

Die Sehnsucht packt mich, unerwartet und heftig. »Ich will zu ihm. Bringst du mich hin?«

»Helen, du solltest dich ausruhen. Warte erstmal, was der Arzt sagt. Ron läuft dir schon nicht weg. Zumindest sah es nicht danach aus.«

Zähneknirschend gebe ich ihr recht. Wir warten gemeinsam, planen Friedas Hochzeit, denken uns Babynamen aus. Es fühlt sich komisch an, über etwas anderes zu reden als unsere kranke Mutter. Aber es könnte funktionieren.

Endlich klopft es an der Tür und eine Armada von Halbgöttern in Weiß umstellt mein Bett. Frieda muss draußen warten, während sie meine Akte studieren, mein Handgelenk verdrehen und mit einer Lampe in meine Augen leuchten.

»Sie hatten Glück, Ihr Handgelenk ist nur verstaucht. Sie zeigten bei der Einlieferung außerdem Symptome eines Schocks, deshalb die Überwachung heute Nacht. Wie fühlen Sie sich?«, sagt der Oberarzt.

»Erschöpft«, gestehe ich. »Aber mir ist nicht mehr schwindlig und das Gelenk tut kaum weh.«

Der Oberarzt nickt. »Wir geben Ihnen ein paar Schmerzmittel mit. Sie sollten mit Ihrem Hausarzt sprechen wegen einer Schlafmedikation und einer therapeutischen Aufarbeitung.« Er mustert mich ernst. »Ist Ihnen ›Posttraumatische Belastungsstörung‹ ein Begriff?«

Ich lächle zynisch. »Oh ja. Mehr als das.«

Er geht nicht darauf ein und rät mir, gut auf mich aufzupassen und mein Befinden im Auge zu behalten. »Wir bereiten Ihre Entlassungspapiere vor. In etwa einer Stunde können Sie gehen. Haben Sie jemanden, der Sie nach Hause bringt?«

»Meine Schwester ist hier. Sie fährt mich.«

Dann rauschen sie ab und Frieda kommt zurück. Da ich schon voll bekleidet bin und kein Gepäck habe, hält mich nichts mehr in diesem Bett.

»Die Papiere sind in einer Stunde fertig, ich gehe zu Ron.«

Sie nennt mir Stockwerk und Zimmernummer – natürlich Privatstation – dann verabreden wir uns für später im Café der Klinik. Mein Herz schlägt mir bis zum Hals,

als ich vor Rons Zimmertür stehe. Warum, weiß ich auch nicht so genau. Ich zögere, dann klopfe ich an und drücke vorsichtig die Klinke herunter.

Ron liegt in einem Einzelzimmer, die Wände sind mit Kirschholz vertäfelt, die Fläche darüber in einem angenehmen Cremeton gestrichen, die dicken Vorhänge zugezogen. Dafür brennt ein Licht auf seinem Nachttisch. Er scheint zu schlafen. Leise nähere ich mich ihm. Er trägt ein Klinikhemd mit nur einem Ärmel und sieht immer noch schrecklich blass aus. Seine Schulter steckt in einem Verband mit Schlinge. Aus einem Infusionsbeutel tropft durchsichtige Flüssigkeit in seine Vene. Als ich mir einen Stuhl heranziehe, öffnet er die Augen.

»Hallo, Ron.«

Er lächelt matt. »Hey, hey Helen.«

Ich setze mich an seine Seite und greife nach seiner Hand. »Wie geht es dir? Hast du Schmerzen?«

Sacht schüttelt er den Kopf. »Nur ganz wenig.«

»Ich hatte Angst um dich«, gestehe ich ihm.

»Ich hatte auch Angst um dich. Als der die Waffe an deinen Kopf gesetzt hat ...«

»Ich weiß nicht, wie ich dir danken soll, Ron«, flüstere ich. Tränen schießen in meine Augen.

Er lächelt wieder. In diesem Lächeln könnte ich ertrinken. »Du könntest mir für den Anfang ein Glas Wasser holen.«

Sofort stehe ich auf und blicke mich im Zimmer um. Neben seinem Bett stehen auf einem Beistellwagen ein Glas und eine leere Wasserflasche. »Ich komme gleich wieder«, verspreche ich, beuge mich zu ihm hinunter und küsse ihn sacht.

»Bis gleich«, murmelt er. Es sieht aus, als würde er jede Minute wieder einschlafen.

Mit der leeren Flasche in der Hand verlasse ich das Zimmer und begebe mich auf die Suche nach der Teeküche. Sie ist schnell gefunden, eine Schwester gibt mir eine gefüllte Flasche. Als ich zu Rons Zimmer zurückkehre, steht die Tür einen Spalt offen.

Von drinnen höre ich Stimmen. Offenbar hat er Besuch bekommen.

Ich fühle mich wie ein Eindringling, als ich ungefragt wieder eintrete. Neben Rons Bett stehen ein Mann und eine Frau, beide etwa Ende fünfzig.

Er hat eine sportliche Figur und trägt ein legeres, aber teuer aussehendes Sakko. Sie ist eine richtige Grande-Dame, mit aufgestecktem Haar, Pelzbesatz im Mantel und zu viel Make-up im Gesicht.

Bestimmt seine Eltern.

»Oh, hallo«, sagt Rons Mutter. »Wurde auch Zeit, dass Sie frisches Wasser bringen, er muss jetzt viel trinken.«

Sie nimmt mir die Flasche aus der Hand und füllt Rons Glas, ohne mir weitere Beachtung zu schenken. Verunsichert blicke ich zu Ron, doch er hat die Augen geschlossen.

»Hast du Schmerzen, Junge?«, fragt sein Vater.

Langsam schüttelt Ron den Kopf. »Nein, geht schon.«

»Wie lange wirst du bleiben müssen, was haben die Ärzte gesagt? Deine Semesterprüfungen sind doch nächste Woche.«

Ron schnaubt. »Die werde ich wohl verpassen, Vater.«

Ich räuspere mich. Beide, Herr und Frau Bäumer, drehen sich zu mir um. Auch Ron hat die Augen geöffnet und sieht mich an. Gleichzeitig durch mich hindurch. Ich versuche, seinen Blick einzufangen – keine Chance. Er wirkt teilnahmslos, wie ausgewechselt.

»War noch was?«, fragt Frau Bäumer leicht ungehalten. Hält sie mich etwa für eine Schwester?

»Das ist Helen, Mama. Meine ... Nachbarin.« Das Zögern ist haarfein. Ich will mir nichts daraus machen, aber es tut dennoch weh.

Frau Bäumer verzieht leicht den Mund. Eine Geste, die mir unmissverständlich zu verstehen gibt, dass sie schon so manches von mir gehört hat. Und dass es nichts Gutes war.

»Freut mich, Sie kennenzulernen«, murmle ich. »Ihr Sohn hat mir das Leben gerettet.«

»Dann sind Sie diese *Person* mit dem Putzeimer? Wegen der mein Sohn zu Sozialstunden verurteilt wurde wie ein Schwerverbrecher? Wegen der er fast gestorben wäre und jetzt seine Prüfungen verpasst! Und Sie wagen es, herzukommen?«

Herr Bäumer legt beschwichtigend die Hand auf ihre Schulter, während ich zurückweiche. Hitze flammt in meine Wangen, nicht vor Wut, sondern vor Scham.

»Ron?«, sage ich leise, meine Stimme bricht beinahe. *Tu doch was!*

»Mama«, mahnt Ron sanft. Nichts weiter. Kein Wort der Erklärung, keine Richtigstellung. Denn vor seinen Eltern bin ich bloß seine Nachbarin, die Irre mit dem Putzeimer. Etwas, das mindestens so schändlich und unangebracht ist wie ein abgebrochenes Studium. Mein Magen verkrampft sich, ebenso meine Hände.

»Sie haben recht, Frau Bäumer«, sage ich so ruhig und würdevoll wie möglich. »Ich habe hier nichts verloren. Entschuldigen Sie bitte. Weiterhin gute Besserung, Ron.«

Eine Sekunde, zwei Sekunden. Ich lasse sie bewusst verstreichen, um ihm die Chance zu geben, seinen Fehler zu korrigieren. Er tut es nicht. Nur sein Blick bittet mich um Verzeihung. Das kann er sich sonst wohin schieben. Ich mache kehrt und verlasse das Zimmer. Peinliches Schweigen folgt mir.

Erst auf dem Korridor bekomme ich wieder Luft. Ich schaffe es noch bis zu Frieda ins Café, bevor ich in Tränen ausbreche.

◆◆◆

Zwei Tage lang habe ich mich verkrochen, Schmerztabletten geschluckt und nichts anderes getan, als auf dem Sofa zu liegen und traurige Liebesfilme zu gucken. Dann habe ich beschlossen, dass er es nicht wert ist.

Natürlich *ist* er es wert – er hat mir das Leben gerettet – aber da dieser Gedanke nichts an meiner Situation verbessert, rede ich mir hartnäckig das Gegenteil ein. Also habe ich meine Bewerbungsunterlagen vorbereitet, ein hübsches Porträtfoto von mir aufnehmen lassen und bin zum Seniorenstift gefahren. Ich hatte zuvor angerufen. Als ich die Wohnstation betrat, wurde ich von einem Begrüßungskomitee, bestehend aus Frau Stelzer, Hanni, Margot und allen Bewohnern in Empfang genommen. Sie hielten Luftballons in den Händen und klatschten Applaus. Ein Sektkorken knallte, ich zuckte zusammen. Frau Hülster entschuldigte sich später überschwänglich für ihre Taktlosigkeit. Es gab Sekt und Kuchen. Sie baten mich, für Ron ein Entschuldigungsschreiben mitzunehmen. Völlig gerührt und mit einem Praktikumsvertrag in der Tasche kehrte ich am Abend nach Hause zurück. Das Entschuldigungsschreiben warf ich in Rons Briefkasten. Er war noch nicht aus dem Krankenhaus zurück. Und selbst wenn, hätte ich es ihm nicht persönlich gegeben.

Fünf Tage sind seither vergangen. Ich habe Ron nicht mehr im Krankenhaus besucht und er hat mich auch nicht angerufen. Lediglich eine SMS geschickt.

Können wir reden?

Nein, können wir nicht. Arschloch! Von meiner Seite ist alles gesagt.

Es ist Freitagabend, ich bin damit beschäftigt, meine Bücherregale auszumisten und einen Teil meiner Sammlung in Umzugskartons zu packen. Wenn man sein Leben ausmisten will, sollte man mit seiner Wohnung anfangen. Auch die Platten meines Vaters landen in der Kiste. Ich bin verschwitzt und müde, mein Handgelenk pocht. Ich sollte bald Feierabend machen und es kühlen. Da klopft es an der Tür.

Ich weiß, dass er es ist. Er ist heute Nachmittag entlassen worden. Ich habe ihn im Flur gehört, er hat mit jemandem gesprochen. Durch den Spion erkannte ich einen seiner Bandkollegen, der ihm beim Tragen der Tasche half.

Trotzdem blicke ich auch jetzt wieder durch den Spion. Die jüngsten Ereignisse haben mich noch vorsichtiger gemacht. Dann erst öffne ich die Tür.

Er sieht schlecht aus. Blass und etwas zu dünn, mit dunklen Ringen unter den Augen. »Darf ich reinkommen?«

Wortlos lasse ich ihn eintreten. Mein Herz schlägt schnell, viel zu schnell. Ich wusste, er würde herkommen. Aber ich weiß nicht, warum. Um mich um Verzeihung zu bitten? Oder um das Ende zu besiegeln? Kann man etwas beenden, das nie wirklich begonnen hat?

Er sieht sich um. »Ziehst du aus?«

Ich bleibe stehen, verschränke die Arme. »Nein. Ich miste bloß aus.«

»Mistest du auch mich aus?« Er lächelt, verunsichert?

Darauf antworte ich lieber nicht. »Hast du den Brief vom Pflegeheim bekommen?«

»Hab ich, danke. Frau Bauer hat mich gestern im Krankenhaus besucht. Ich wurde begnadigt, weil wir geholfen haben, die Scheuers zu fangen.«

»Ich auch, sie hat mich angerufen. Du bist bestimmt froh, dass du keine Sozialstunden mehr machen musst.«

Vorsichtig hebt er den Arm. »Wäre gerade eh nicht drin. Aber ein bisschen werde ich es schon vermissen. Hätte nicht gedacht, dass mir die alten Spinner so ans Herz wachsen würden.«

Er wippt auf den Fersen, wie er es immer tut, wenn er nervös ist. Ich könnte ihm anbieten, sich zu setzen, aber ich fühle mich so wohler.

»Helen, es tut mir leid, was im Krankenhaus passiert ist.« Ernst sieht er mir in die Augen. Er meint es aufrichtig, das spüre ich. »Ich komme nicht gegen sie an. Bin ich noch nie, keine Ahnung, warum.«

»Wird Zeit, dass du es lernst. Du hast mich ganz schön hängen gelassen.«

»Ich weiß«, murmelt er und sieht betreten auf seine Armschlinge.

»Wie geht's der Schulter?«

»Geht so.«

»Und dir?«

»Geht so.« Er blickt wieder auf. »Jedes Mal, wenn ich die Augen schließe, sehe ich Mike, wie er dir die Pistole auf die Stirn setzt. Ich dachte, das war's jetzt.«

Ich schlucke gegen die Übelkeit an. Auch mich überrollen die Erinnerungen an diese Nacht. Wie oft bin ich vom Knall eines Schusses wachgeworden, nassgeschwitzt, mit hämmerndem Herzen? Wie oft habe ich meine Hände auf Rons Schulter gedrückt, überall Blut, und in seine Augen geblickt, während der Glanz darin verblasste? Aber mindestens genauso oft habe ich in Rons Krankenzimmer gestanden, immer und immer wieder, und habe diese beschämende Szene durchgespielt. An wie vielen Stellen hätte er anders reagieren können? Wo wären wir jetzt, hätte er es getan?

»Warum bist du hier, Ron?«, frage ich leise.

Er atmet tief ein und wieder aus. »Ich schätze, ich habe dich vermisst.«

»Du schätzt?«

Er schüttelt sacht den Kopf und macht einen Schritt auf mich zu. »Ich weiß selbst nicht, was mit mir los war. Ich war noch benommen von der OP und wollte keinen Stress mit meinen Alten. Ich werd's ihnen sagen, versprochen. Das mit dem Studium. Und das mit dir. Aber vorher wollte ich noch mit dir reden. Jeden Tag habe ich darauf gewartet, dass du mich besuchen kommst. Aber du bist nicht gekommen. Und deshalb ...« Hilflos spreizt er den gesunden Arm ab und sieht mich erwartungsvoll an.

Nicht genug. Nicht annähernd.

Ich verschränke die Arme, blicke zu Boden, schlucke wieder gegen etwas an, das sich meiner Kontrolle entziehen würde, ließe ich es hochkommen. Es fühlt sich an wie Enttäuschung. Ich denke gründlich über meine nächsten Worte nach, kaue auf ihnen herum, drehe sie nach rechts und links und würge beinahe daran.

»Helen? Bitte sag was.«

Ich atme tief ein und sehe ihn an. Wie er dasteht, mit seinen großen dunklen Augen und auf einmal so verletzlich wirkt. Ich könnte fast schwach werden. Für eine Affäre würde es vielleicht reichen. Vielleicht. Aber ich will keine Affäre. Das wollte ich nie.

»Wo auch immer das mit uns hinführen würde – wir müssen es beenden. Wir hatten ein paar schöne Tage und ich bereue es auch nicht, aber denkst du nicht, es würde auf Dauer schiefgehen?«

Ron schüttelt heftig den Kopf. »Das wissen wir nur, wenn wir es versuchen.«

»Ron! Du und ich, das ist absurd! Ich bin ein Jahrzehnt älter als du, ohne Job und völlig verkorkst. Und du ...

sieh dich an! Du bist so jung! Du hast deine Musik, deine Freunde – und jedes Wochenende 'ne andere auf deinem Ausziehsofa!«

Er will etwas sagen, aber ich schneide ihm mit einer Geste das Wort ab.

»Wir würden uns bloß gegenseitig wehtun. Und ich bin ehrlich, ich habe keine Zeit mehr zu verlieren. Ich weiß jetzt, was ich will. Du hast dazu beigetragen und dafür danke ich dir.«

»Und? Was willst du?«, fragt er leise.

»Ich will nochmal von vorn anfangen. Ich will eine Ausbildung zur Pflegefachkraft machen, meine Vergangenheit aufarbeiten. Und ja! Ich will mich verlieben, vielleicht eine Familie gründen. Seien wir doch ehrlich – das mit uns führt mich nicht dorthin.« Während die Worte meinen Mund verlassen, brennen Tränen in meinen Augen und mein Herz wird schwer wie Blei.

Ron schweigt lange. Er ist verletzt, kann mich nicht einmal ansehen. Aber ich sehe ihn an, sehe, dass er – genau wie ich – gegen die Tränen kämpft. Dann nickt er. »Tja. Dann will ich deine Zeit mal nicht länger verschwenden.«

Meine Welt gerät für einen Augenblick ins Wanken. Habe ich mir nicht insgeheim gewünscht, dass er wenigstens ein bisschen um mich kämpft? Einen Hauch des Zweifels sät?

Ich folge ihm in den Flur. An der Wohnungstür dreht er sich noch einmal um, die Klinke schon in der Hand. Er runzelt die Stirn, will etwas sagen. Überlegt es sich anders. »Viel Glück, Helen.«

Als er weg ist, fühle ich mich leer. Wie kann sich etwas Richtiges so falsch anfühlen? Aber ich weiß, dass es das Richtige ist. Das Einzige. Ich habe genug von Männern, die mir wehtun.

19. Kapitel

Zwei Monate später kommt die Zusage vom Pflegeheim. Ich bekomme ab August einen Ausbildungsplatz! Vor Freude hüpfe ich durch die ganze Wohnung. Dann rufe ich Frieda an. Sie freut sich mit mir, wir verabreden uns in der Stadt auf ein Eis.

Es ist viel zu warm für Anfang April, aber ich genieße das beschwingte Gefühl, das der Frühling mitbringt. Aufbruch, Neuanfang. Ich bin wie euphorisiert und ziehe das geblümte Kleid an, das ich mir letzte Woche gekauft habe. Darüber meine Jeansjacke und Stiefel. Als ich die Wohnungstür hinter mir abschließe, höre ich aus Rons Wohnung Gitarrenmusik. Er ist in sein altes Leben zurückgekehrt. Es ist besser so. Mit mir hätte ihm bestimmt etwas gefehlt. Trotzdem ist es immer noch seltsam, wenn ich ihm auf dem Flur begegne. Alles hat sich verändert. Einfach alles. Und doch stehen wir wieder vor denselben Gräben wie am Anfang. Nur dass wir jetzt wissen, wie es auf der anderen Seite aussieht. Ich vermisse ihn. Natürlich tue ich das. Als Freund, als Komplize. Auch als Liebhaber.

Mit leiser Wehmut gehe ich an seiner Tür vorbei und hinaus in den Sonnenschein.

Frieda wartet schon im Café auf mich. Vor ihr steht ein riesiger Eisbecher mit Erdbeeren.

»Ist es nicht zu früh dafür?«, frage ich, nachdem wir uns begrüßt haben.

»Aber ich *liebe* Erdbeeren!«, mault Frieda. Neuerdings liebt oder hasst sie alles nur noch, es gibt nichts dazwischen. Das machen wohl die Hormone. Die Planung für die Hochzeit läuft auf Hochtouren. Die Zeit wird knapp bis Mai, aber Frieda ist wildentschlossen, es durchzuziehen, bevor das Baby da ist. »Und bevor ich zu fett bin, um in mein Kleid zu passen.«

Ich bestelle einen Waldfruchtbecher und einen Cappuccino.

»Wann geht es bei dir los?«, fragt Frieda.

»Im August. Ich habe darüber nachgedacht, meine Wohnung zu kündigen und ins Schwesternwohnheim zu ziehen. Das Pflegeheim liegt ja ganz in der Nähe.«

Friedas Augenbrauen zucken nach oben. »Echt? Ins Wohnheim? Das wäre nichts für mich.«

»Ich kann dadurch eine Menge sparen«, gebe ich zu bedenken. »Außerdem, na ja, ich fühle mich nicht mehr wohl, so ganz allein in der Wohnung.«

Mitfühlend legt Frieda ihre Hand auf meine. »Und es hat ganz sicher nichts mit Ron zu tun? Es muss seltsam sein, weiter Tür an Tür mit ihm zu leben.«

Unbehaglich rühre ich in meinem Kaffee. »Wir sehen uns kaum. Er hat einen anderen Rhythmus als ich.«

Frieda schweigt, aber ihre unausgesprochenen Worte wabern zwischen uns.

Glaubst du, es war ein Fehler? Ich sehe, dass du ihn vermisst. Und er? Vermisst er dich?

Wer weiß?

Vielleicht flüchte ich tatsächlich vor ihm. Vielleicht muss ich flüchten, um von vorn anfangen zu können. Was einmal mehr zeigt, dass ich die richtige Entscheidung getroffen habe, denn Ron hat offensichtlich kein Problem damit, einfach weiterzumachen. Es kann nie gut gehen, wenn einer mehr investiert als der andere.

Wir plaudern noch ein bisschen und bummeln anschließend durch die Fußgängerzone. Heute ist mein freier Tag, ich habe Zeit. Im Geiste bin ich schon am Packen. Ohne es zu merken, sind wir in der Straße gelandet, in der sich das Irish Pub befindet. Und Tobias' Kanzlei. An der Tür klebt ein Zettel.

›BIS AUF WEITERES GESCHLOSSEN‹

Ich bleibe stehen. »Tobias' Kanzlei hat dicht gemacht?«

»Du weißt es gar nicht?«

»Was denn?«

»Ich hab's in der Zeitung gelesen, ist erst ein paar Tage her. Wollte dich eigentlich anrufen, aber mir kam was dazwischen und dann ...«

»Frieda! Jetzt sag schon!«

»Er wurde festgenommen.«

»Was?«

»Anscheinend gibt ... oder vielmehr *gab* es eine Verbindung zwischen ihm und den Scheuerbrüdern. Die Polizei hat einen anonymen Tipp bekommen. Und siehe da – sie haben Betäubungsmittel in der Kanzlei gefunden. Die gleichen, die auch die Scheuers aus dem Pflegeheim raus auf der Straße verkauft haben. Und zwar eine ganze Menge davon. Jetzt vermuten sie, dass auch Tobias einer ihrer Dealer gewesen sein könnte.«

»Du verarschst mich doch.« Tobias und die Scheuers? Ich schüttle den Kopf.

»Wundert mich, dass sie dich nicht vernommen haben.«

»Das kommt wahrscheinlich noch.«

Wir gehen weiter. Ich denke nach. Tobias hatte ja so manchen Dreck am Stecken. Hat sich das Gesetz oft zu seinen Gunsten hingebogen. Aber mit Drogen hatte er nie was am Hut. Und wäre er wirklich so dumm, so belastendes Material in seiner Kanzlei zu verstecken? Nachdem die Scheuers aufgeflogen sind? Das Ganze stinkt zum Himmel. Da Mike noch immer auf der Flucht ist, kann die Polizei ihn natürlich nicht befragen. Ich bin mir sicher: Jemand versucht, meinem Ex etwas anzuhängen. Und ich glaube, ich weiß auch wer ...

Wie vom Blitz getroffen bleibe ich stehen. »Ron!«

»Hä?« Frieda blinzelt mich verständnislos an.

»Ron hat es getan, natürlich!« Ich senke meine Stimme. »Er war in Mikes Wohnung, um Beweisfotos zu machen. Bestimmt hat er die Medikamente mitgenommen und später in der Kanzlei deponiert.«

Frieda prustet. »Du spinnst dir was zusammen, Helen.«

Aufgebracht schüttle ich den Kopf. »Nein, nein. Er redete davon, es Tobias heimzahlen zu wollen.« Ein warmes Glühen breitet sich in meinem Magen aus. *Er hat es für mich getan.* »Selbst wenn Tobias freigesprochen wird – und das wird er, glaub mir – so ist sein Ruf für immer ruiniert. Die Kanzlei kann er sich abschminken.« Ich lache laut und befreit auf.

Frieda scheint immer noch nicht überzeugt. »Dann hat Ron der Polizei den Tipp gegeben?«

»Wer sonst? Du darfst es niemandem sagen, Frieda. Nicht einmal Tom.«

»Gott behüte! Er ist so ein Korinthenkacker, mit diesem Wissen könnte er niemals umgehen.« Dann grinst sie spitzbübisch. »Ron scheint ziemlich viel an dir zu liegen. Vielleicht solltest du doch noch mal darüber nachdenken, ihn zurückzunehmen?«

Kategorisch schüttle ich den Kopf. »Nein, das ändert nichts an meinem Entschluss. Es war richtig, Schluss zu machen, auch wenn es wehgetan hat.« Immer noch wehtut.

»Wirst du ihn denn wegen der Sache zur Rede stellen?«

»Lieber nicht. Besser, ich weiß nichts darüber. Wenn die Polizei mich befragt, muss ich wenigstens nicht lügen.«

Eine halbe Stunde später verabschieden wir uns voneinander und ich kehre nach Hause zurück. Vor Rons Wohnungstür bleibe ich stehen. Ein seltsam aufgeregtes Prickeln läuft über meine Wirbelsäule, rauf und runter, wie ein kleiner elektrischer Schlag. Ohne es zu merken, habe ich die Hand zur Faust geballt, sie schwebt nur wenige Zentimeter vor der Tür.

Ja, bin ich denn verrückt?

Ich lasse die Faust sinken und wende mich ab.

20. Kapitel

»Die wollen mich wohl verarschen?«, jault Frieda. Ihre Worte werden von Blitz und Donner untermalt.

»Wer sind ›Die‹? Niemand kann etwas fürs Wetter. Es wird trotzdem toll werden!«

»Aber der Sektempfang! Und der Fototermin! Ich habe nicht einmal einen Regenschirm, der zum Kleid passt!«

Ohne es zu wollen, kichere ich. »Ach Frieda, es wird ganz wunderbar werden. Reg dich nicht auf, denk an dein Make-up.«

Ich gehe zu ihr und lege meine Hände auf ihre Schultern. »Du siehst wunderschön aus.«

Finster starrt sie in den Regen. »Ja, aber nicht mehr lange.«

»Du bist bloß nervös, das ist normal. Sieh mich an.«

Sie tut es widerstrebend.

»Es wird der schönste Tag deines Lebens werden. Alle werden davon reden, wie Blitz und Donner euer Ja-Wort begleitet haben. Sonnenschein kann doch jeder.«

Ein Lächeln zuckt in Friedas Mundwinkeln. »Ach Helen. Das hast du schön gesagt. Danke.«

»Ist mein Job.« Ich küsse ihre Wange.

»Tust du mir einen Gefallen?«

»Jeden!«

»Fragst du unter den Gästen nach einem weißen oder durchsichtigen Schirm? Einzutauschen gegen pink.«

Ein Blick auf die Uhr. Vierzehnuhrdreißig. Noch eine halbe Stunde bis zur Trauung. »Geht klar, Chef.«

Ich schnappe mir meinen eigenen blauen Schirm und verlasse das Brautzimmer. Es gießt wie aus Kübeln, während ich durch den Innenhof des Hotels zum Festsaal mit angeschlossenem Trauzimmer hetze. Die Kellner sind dabei, Stehtische und Deko für den Sektempfang wieder abzubauen.

Die meisten Gäste sind schon da. Tom hat sich zur Begrüßung unter sie gemischt. Sein fragender Blick streift mich, ich hebe beide Daumen zum Signal, dass Frieda rechtzeitig fertig sein wird. Dann frage ich mich durch die Gästeschar, auf der Jagd nach einem passenden Regenschirm. Ich habe Glück. Tante Gertrud besitzt ein großes, durchsichtiges Exemplar, das sie mir zur Verfügung stellt. Mit beiden Schirmen bewaffnet renne ich durch den Regen zurück. Super, jetzt sehe ich selbst aus wie ein begossener Pudel und die Zeit wird langsam knapp.

Frieda hilft mir, schnell mein Haar zu richten, während ich das Make-up kontrolliere. Danach verschwindet die Braut zum fünfundzwanzigsten Mal an diesem Morgen auf der Toilette.

Ein Blick in den Ganzkörperspiegel, ich streiche den dunkelgrünen Chiffon meines Kleides glatt. Ein paar Flecken hat der Regen hinterlassen, aber ansonsten sehe ich wieder ganz passabel aus.

Fünf vor drei. Perfekt. Ich checke mein Handy. Eine Nachricht von Tom:

Gäste platziert. Seid ihr so weit?

Kommen jetzt raus, tippe ich als Antwort und schalte das Handy aus. Frieda kommt aus dem Badezimmer.

»Helen? Da ist etwas, das ich dir noch sagen ...«

Ich schüttle den Kopf. »Keine Zeit, wir müssen raus.«

Sie verstummt und wird sehr blass. »Dann ist es so weit?«

Nickend strecke ich ihr meine Hand entgegen. »It's Showtime!«

Gemeinsam schreiten wir so würdevoll wie möglich durch den Regen und teilen uns den Platz unter Tante Gertruds Riesenschirm. Der Festsaal ist jetzt leer, die Kellner räumen ein paar Sektgläser zusammen. Selbst ich werde nervös.

Frieda atmet tief durch. »Ich wünschte, Mama und Papa wären heute hier.«

»Das sind sie«, antworte ich leise.

Frieda hat mich gebeten, sie anstelle unseres Vaters zum Altar zu führen. Sie hakt sich bei mir unter und lächelt mich von der Seite an.

»Ja, ich weiß.«

Ich öffne die Tür zum Trauzimmer. Die Gäste sitzen rechts und links des schmalen Mittelgangs, alle Blicke sind auf uns gerichtet. Lächelnde Gesichter, Taschentücher, die dezent an Augen und Nase geführt werden. Das habe ich mir für mich auch immer gewünscht. Ich biete Frieda wieder meinen Arm an und gemeinsam betreten wir den Mittelgang. Unser Einmarsch wird von einem Klavier begleitet. »Drops of Jupiter«, Friedas Lieblingslied.

Ich bekomme eine Gänsehaut, als der Gesang dazu einsetzt und sehe mich um. Das darf doch nicht wahr sein! Frieda kann doch nicht ...?

»Das wollte ich dir noch sagen. Tut mir leid«, raunt Frieda mir zu.

Sie wollte es mir sagen? Zwei Minuten vor der Trauung wollte sie mir sagen, dass Ron der Hochzeitssänger ist? Wie mit einem Stock im Rücken gehe ich weiter. Hitze durchflutet mich, das Rauschen in meinen Ohren übertönt beinahe den bittersüßen Gesang. Endlich sind wir am Altar angelangt. Mit Küsschen rechts, Küsschen links übergebe ich Frieda an ihren Tom und ziehe mich etwas an die Seite zurück. Jetzt kann ich mich in Ruhe umsehen. Das Klavier steht rechts neben der Tür, im Rücken der Gäste. Ron trägt ein weißes Hemd und eine graue Hose, darüber eine passende Weste und sieht leider verboten gut aus. Mit geschlossenen Augen haucht er den Song ins Mikrofon, trotzdem kann man noch die Kraft in seiner Stimme spüren. Tränen schießen in meine Augen, zum Glück weint so ziemlich jeder hier und es fällt niemandem auf.

Als der letzte Ton verklingt, verharren alle noch einen Moment in andächtigem Schweigen, bevor der Standesbeamte seine Stimme erhebt. Ron öffnet die Augen. Alle Aufmerksamkeit richtet sich auf Frieda und Tom. Nur mein Blick verharrt auf dem Hochzeitssänger, der ihn ruhig erwidert. Es sollte okay für mich sein. Wir haben uns schließlich nicht gestritten oder so. Haben einiges miteinander durchgemacht und sind im Guten auseinandergegangen.

Frieda stupst mich an und erinnert mich daran, wo ich bin. Hastig wende ich mich nach vorn und versuche, mich auf das Geschehen zu konzentrieren. Der Standesbeamte hält eine kleine Rede über seine Tätigkeit und streut einige Anekdoten ein. Dann zitiert er irgendein kitschiges Liebesgedicht und gratuliert Frieda und Tom zu ihrer Entscheidung, es miteinander zu wagen. Anschließend gibt es wieder Musik. Rons Stimme elektrisiert mich geradezu, ich kann nicht anders, als mich ihm wieder zuzuwenden. Diesmal singt er »All of you« von John Legend und nun bin ich mir sicher, dass Friedas Hormonhaushalt die Musikauswahl getroffen hat. Aber Ron macht es gut. Mit seinem schlichten Gesang verkauft er jede Liedzeile für bare Münze. Die Gäste drehen die Köpfe in seine Richtung. Er wird sich seines Publikums bewusst und erwidert die Blicke, lächelt in Friedas Richtung und zwinkert ihr zu. Ganz Rampensau, wie ich ihn kenne. Am Ende des Liedes erntet er sogar Applaus. Auch Frieda klatscht begeistert in die Hände. Ich möchte ihr am liebsten den Hals umdrehen, schwangere Braut hin oder her. Wie kann sie mir das antun?

Und es geht noch weiter. Nach dem Ja-Wort und unseren Unterschriften – dem Höhepunkt jeder Trauung, der an mir völlig vorbeirauscht – wird der Brautkuss erneut von Musik begleitet. Die Zeremonie wird mit tosendem Applaus und Standing Ovations in Richtung Hochzeitssänger beendet. Ron verneigt sich vor seinem Publikum. Frieda ist in Tränen aufgelöst und wirft ihm eine Kusshand zu. Der Braut bei der Trauung die Show stehlen und dafür noch eine Kusshand von ihr bekommen – das schafft nur Ron.

Wir folgen dem Brautpaar in den Festsaal, wohin der Sektempfang verlegt wurde. Ich gehe am Klavier vorbei, ohne Ron anzusehen. Er ist schließlich nicht meinetwegen hier. Frieda und Tom haben ihn bezahlt, es ist sein Job. Und er macht ihn verdammt gut.

Zu gern möchte ich Frieda die Meinung sagen, aber sie und Tom werden von Gratulanten belagert. Es gibt die üblichen Spiele. Die beiden müssen ein Bettlaken in Herzform mit einer Nagelschere ausschneiden und dann muss Tom seine Frischangetraute hindurchtragen. Dank Friedas wachsendem Umfang halten alle die Luft an, aber Tom meistert seine Aufgabe mit Bravour. Anschließend bittet der Fotograf zum Gruppenfoto. Alles nimmt Aufstellung, Frieda und Tom ganz vorn, die Trauzeugen daneben, der Rest irgendwo dahinter. Wegen des Regens müssen die Außenaufnahmen ausfallen. Nachdem das geschafft ist, schnappe ich mir ein Glas Sekt und stürze es hinunter.

Frieda muss zur Toilette, darauf habe ich gewartet. Ich folge ihr in den Damenwaschraum.

»Was hast du dir dabei gedacht?«, frage ich sie rundheraus.

Sie wird rot und druckst etwas herum. »Ich hätte es dir sagen sollen, aber ich wollte nicht, dass du nervös wirst wegen ihm.«

»Nervös?«, fahre ich sie an. »Er macht mich nicht nervös! Es ist ... es ist ...«

Sie legt ihre Hände auf meine Schultern. »Ich habe ihn nicht gebucht, um dich zu ärgern, Helen. Sondern weil er der beste Hochzeitssänger ist, den ich mir vorstellen konnte. Es ist mir nicht leichtgefallen, ich fühle mich schrecklich, weil ich es dir verschwiegen habe. Aber hast du ihn *gehört*?«

Ich starre auf meine Fußspitzen. »Natürlich habe ich ihn gehört. Ich weiß, wie gut er ist.«

Frieda seufzt. »Helen. Ich weiß, du bist wütend auf ihn. Aber ganz ehrlich? Er hat sich für dich eine Kugel eingefangen und deinen Ex Schachmatt gesetzt. Er ist ein verdammter Held! Außerdem bist du offensichtlich total verliebt in ihn. Warum hast du ihn nochmal abserviert?«

Wütend starre ich sie an. »Ich will keinen Helden. Ich will einen Mann, der zu mir steht! Du hättest dabei sein sollen, als er ...«

Genervt stöhnt sie auf. »Als er dich, noch halb narkotisiert, seinen Eltern nicht als seine Freundin vorgestellt hat? Jetzt komm mal klar, Helen! Dieser Mann da draußen ist das Beste, was dir seit sehr, sehr langer Zeit passiert ist. Und du weißt es! Lauf nicht vor ihm weg!«

»Und selbst wenn! Es ist kompliziert!«

»Ach ja?« Sie stemmt die Hände in die Hüften und lächelt hintergründig. »Für mich sieht es ganz einfach aus.

Übrigens, auf der Party nach dem Essen wird er nochmal mit seiner Band auftreten. Nur dass du es weißt. Und jetzt entschuldige mich, ich muss pinkeln.«

Sprach's und verschwindet in einer der Kabinen. Ich starre ihr mit offenem Mund und Aufruhr im Herzen hinterher.

Zurück im Festsaal, sehe ich mich um, kann Ron aber nirgends entdecken. Wäre ja auch noch schöner, wenn er sich unter die Gäste mischen würde.

Die Zeit dehnt sich wie ein zäher Kaugummi. Schon bald weicht das nervöse Kribbeln vor der Trauung einer gelangweilten Trägheit. Nach Kaffee, Kuchen und dem dritten Glas Sekt beschließe ich, mich etwas zurückzuziehen.

Es hat aufgehört zu regnen. Mancher Gast vertritt sich die Beine im Hof. Einige stehen in Grüppchen zusammen und rauchen. Frieda und Tom haben die Gelegenheit ergriffen, um ihre Hochzeitsfotos zu machen. Ich hülle mich in mein Schultertuch und schlendere in Richtung Hotelgebäude. Einer der Vorteile als Trauzeugin besteht darin, dass Frieda und Tom mir ein Zimmer für die Übernachtung nach der Feier gebucht haben. Ein unerwarteter und willkommener Luxus nach meiner ersten Zeit im Schuhkarton mit Gemeinschaftsdusche. So ganz heimisch bin ich im Wohnheim noch nicht geworden. Aber es sind auch erst ein paar Wochen vergangen, seit ich eingezogen bin. Außerdem spare ich viel Geld und der Weg zum Praktikum ist erheblich kürzer.

»Hier steckst du!«

Ich bleibe stehen und schließe die Augen, um in Gedanken bis drei zu zählen, bevor ich ein Lächeln aufsetze und mich umdrehe. »Ron, hallo. Ich dachte, du wärst schon wieder weg.«

Er hat die Hände in die Hosentaschen gesteckt und wippt auf den Fersen. »Frieda hat mich eingeladen, zu bleiben. Ich bin bloß kurz nach Hause, um meine Gitarre zu holen. Für den Auftritt.«

Natürlich hat sie das. Ich unterdrücke ein genervtes Stöhnen.

»Na schön, dann sieht man sich ja noch.« Ich drehe mich um und gehe einfach weiter. Fast erwarte ich, seine Hand auf meiner Schulter zu spüren. Dass er mich zu sich umdreht, an sich heranzieht, mich küsst.

Du naives Huhn!

Unbehelligt erreiche ich das Gebäude und fahre mit dem Aufzug hoch in mein Zimmer.

◆◆◆

Ich stelle fest: Ich mag keine Hochzeiten. Alles wirkt so bemüht, so einstudiert. Von der Rede bis zum Tanz. Das Anschneiden der Torte, die Spiele, selbst das Essen. Alles folgt einem festen Ritual. Als würde der Blitz einschlagen, wenn man davon abweicht. Frieda und Tom turteln unentwegt. Alles für die wohlwollenden Blicke ihrer Gäste.

Alles nur Fassade. Auch ich. Eine mühsam aufrechterhaltene Fassade, zugegeben.

Mit meiner Laune ist es nicht zum Besten bestellt. Die kleine Pause auf meinem Zimmer hat nichts daran geändert. Für Frieda lächle ich mit, betreibe Konversation, beteilige mich an den Spielen.

Zum Glück haben sich im Vorfeld genug von Friedas Freundinnen bei mir angemeldet, sodass mir selbst die Peinlichkeit erspart blieb, mir ein nerviges Programm auszudenken. Ron umschleicht mich, das ist offensichtlich. Ich umgebe mich mit Gästen, um zu verhindern, dass wir uns nochmal allein begegnen. Ich weiß nicht mal, wovor ich mich fürchte.

Am Büfett erwischt er mich dann doch. »Warum bist du ausgezogen?«

Ich häufe Nudelsalat auf meinen Teller. Ron nimmt sich Räucherlachs.

»Ich fange im August eine Ausbildung im Pflegeheim an.«

»Hab ich gehört, gratuliere.«

Von Hanni?, will ich fragen, beiße mir aber rechtzeitig auf die Zunge.

»Du konntest es wohl nicht erwarten, wegzukommen.«

Höre ich da etwa Unsicherheit in seiner Stimme?

»Es hat sich ergeben, ich musste zuschlagen, sonst wäre das Zimmer weg gewesen. Das hatte nichts mit dir zu tun.«

Ich wandere weiter zu den warmen Speisen. Auch hier die üblichen Verdächtigen: Pasta mit Lachs-Sahnesauce, Schnitzel, Kroketten und matschiger Broccoli. Ich entscheide mich für das Schnitzel.

»Warum redest du dann nicht mit mir?«

»Aber das tue ich doch gerade.«

Er schüttelt mit einem bitteren Lächeln den Kopf. »Du kannst es genauso wenig vergessen wie ich, oder Helen?«

Damit erwischt er mich eiskalt. Ich wende den Blick von ihm ab, hin zum Essen. »Du meinst, dass wir gekidnappt wurden?«

»Nein, das meine ich nicht.«

Ich weiß natürlich genau, was er meint. Auch ich kann nicht ausblenden, was zwischen uns war. Jedes Mal, wenn ich ihn ansehe, kommen diese Gefühle wieder hoch, die ich in den letzten drei Monaten verdrängt habe.

Ich bin bei den Saucen angelangt und entscheide mich für Rahm-Champignon. Ron lädt sich den Teller mit Brot und Käse voll und schweigt.

Schon tut es mir leid, wie ich ihn behandelt habe. Frieda hat recht, er ist ein verdammter Held. Ich schulde ihm etwas Freundlichkeit.

Also fasse ich mir ein Herz. »Wie geht es dir denn so? Deiner Schulter, meine ich. Alles gut verheilt?«

Seine Augenbraue schnellt nach oben. Er hat mich durchschaut, aber er spielt mit. »Ganz okay. Ich bin jetzt eines dieser Orakel, die einen Wetterumschwung in den Knochen spüren.«

»Dann hättest du uns heute früh ja vorwarnen können.« Er nickt feixend. »Hättet ihr mich mal gefragt.«

»Entschuldigung, brauchen Sie da vorne noch länger?« Eine alte Frau, ich glaube, es ist Toms Oma, drängt sich zwischen uns und das Büfett.

Ich lächle Ron zu, drehe mich um und kehre an meinen Platz neben Frieda zurück.

»Worüber habt ihr geplaudert?«, fragt sie kauend.

»Das Wetter hauptsächlich.«

Frieda lässt meine Antwort überraschenderweise unkommentiert. Vielleicht hat sie endlich aufgegeben.

»Als du dich mit Ron wegen der Liedauswahl getroffen hast«, beginne ich so beiläufig wie möglich und zersäble mein Schnitzel, »habt ihr da auch über mich gesprochen?«

Ich spüre ihr Grinsen, ohne es zu sehen. »Nö, war alles ganz professionell. Über dich ist kein Wort gefallen.«

Ich greife nach dem Weinglas, um meine Enttäuschung hinunterzuspülen.

Dass ich überhaupt gefragt habe!

Frieda stupst mir sacht gegen die Schulter. »Natürlich haben wir über dich gesprochen, Dummerchen. Unentwegt.«

Erfolglos versuche ich, mein Lächeln zu unterdrücken. »Ach? Was denn so?«

»Nichts, was du nicht schon weißt, wenn du nicht vollkommen bescheuert bist, Schwesterherz. Er mag dich, er vermisst dich. Er bereut, was er getan hat ... oder eher, *nicht* getan hat.«

»Na ja, er hatte jedenfalls genug Damenbesuch, um sich darüber hinwegzutrösten«, entgegne ich bissig. Ich kann nicht umhin, zu ihm hinüber zu spähen. Er sitzt am Singletisch mit ein paar von Friedas Freundinnen. Perfektes Alter, perfektes Beuteschema. Er sagt etwas, sie lachen und schmachten ihn an. Auch heute Nacht wird er nicht allein nach Hause gehen. Eifersucht brennt sich in meinen Magen. Ich lasse das Besteck sinken, mir ist der Appetit vergangen.

»Vergiss nicht, dass du mit ihm Schluss gemacht hast, nicht umgekehrt«, erinnert Frieda mich. »Sag bloß, du bereust es?«

Ich leere mein Glas und verkneife mir jeden weiteren Kommentar. Frieda hat sich offenbar in den Kopf gesetzt, mich wieder mit Ron zu verkuppeln. Aber dazu gehören nun einmal zwei. Was, wenn Ron nicht verkuppelt werden will? Er hat mich weder angerufen noch Nachrichten geschickt. Bis auf ein knappes ›Hallo‹ im Hausflur kam ihm nie ein Wort zu viel über die Lippen. Er hat meine Entscheidung einfach akzeptiert und weitergemacht. Und auch heute erweckt er nicht gerade den Anschein, sich für meine Gunst überschlagen zu wollen, so wie er mit Friedas Freundinnen flirtet. Selbst wenn ich meine Entscheidung bereuen würde, so ändert das nichts daran, dass Ron es offenbar nicht tut. Ende der Geschichte.

Nach dem Essen wird das Büfett abgebaut, lediglich der Nachtisch bleibt stehen. Stattdessen entsteht eine kleine Bühne, auf der Rons Jungs ihre Instrumente aufbauen. Tom zieht unter Klatschen und Beifallrufen sein Jackett aus und viele Männer folgen seinem Beispiel. Der offizielle Teil der Feier ist beendet.

Dann tritt Ron ans Mikrofon und bittet Frieda und Tom nach vorne. Er hat seine Ärmel hochgekrempelt und die

Weste aufgeknöpft. Sein Lächeln hat an die tausend Watt. Alle bilden einen Halbkreis um das Brautpaar, das vor der Bühne Stellung bezieht.

»Wir freuen uns, heute für euch spielen zu dürfen«, sagt Ron und seine Worte werden von Beifallrufen begleitet. »Es ist mir eine ganz besondere Ehre, den besten Teil des Abends einzuleiten.«

»Partyyyy!«, ruft der Drummer in sein Mikro. Klatschen und Johlen.

Ron dreht sich lachend zu ihm um und schüttelt den Kopf. Dann wendet er sich wieder nach vorn. »Nicht ganz, etwas fehlt noch. Frieda, Tom, seid ihr bereit für euren Hochzeitstanz?«

Der Musiker am Keyboard spielt ein paar Takte des bekannten Blumenwalzers und Rons Gitarre stimmt zu einer schrägen Rock-Version mit ein, was von großem Gelächter begleitet wird. Doch dann geht die Melodie nahtlos in einen schnulzigen Ed-Sheeran-Song über. Diesmal bin ich auf die verheerende Wirkung seiner Stimme auf mein Gefühlsleben vorbereitet. Nicht jedoch darauf, dass er mich unentwegt ansieht, während er irgendeine perfekte Frau besingt, die ganz sicher nichts mit mir gemein hat. Die Augen der anderen sind auf das Brautpaar gerichtet, das seine Sache ziemlich gut macht, trotz des wachsenden Bäuchleins. Auch ich kann mir ein Lächeln nicht verkneifen. Frieda hat mir von den Tanzstunden erzählt, von Toms Gemurre und seinen zwei linken Füßen. Davon ist ihm heute nichts anzumerken, er strahlt ebenso wie Frieda über das ganze Gesicht. Auch wenn ich mit Tom nie besonders warm geworden bin, wünsche ich mir, dass er und Frieda miteinander glücklich werden.

Toms Eltern lösen die beiden nach einer Weile ab, in Ermangelung eines Brautvaters. Auch ich werde zum Tanz aufgefordert. Toms Trauzeuge, sein Kumpel Sven, erbarmt sich meiner. Er ist ein ziemlich guter Tänzer und wider Erwarten finde ich Gefallen daran, das Tanzbein zu schwingen. Der Walzer ist beendet und Rons Band dreht auf. Ein paar wilde Rock'n'Roll-Stücke später kehre ich zurück an den Tisch, um ein Glas Wasser zu trinken. Unermüdlich spielt die Band weiter. Ich frage mich, wie lange Frieda sie gebucht hat.

»Okay, Leute, seid ihr alle schön aufgewärmt?«, hallt Rons Stimme aus dem Lautsprecher. Er selbst ist nassgeschwitzt, die Weste schon lange in irgendeine Ecke geflogen. »Das nächste Stück ist einer unserer eigenen Songs. Genauer gesagt ist er noch ganz frisch, wir spielen ihn heute zum ersten Mal vor Publikum. Deshalb bin ich etwas nervös.«

Ich stelle mein Glas ab und kehre zurück zur Tanzfläche, platziere mich aber etwas abseits davon an einem Stehtisch.

»Mit freundlicher Genehmigung der bezaubernden Braut will ich ein paar Worte dazu sagen, bevor wir loslegen.«

Frieda nickt huldvoll. Ihr Gesicht gleicht einer Tomate, auch sie hat seit dem Walzer unermüdlich getanzt. Ron scheint zu zögern, sein Blick sucht den Raum ab, bleibt an mir hängen. »Ich habe den Song für eine Frau geschrieben, die ich mal kannte. Sie wohnte im selben Haus wie ich. Dummerweise ist sie dann weggezogen, ohne mir zu sagen, wohin. Na, kommt euch das bekannt vor?«

Ein paar von Toms Kumpels grölen die Liedzeilen eines bekannten Gassenhauers.

»Nein, so heißt sie nicht.« Ron schüttelt lachend den Kopf, während ich wie versteinert am Tisch stehe und mir wünsche, ein riesiges Loch würde sich auftun, in das ich verschwinden kann. »Glücklicherweise ist sie heute Abend hier.«

Oh nein, oh nein, oh nein! Der Albtraum! Der Moment, in dem ich jeden Liebesfilm, jede Talkshow, jede Seifenoper abstelle, weil ich sonst aus dem Fremdschämen nicht mehr herauskomme. Seine Augen richten sich auf mich und mancher Blick folgt dem seinen. Frieda schlägt kichernd die Hand vor den Mund. Da es zu spät ist, um Reißaus zu nehmen, straffe ich mich und mache einen kleinen Knicks, damit auch der Letzte mitbekommt, um wen es sich handelt. Jetzt kann ich bloß noch hoffen, dass es nicht zu peinlich wird.

»Helen, ich weiß, dass du jetzt am liebsten wieder weglaufen würdest. Aber bitte bleib. Hör mir zu. Okay?«

Erwartet er etwa eine Antwort von mir? Alle sehen mich an, er sieht mich an, ich nicke steif. Ron lächelt. »Na bitte! Also los geht's. Der Song heißt ›Girl next door‹.«

Applaus, Pfiffe, begeistertes Johlen begleiten die ersten Gitarrengriffe. Hatte ich mit etwas Schwülstigem gerechnet? Einer Liebeserklärung à la John Legend oder Ed Sheeran? Nein, der Rhythmus ist flott, die Melodie eingängig. Sofort sind alle wieder auf der Tanzfläche. Niemand achtet auf den Text. Niemand außer mir.

Afraid of night, afraid of day, afraid of life, afraid to stay ...

Angst? Ich habe keine Angst! Wütend schlinge ich die Arme um meinen Körper und presse die Zähne zusammen, bis es knirscht.

Frieda kommt zu mir und legt den Arm um meine Schulter, um mich an sich zu ziehen. »Der Wahnsinn!«, kreischt sie mir ins Ohr. »Er hat ein Lied für dich geschrieben, Helen!« Ich sehe ihr an, dass sie sich in diesem Moment lieber umentschieden und Ron anstatt Tom geheiratet hätte, aber ich bin trotzdem froh über ihren Beistand. Während Ron singt, kommt es mir vor, als wäre ich für ihn der einzige Mensch hier im Raum.

But when you dance, you're touched by light,
I see your glow, I feel your fight ...

Mein Herz hämmert gegen meinen Brustkorb, droht ihn zu sprengen. Ist es nicht das, was ich wollte? Dass er zu mir steht? Ist das nicht seine Art zu kämpfen? Seine Rebellion gegen das Leben, das er nie wollte?

Frieda hat sich von irgendwem ein Feuerzeug geborgt und reckt es in die Luft, während sie wie alle anderen den Refrain mitsingt:

So come on and dance, get on the floor, give me a chance, sweet girl next door!

Mir ist schon klar, was er mir zu sagen versucht. Auch wenn mir der Text an manchen Stellen etwas zu detailliert für einen öffentlichen Auftritt im Kreise meiner Familie erscheint. Zum Glück interessiert das niemanden. Oder sie verstehen es nicht. Sie wissen schließlich nichts über das *Bathrobe-Thing*. Und sie kennen auch nicht die Bedeutung seines Sofas, das er – laut Liedtext – zum Fenster rausgeworfen haben will.

Was ich übrigens stark bezweifle.

Der dritte Refrain naht, das Lied muss bald zu Ende sein. Wie soll ich mich verhalten, wenn die letzte Note verklingt? Was erwartet er von mir? Er und alle anderen? Und was will ich? Das alles ist zu viel für mich. Ich kann nicht hier stehen und mich besingen lassen wie in irgendeiner kitschigen, zweitklassigen Liebeskomödie. Das hier ist mein Leben! Kein Song der Welt kann die Realität verbiegen! Ich will bloß noch weg!

»Helen, bleib doch!«, ruft Frieda mir nach. Alle drehen sich zu mir um, ich senke den Kopf und eile durch die Menschenmasse, die sich vor mir teilt wie das Rote Meer. Hinter mir verstummt die Gitarre und auch der Gesang, nur der Rest der Band spielt weiter.

Ich kämpfe mich durch bis nach draußen. Tränen laufen über mein Gesicht. Ich weiß nicht einmal, warum ich weine. Es regnet wieder, doch ich bleibe nicht stehen.

»Helen!«, ruft Ron. Seine Stimme, seine schnellen Schritte kommen immer näher. »Helen! Verdammt noch mal!«

»Was soll das alles?«, brülle ich ihm entgegen.

Er breitet die Arme aus. »Ist das nicht offensichtlich? Ist es so schwer zu begreifen?«

Ich schüttle stur den Kopf und umklammere mich mit den Armen. Der Regen ist so kalt. Ich zittere. »Wieso hast du mir ein Lied geschrieben? Wer macht so was?«

Er geht einen Schritt auf mich zu. Als ich nicht zurückweiche, noch einen. Bis er vor mir steht. »*Ich* mache sowas. Weil ich dich liebe, Helen.«

»Tust du nicht.«

»Doch, tue ich. Hab ein bisschen länger gebraucht, um es zu kapieren, sorry.« Er schiebt seinen Finger unter mein Kinn und hebt es an. »Ich war ein Vollidiot, dich einfach gehen zu lassen. Nochmal wird mir das nicht passieren. Ich verspreche es.«

Ich weiß nicht, was ich sagen soll. Jeder klare Gedanke wird von seinen dunklen Augen absorbiert. Er liebt mich?

»Wann hast du den Song geschrieben?« Es ist das Erste, was mir einfällt.

Ron lächelt. »Das weißt du doch.«

Natürlich weiß ich es. An jenem Morgen in meinem Wohnzimmer. Ich habe die Melodie gleich wiedererkannt. Deshalb war er so befangen, als ich ihn danach gefragt habe. Er hatte sich in mich verliebt. Verliebt! Damals schon.

»Warum jetzt? Warum so? Hättest du mich nicht einfach anrufen können, anstatt so einen ... Zirkus zu veranstalten?«

Ein Schulterzucken, begleitet von diesem unverschämten Grinsen. »Ich bin Musiker. Ich steh auf große Auftritte.

Im Ernst, ich hatte bestimmt tausendmal das Telefon in der Hand, um dich anzurufen. Oder stand vor deiner Tür. Aber ich wusste, nichts was ich sage, würde dich überzeugen, dass ich es ernst meine.«

Ich blinzle gegen den Regen und die Tränen an. »Aber das hier schon?«

»Das hoffe ich.« Seine Lippen sind mir so nah, ich hebe die Hand an seine Wange, kann nicht anders, als ihn zu berühren. Ich habe ihn vermisst. Viel mehr, als ich mir je eingestanden hätte.

»Hast du das Sofa wirklich zum Fenster rausgeworfen?«,

Er lacht. »Zumindest ist es weg. Ein bisschen künstlerische Freiheit wird ja wohl erlaubt sein.«

»Du hast dir meinetwegen ein neues Sofa gekauft?«, vergewissere ich mich.

»Nein, im Augenblick sitze ich auf dem Fußboden. Ich hatte gehofft, wir nehmen deins.«

Ich kann nur den Kopf schütteln. Das alles überwältigt mich. Wir sind inzwischen beide völlig durchnässt. In Rons Wimpern, an seiner Nase und in den Haarspitzen hängen Wassertropfen. Er blinzelt nicht einmal, steht einfach da und lässt meine Fragerei über sich ergehen.

Hinter uns auf der Terrasse des Festsaals haben sich trotz des Regens erstaunlich viele Raucher eingefunden. Und einige mehr, die nicht rauchen.

Ron senkt die Stimme. »Willst du mich noch länger zappeln lassen? Oder wirst du mich jetzt endlich küssen?«

»Das ist Erpressung. Glaubst du, die vielen Zuschauer und die Tatsache, dass du ein Lied für mich geschrieben hast, halten mich davon ab, Nein zu sagen?«

Verunsichert reibt er sich die Stirn. »Wirst du denn Nein sagen?«

»Nein.«

»Nein?«

»Nein.«

»Heißt das ... ja?«

Ich schmunzle. »Das heißt es ... ja.« Ich hebe meine Hand, um mit dem Daumen den Regen von seiner Lippe zu wischen. Er öffnet sie leicht, ich stelle mich auf die Zehenspitzen und küsse ihn.

Hinter uns branden Jubel und Applaus auf. »Endlich!«, brüllt jemand. Ich spüre Rons Lachen an meinem Mund, er legt die Arme um mich und hebt mich von den Füßen.

»Wann ist eigentlich der früheste Zeitpunkt, von einer Hochzeit zu verschwinden?«, murmelt er.

»Ich schätze, wenn der Hochzeitssänger mit der Trauzeugin durchbrennt.«

Er zieht mich noch fester in seine Arme. »Mhhh, brennst du mit mir durch, Helen?«

Ich löse mich mit großem Bedauern von ihm und schiebe meine Hand in seine. »Jederzeit, nur nicht heute. Heute gehe ich mit dir auf eine Hochzeit. Du hast dein Lied noch nicht zu Ende gesungen.«

»Du willst das Ende hören?«

»Das will ich. Unbedingt.«

21. Kapitel

Liebe Frieda,

es ist fünf Uhr morgens und ich sitze am Strand, wo wir die Nacht verbracht haben. Das glaubst du mir jetzt bestimmt nicht, aber genauso ist es. Gestern Abend sind wir mit der Bahn in diesem malerischen portugiesischen Städtchen (dessen Name mir leider schon wieder entfallen ist) angekommen. Nachdem unsere stundenlange Suche nach einem Zimmer erfolglos blieb, hatten Ron und ich unseren ersten handfesten Streit. Ich war müde und hungrig und ganz und gar nicht gewillt, wie ein Penner am Bahnhof zu schlafen. Also habe ich ihn losgeschickt und ihm gedroht, ja nicht zurückzukommen, bevor er nicht eine Lösung für das Problem gefunden hat (immerhin ist er der Urheber dieser SEHR spontanen Urlaubsreise – ich hätte die Pension ja im Voraus gebucht)!

Und was tat er? Kehrte zurück mit einem Zwei-Mann-Zelt, einer Stange Baguette mit Salami und einer Flasche Wein! Ich habe geheult – und zwar nicht vor Freude!

Aber letztlich war es gar nicht schlimm, im Gegenteil. Noch nie habe ich solch einen Sternenhimmel gesehen. Und dann das Geräusch der Wellen, das uns in den Schlaf getragen hat ...

Ach Frieda, du weißt, dass ich skeptisch war, als Ron mir vorschlug, vor Beginn der Ausbildung diese Reise zu unternehmen. Ich wollte nicht das Geld, das ich später wahrscheinlich für irgendetwas anderes viel dringender brauche, für etwas so Unnützes wie Urlaub ausgeben.

Aber ganz ehrlich?

Es ist das Beste, was ich je gemacht habe – abgesehen davon, Ron den Putzeimer gegen den Kopf zu werfen!

Die Berge, das Meer, das Essen, die Musik! Und dieses Gefühl, morgens nicht zu wissen, wo man abends sein wird – sich treiben zu lassen, einzulassen, loszulassen. Gemeinsam mit ihm.

Ich bin glücklich, Frieda. So glücklich, dass ich morgens um fünf aufstehe, um den Sonnenaufgang zu betrachten und dir diese Zeilen zu schreiben, weil ich das Gefühl habe, sonst zu platzen. Das alles erscheint mir wie ein Traum, nur dass es mein Leben ist.

Ich weiß, dass die Realität uns bald wieder einholen wird. Wenn wir zurück sind, werden einige Herausforderungen auf uns warten; nicht zuletzt das Treffen mit Rons Eltern, vor dem mir jetzt schon angst und bange wird. Dann natürlich die Ausbildung und Rons Musikstudium ... Es fühlt sich an wie ein kompletter Neustart. Ist das nicht Wahnsinn? Noch vor ein paar Monaten sah ich nichts als grau, wenn ich in meine Zukunft geblickt habe. Und jetzt sitze ich hier und schaue aufs Meer! Wenn das möglich ist, dann ist alles möglich.

Ich höre lieber auf, zu schreiben, bevor ich zu gefühls-duselig werde. Meine Finger sind auch schon ganz steif vor Kälte. Ich werde den Brief heute irgendwo einwerfen, nachdem wir hoffentlich eine Unterkunft gefunden haben und mich jetzt noch ein wenig an Ron kuscheln, um mich aufzuwärmen.

Grüß Tom und die Bauchbewohnerin von mir. Sag ihr, ich hab sie lieb und sie soll sich bloß gedulden, bis ich zurück bin, bevor sie sich auf den Weg macht. Ich bringe Geschenke mit!

In Liebe, Helen

Nachwort

Wie immer waren einige hilfreiche Geister an der Entstehung dieses Buches mitbeteiligt, bei denen ich mich an dieser Stelle bedanken möchte.

Silke Lemberger, meine »Textelfe«, für ihre hilfreichen Anmerkungen, das professionelle Korrektorat und ihre unermüdliche Unterstützung! Anita Mand, meine liebe Mama, für das Lesen und Kommentieren der Erstfassung. Meine Freundin Katja (deren Berufswechsel in die Altenpflege mir gerade recht kam) für ihre Mittäterschaft in Sachen Medikamentenmissbrauch (natürlich rein fiktiv!), sowie den detaillierten Einblick in den spannenden Pflegeberuf. Jacqueline Spielweg für ihre wie immer professionelle und zügige Arbeit in Sachen Buchsatz. Tom Jay für das gelungene Cover.

Und natürlich Ihnen – liebe Leserinnen und Leser – dafür, dass sie sich für den Kauf dieses Buches entschieden haben. Da Sie es bis zum Nachwort geschafft haben, gehe ich davon aus, dass es Ihnen gefallen hat. Sollte dem so sein, würde ich mich über eine kleine Rezension auf Ihrem Kaufportal sehr freuen. Wir Autoren leben vom Feedback unserer Leser! Indem Sie über das Buch sprechen, es weiterempfehlen oder verschenken, unterstützen Sie mich und meine Arbeit.

Für Anregungen, Fragen und Kritik bin ich immer dankbar und freue mich über Ihre Nachricht unter autorin@rebekkamand.de!

Ihre Rebekka Mand

Impressum

© Rebekka Mand
Am Schloßpark 10, 50169 Kerpen
www.rebekkamand.de

Lektorat/Korrektorat: Silke Lemberger, www.textelfe.at
Buchsatz: Katharina Gerlach, www.katharinagerlach.com
Cover: Tom Jay – Buchcoverdesign, www.tomjay.de
Bildmaterial:
 © guitar player by welcomia, Shutterstock.com
 © music sheets by Africa Studio, Shutterstock.com
 © music sheets by fotosutra, Depositphoto.com